JN038095

# 最強出涸らし皇子の暗躍帝位争い4

無能を演じるSSランク皇子は皇位継承戦を影から支配する

タンバ

角川スニーカー文庫

22267

# Contents

目次



口絵・本文イラスト：夕薙
デザイン：阿閉高尚（atd）

# 第一章　情勢変動

Episode 1

1

南部の異変は解決した。事態が想像以上に大きくなったため、レオは一度帝都に呼び戻された。

姉上やユルゲンも事情を訊《き》くという意味合いや、迅速な動きに褒美を取らすという理由で帝都に呼ばれた。

そんなレオたちの一団に俺もひょっこり加わっていたのだが……。

「こりゃあまいったな……」

俺は帝都の正門前で立ち往生する一団を見て、そう呟《つぶや》いた。

レオと近衛《このえ》騎士。そしてレオと共に戦った主だった騎士たちも帝都に呼ばれており、彼らをレオが率いる形で帝都に入ったのだが、そこでは熱烈な歓迎が待っていた。

「レオナルト皇子――!!!!」

「英雄皇子の凱旋《がいせん》だ!!」

「レオナルトさまぁぁぁ!!」

「こちらを向いてえぇぇぇ!!!!」

南部で紫の狼煙《のろし》が上がったことは誰もが知っている。前回上がったときは皇太子の訃報が届けられた。今回もと誰もが覚悟していたが、届けられたのはバッサウの街が被害を受けたという、国家レベルの異変にしては小さいといっていいレベルの悲報のみだった。

そして発生した多くのモンスターと強力な悪魔を相手に、騎士たちを率いて皇子が戦ったという朗報も同時に届いていたのだろう。

悲しみを覚悟していた分、民の喜びはひとしおだった。

城へ向かうレオたちにはまるで祭りかのように声が掛けられている。

「リーゼロッテ様だ!」

「元帥閣下!!」

「姫将軍万歳!!」

レオたちが過ぎ去り、今度は騎兵連隊を率いた姉上が通る。今回の主役はレオだからと先頭を譲ったが、歓声はレオ並みだ。戦功という点では皇族の中で断トツであり、国境を守る自国の麗しい姫。久々に姿を見て民たちも相当テンションが上がっているらしい。

その後に俺がユルゲンと共に続く。最初に声が掛かったのはユルゲンだった。

「ラインフェルト公爵だ!」

「リーゼロッテ様の道を切り開いたそうだぞ！」

「元帥閣下が南部にいち早く到着できたのも、公爵のご尽力だと聞いた！」

「公爵ー!!」

歓声はまずまず。なかなかどうして帝都の者も耳が早い。

そしてそうなると矛先は俺に向くな。

「出たぞ、出涸《でが》らし皇子だ」

「弟君を助けに行ったのに結局は疲れて離脱したそうだ」

「足を引っ張っただけじゃないか」

「本当に使えない皇子だ。レオナルト皇子と双子というのが信じられん」

「何を堂々と歩いているんだか。少しは恥じればいいものを」

「そうだそうだ！　ひっこめ！」

「皇族の恥め！」

そこかしこで聞こえてくるのは嘲りの声。誹謗《ひぼう》中傷はどこまで行ってもやまない。

さきほどまでレオに歓声をあげていた口で俺を非難する。それが民だと理解している。だから俺はあえて胸を張った。ここで視線を下げればより声は大きくなる。民は情けない皇族を認めないからだ。実際、そうしてある程度不満をコントロールしてやらないと、困るのは彼らだ。

今でも十分すぎるぐらい不敬だが、皇族の中で俺だけは不敬のラインが違う。何か物でも投げないかぎりはおそらく捕まらない。だが、物を投げれば見回りをしている帝都の守備隊も動かざるをえない。

俺なんかに物を投げたために捕まったとあっては可哀想《かわいそう》だ。

彼らは国民として当然の不満を口にしているだけなのだから。

「殿下……お望みなら黙らせますが？」

ユルゲンがそう気を遣ってきた。お望みならというあたり、ユルゲンらしい。

俺は静かに首を横に振る。するとユルゲンは苦笑して前を向く。

「ご安心を。あなたの優しさと強さはこのユルゲン・フォン・ラインフェルトと我が騎士たちが存じています。そのまま胸を張ってお進みください。あなたはそれに値するお方です」

「買いかぶりですね」

「世の中、何もしないことが一番楽なのです。あなたは確かにレオナルト殿下を助けにはいかなかった。しかし、あなたは止まることを選択した。それはきっと勇気ある選択だったと思います。少なくとも僕や騎士たちは救われた。その事実は皇帝陛下といえど覆すことはできません」

「止まることが勇気ある選択ですか……公爵はやはり変わっていますね」

「そうでしょうか？　僕からすればそれが普通なのですが」

そんなことを言いながらユルゲンは笑う。そうやって会話をしているうちは民の声は耳に入ってこない。ユルゲンの気遣いに感謝しながら、俺は城へと向かったのだった。

■■■

「よくぞ戻った！　我が子供たち！　我が臣下たち！　皆と無事に会えること、嬉《うれ》しく思うぞ！」

そういって俺たちは父上に迎えられた。全員が膝をつき、玉座に座る父上に頭《こうべ》を垂れる。

過労で倒れた父上だが、すでに体調は万全のようだ。いつものように皇帝らしい姿を見せている。

「皆の戦いぶりは先に戻った冒険者たちが話してくれた。まさしく国家の一大事を解決した皆は英雄だ！　今宵《こよい》はささやかながら宴《うたげ》も用意した。激闘の疲れを癒《いや》してほしい」

そう言ったあと、父上は一つ咳払《せきばら》いをしてから、宰相のフランツに目配《めくば》せする。

心得たとばかりに頷《うなず》いたフランツが喋《しゃべ》り始めた。

「此度《こたび》、南部での異変に際し、対応に当たったすべての者に褒美が出る。その中でも特に戦功著しい者には特別に陛下から褒美が手渡される。呼ばれた者は前へ」

そう言うと褒美品を持った侍女たちが父上の近くまでやってくる。

それを確認すると、フランツは大きな声で名前を呼んだ。

「まずは第一功！　第八皇子、レオナルト・レークス・アードラー殿下。前へ！」

「はっ！」

レオが返事をして父上の前に出て、再度膝をつく。それを見て、父上は一本の剣を侍女から受け取る。鞘《さや》に黄金の鷹《たか》の意匠が入った長剣だ。

その剣は儀礼剣だ。武官の重要職を任命するときに使われる。

「第八皇子レオナルトは南部の危機に際して、的確な判断で狼煙を上げ、多くの騎士を率いて事態の悪化を防いだ。その後、問題の根本的解決のために自ら先頭に立って突撃し、悪魔を討ち取った。その功により、空席となっていた帝都守備隊の名誉将軍に任じるとともに、重臣会議への参列を許可する」

「ありがたく」

恭しくレオが剣を受け取る。参列者たちの中ではどよめきが起きていた。

「名誉将軍に加えて重臣会議にまで……!?」

「厚遇しすぎでは……？」

「それだけ今回の功績は大きかったということか……」

「これはわからなくなったぞ……」

たとえ名誉将軍でも将軍は将軍。帝位候補者の中ではゴードンに次ぐ武官の地位を手に入れたということだ。しかも帝都守備隊。名誉将軍はあくまで名誉職だが、前任者のドミニク将軍の影響が強い部隊のため、いざとなればレオは帝都でかなりの戦力を動かせる。

加えて、エリクだけに許されていた重臣会議への参列も許可された。これで大臣を介さずに自分の意見を父上に伝えることができるし、工務大臣となったベルツ伯爵と合わせて二票を得ることになる。つまり国政に対して確かな発言力、影響力を手に入れたということだ。

それは帝位争いの勢力図が塗り替わったことも意味する。今回の一件により、レオは新興の四番手ではなく、エリクすら脅かす有力帝位候補者となったのだ。

「続いて第二功！　リーゼロッテ・レークス・アードラー元帥。前へ！」

「はっ！」

今度はリーゼ姉上が前へ出た。そんなリーゼ姉上に対して、父上は一本の杖《つえ》を渡す。

「元帥リーゼロッテはレオナルトの狼煙に対して迅速に対応し、東部国境軍の精鋭を率いて駆け付けた。その後、レオナルトと共に先頭に立って道を切り開いた。その功により、東部国境軍の増員と予算の拡大を認める」

「ありがたく」

さすがは父上だ。勲章なんかじゃ姉上が喜ばないことをよくわかっている。

杖を受け取った姉上はなかなかご満悦な表情をしている。

「最後に第三功！　ユルゲン・フォン・ラインフェルト公爵。前へ！」

「はっ！」

最後に呼ばれたのはユルゲンだった。父上はユルゲンに対しては大きな宝石を用意していた。

「公爵ユルゲンはリーゼロッテの進軍を助けるために、自らの騎士たちと共にモンスターを排除し、道を切り開いた。また、有事に備えて効果的な道を作っていた先見の明もあった。その功により、宝物を与え、領地の拡大を認める」

「ありがたく」

箱に入った宝石を受け取ったユルゲンが下がってくる。

これで特別表彰は終わりだ。その後、父上が形式的な挨拶を終えて下がっていく。

すると、参加していた大臣や有力貴族たちのこそこそ話が聞こえてきた。

「レオナルト皇子に接近しておくべきか……」

「しかし、今更すり寄ったところで……」

「姿勢が大事なのだ。姿勢が。帝位候補者たちにはいい顔をしておかねば。今の状況では誰が次期皇帝になるのか読めぬ……」

「しかし、レオナルト皇子がいくら凄《すご》かろうとエリク皇子の陣営は人材豊富。一方、レオナルト皇子のところではあの出涸らし皇子まで使わねばならぬほどだ。人材の差は一目瞭然だぞ……？」

「たしかにあの皇子はいつも問題ばかり起こす……今回も活躍できなかったそうだが、いずれレオナルト皇子の足を引っ張るやもしれん……」

「だが、考えようでは？　あの出涸らし皇子すら使わなければならないならば、人材を欲しているはず。今が好機とも取れるぞ……」

なかなかどうして色々と考え始めてくれたらしい。無能を演じている甲斐《かい》がある。

俺のような無能を使っているならば、人材に困っているはずだ。そう考えて、ならば味方になろうと決める者が出てくると思っていた。兄弟とはいえ無能を使う主。自分に自信がある者で、いまだに満足な地位につけていない者たちはこぞってレオの下へ集まるだろう。

そのためにまだまだ俺は無能でなければいけない。

そう改めて認識して、俺はその場をあとにしたのだった。

2

帝剣城は広い。この城に住んでいる皇族でもない限り、あちこちを行き来することすらできないうえに、各皇帝がその代によって隠し部屋や隠し通路を作っているため、現皇帝ですらすべてを知らない城だ。そんな城の中層階。そこに一人の少女が迷い込んでいた。

「うーん……迷った！」

少女は困ったような表情で、あまり困ってなさそうな声を出した。

上層は皇帝のエリアであり、中層は皇族と重臣たちのエリアだ。皇帝に届けるまでもない報告はここで裁決される。アルやレオの部屋もこのエリアにある。しかし、身分のはっきりしない少女がここに迷い込むのは危険すぎることだった。捕まれば身許《みもと》が確かめられるまでは拘束されてしまう。

だが、少女は暢気《のんき》だった。くすんだ金髪をサイドポニーでまとめた少女の年齢は十代前半、せいぜい十一、二歳だろう。腰には木剣をさしていることから、騎士見習い、もしくはそれに近い立場なのは城に務める者ならすぐにわかる。ただ、大抵の騎士見習いはこんな場所まで入ってこない。

「困ったなぁ困ったなぁ……あたしのご飯食べられたらどうしよう……」

アルが傍《そば》にいれば飯の心配かよ、と呆《あき》れそうなことを呟《つぶや》きながら、少女は顔をあげて歩き出す。

そのうち見知った場所に出るだろうという、あまりにも無謀な考えを抱いていたからだ。

「階段を登ったのがまずかったかなぁ。教官も登っちゃ駄目だって言っていたような、言っていなかったような」

「おい！　そこの子供！」

少女は声をかけられて背筋を伸ばす。そして壊れた人形のようにゆっくりと首を後ろに回す。すると、そこには槍《やり》を持った衛兵が二人いた。どちらも訝《いぶか》しんだ視線を少女に向けている。

「何者だ？　どうやって入った？」

「騎士訓練中の子供じゃないか？　決まりを破って登ってきたんだろうな。決まりの守れない奴《やつ》は騎士にはなれんぞ」

「えーと、あのね……」

「落第だな。こっちに来い！　教官に突き出してやる」

そう言って衛兵たちが少女に手を伸ばす。だが、そんな衛兵たちを遮るように黒髪の男が少女に声をかけた。

「ああ、ここにいたのか。駄目じゃないか。僕から離れたら」

「れ、レオナルト様⁉」

「ああ、すまない。この子は僕が呼んだんだ。暇そうにしてたから荷物運びを手伝ってもらおうと思ってね。君らも手伝うかい？」

「い、いえ！　私たちは任務がありますので！」

「レオナルト様が呼んだとは知らず、失礼いたしました！　我々は任務に戻ります！」

「そうかい。じゃあよろしく頼むよ」

　笑顔で衛兵たちに手を振ったレオは、さっと周囲を見渡し、誰もいなくなったことを確認すると、軽くため息を吐《つ》いて言葉を発する。

「危なかったね」

「……い、い」

「い？」

「イケメンだな！　兄ちゃん！　兄ちゃんみたいな人をイケメンって言うって先生が言ってた！　助けてくれてありがと！」

　そう言って少女は快活な笑みを浮かべる。あまりにも馴《な》れ馴《な》れしい態度にレオは目を丸くするが、すぐにクスリと笑って少女を手招きする。

「君は元気がいいね。騎士訓練に参加していたのかい？」

「うん！」

「そっか。じゃああとで僕が一緒に行ってあげるよ。そしたら教官も怒らないだろうしね。ただし、僕の仕事を手伝ってもらうよ？」

「おー！　取引というやつだな！　よろしい！　うけたまわった！」

「交渉成立だね。僕はレオナルト。親しい人はレオと呼ぶよ。君は？」

「リタの名前はねー」

「うん、リタっていうんだね」

「なぜわかった⁉」

「あはは、面白い子だね」

そう言ってレオはリタを連れて自分の部屋へ向かった。

■■■

「いいかい、リタ。これは重要任務だ。リタを信じて任せるよ？」

「う、うん！　頑張るぜ！」

そう言ってレオはリタの前の机に大量のお菓子を置く。どれも貴族の女性や城下町の女性からプレゼントされたお菓子だ。毒味は済んでいるものばかりだが、とにかく量が多い。

帝国南部より帰還してからレオの人気はすさまじく、とくに女性人気は今まで以上になっていた。公国の漂流者たちのためにあらゆる手を尽くしたという話や南部の危機に際して先陣を切って戦ったという話は帝都にも届いており、とくに重傷者のために白旗をあげた話は美談として最近では帝都で一番人気の話だった。

レオとしてはそれは兄さんがやったことですと言いたいのだが、さすがにそんなことを言うわけにもいかず、こうして毎日送られてくるお菓子を食べていたのだ。

しかし、いくらレオでもそろそろ限界だった。

「ぜ、全部食べていいのっ⁉」

「ああ、いいよ。これを食べるのがリタの任務だからね」

「了解！　リタ頑張る！」

そう言ってリタは目を輝かせながら袋を開け始めた。見たことのないお菓子にリタはまばゆい笑顔を見せる。そんなリタを見て、なんだか罪悪感を覚えたレオは少し視線を逸《そ》らす。小さな女の子を煽《おだ》てて、自分が辛《つら》いことをやらせる。なんだかやり口が卑怯者《ひきょうもの》のような気がしたのだ。

とはいえ、レオはこれ以上食べられないし、アルが食べるとも思えない。食べきれない分を捨ててしまうなら、こうして誰かに食べてもらったほうがいいはずだ。

そう自分を納得させたレオは、リタのためにお茶をいれる。

「美味《おい》しい！　すごく美味しい！」

「そう、それはよかった。はい、お茶だよ。熱いから気をつけてね」

「ありがと！　レオ兄」

「レオ兄？」

「うん！　レオナルト兄ちゃん。略してレオ兄！　だめ？」

「いいよ。呼びたいように呼んで。僕は書類整理をするから、終わったら教官のところに行こうか」

「ラジャー!!」

レオは元気なリタを見て、自然と笑顔を浮かべていた。快活で遠慮を知らないリタの雰囲気は、レオにとっては新鮮だった。城にいれば大抵の人間が気を遣ってくる。笑顔もどこか嘘《うそ》くさく、息苦しさを感じるときが多かった。それは南部で戦功を残してからは顕著となった。

そういう中でリタの純粋で快活な態度は清涼剤のように、レオの心を癒《いや》していた。

「ねぇ、レオ兄。レオ兄は偉い人なの？」

「どうしたんだい？　急に？」

「うんとね。さっきの人がレオ兄を様づけしてたから。様づけされる人は偉いって先生が言ってた」

「まぁ僕の父親は偉いね。だからみんな僕に様をつけてくれるだけだよ。僕が偉いわけじゃない。ちなみにその先生っていうのは教官のこと？」

「ううん。リタに剣術を教えてくれた冒険者のお兄ちゃん。レオ兄とあんまり変わらない年じゃないかなぁ。でもレオ兄のほうがずっとカッコいい！　先生はいっつも道場の子供にイジメられてるし、女の人に振られては泣いてるから」

「愉快そうな人だね。リタも先生のこと好きみたいだし、会ってみたいかな」

「うん！　リタは先生のこと好きだよ！　城で訓練を受けれるのも先生が頼んでくれたおかげなんだって！　だからリタは立派な騎士か冒険者になるんだー」

そう言ってリタは果実の入ったパイにかぶりつく。行儀とは無縁のその食べっぷりに苦笑しつつ、この笑顔を見れば作ってくれた人も悪い気はしないだろうなとレオは考えていた。

そしてある程度、書類の整理を終えたレオは立ち上がる。その頃には机のお菓子の大半は片付いていた。しかし、リタも限界のようでお腹いっぱいになりぐったりしていた。

だが、リタはノロノロと起き上がると残り少ないお菓子に手を伸ばす。

「無理しないでいいよ？」

「だ、駄目だぁ……リタは約束は守る女だ……食べきらないと……」

「ふふ、偉いね。じゃあ手に取ったのは食べてもらおうかな。残りは僕が食べるから」

「りょ、了解した……お、お安いごようだぜ……」

そんなことを言いながらリタは最後のチョコを口の中に入れていく。

その間に少しだけ残っていたお菓子をレオは平らげてしまう。だが、レオは急《せ》かすようなことはしない。ゆっくりでもしっかりと食べるリタを見つめていた。そして。

「た、食べきったぞー!!」

「お見事」

「えっへん！」

レオはリタの頭を撫《な》でる。リタは満面の笑みでそれを受け入れた。そのあと、レオはリタを教官の下まで送っていった。

「ねぇ、レオ兄。また会いにきていい？」

「いいよ。好きなときにおいで」

「うん！　また来る！」

そう言ってレオはリタと別れる。教官には怒らないように言い含め、衛兵には姿を見たら通すように伝えた。部屋に戻ったレオは散らかったお菓子のゴミを片付けながら、クリスタといい友達になってくれるかもと考えたのだった。

3

「そんなに元気のいい子なの？　会ってみたいわね」

「ええ、母上も気に入ると思いますよ」

そう言いながらレオは紅茶を飲む。次の日、レオは帰還のあいさつもかねてミツバの下を訪れていた。最近忙しい息子に対して、ミツバは特別なにか言うようなことはしなかった。頑張れと言えば余計に頑張るし、頑張るなと言っても頑張ってしまう息子だと知っているからだ。

だからミツバは任務には触れず、ほかのことを聞いていたのだが、そこでリタの話題になったのだ。

「リタがクリスタの友達になってくれればいいんですが」

レオの頭には反対されるという考えがなかった。

普通なら家柄について訊《き》かれるだろうが、その手の話はミツバには無縁だからだ。どのような身分であれ、良い人なら付き合うべきだし、悪い人なら付き合わないほうがいい。ミツバは一貫しているのだ。

「クリスタは女の子だからか、あまり友達もいないようだものね。それでも最近は同年代の子が何人か友達になって、以前より笑うようにはなってきたけれど……やっぱり特別仲のいい友達がいてくれると安心よね」

「ええ、そうですよ。今度、機会があったら連れてきますね」

「あらあら、あなたがそんなこと言うなんて。だいぶ気に入ったのね」

「ああいう子は好きです。クリスタは大人しいですし、リタとならうまくやれると思うんです」

「そう？　数年して妻にするとか言い出すんじゃないの？」

からかい交じりの言葉にレオは苦笑する。まだまだ子供のリタをそういう目で見ることはない。だが、妻にするならリタのように裏表のない女性がいいとも思っていた。

ただ、ここでそれを言えば何を言われるかわからないため、レオはありきたりな答えを返した。

「こんな状況じゃ妻のことは考えられませんよ。もっと落ち着いたとき、リタが素敵な女性になっていたら考えますよ」

「面白味《おもしろみ》のない子ねぇ。そんなんだとアルにとられるわよ？」

「ははは、確かに兄さんは良い女性と縁がありますからね」

「笑ってる場合じゃないでしょうに。いい？　レオ。良い女は完璧な男には惚《ほ》れないわ。ほどほどに駄目になったほうがモテるのよ」

「なら大丈夫ですね。僕は駄目なところだらけですから」

「私から見ればそうね。けど、世の女性から見れば違うわ。もっと思いっきり駄目なところを曝《さら》け出しなさい。あなたはもう少し我を出すべきだわ。尖《とが》った部分は誰にだって必要よ」

「参考にしますね」

　そう言ってレオは話が長くなる前に紅茶を飲み干し、その場を立ち上がる。

　このままでは良い女を落とすためには、という講義が始まりかねないからだ。

「では、失礼します」

「まったく……体には気をつけなさい」

「はい」

　そう言ってレオはミツバの下を後にした。

■■■

　帰り道。レオはふと城の広場に向かった。

帝剣城はその名のとおり、剣に似た形をしており、鍔《つば》にあたる部分が左右に突き出ている。そこは広場となっており、騎士候補の訓練はそこで行われていた。

元々、城で行われているのは正規の騎士候補生の訓練ではない。正規の騎士候補生はちゃんとした学校で訓練しており、今回の訓練生は貧困層で騎士学校に通っていない者たちの中から素質ある者が集められている。流民や貧しい者たちでも騎士になる素質があるならばチャンスを与えるべきと、皇太子が提案したもので毎年行われている。

その中から近衛《このえ》騎士になった者はいないが、地方の貴族の騎士になったり、冒険者になったり、軍に入ったり。彼らには彼らなりの道が切り開かれるのだ。

そんな広場ではもう訓練が終わっていた。既に訓練生の姿はなく、レオはなんだか残念な気分になったのだが。

「クーちゃーん!!」

すぐに吹き飛んだ。騒々しい子供の声を聞き、レオは思わず笑みがこぼれる。

だが、声がしたほうを見て思わず柱の陰に隠れてしまった。その理由は。

「り、リタ……声が大きい……」

リタが手を振って駆け寄ったクーちゃんがクリスタだったからだ。いつものようにウサギのぬいぐるみを持ったクリスタは、やや緊張した様子でリタと話していた。

それはこれまで見たことのない光景で、ついついレオは感動してしまった。

「そうか……もう友達になってたのか……余計なお世話だったたか」

そう言ってレオはその場をこっそり去ろうとする。だが、人の気配を感じて、レオは広場の入り口を見る。そこには両手で口を押さえているフィーネがいた。ああ、厄介なことになったと直感で察したレオが弁明を口にする前に、フィーネはおろおろと狼狽《うろた》え始めた。

「あ、アル様！　れ、レオ様が幼女観察趣味に目覚めてしまいました！　わ、私はどうすればよいのでしょうか!?　どうすれば傷つけないで済みますか!?」

すでに傷ついていますとは言えず、レオはがっくりと肩を落とす。

このままアルに揶揄《からか》われるんだろうなぁと覚悟を決めていると、ひょっこりとアルが顔を出した。

「なんの話をしてるんだ？」

「ど、どうしましょう!?　アル様！　レオ様がトラウゴット殿下と同じ道に！」

「トラウ兄さんと同じ道ねぇ。あの人の変態性はレオじゃ到底真似《まね》できないレベルだぞ。まだそこまで落ちてないから安心しろ」

「どういう説明の仕方してるのさ!?　なんの慰めにもならないよ！　ちゃんと誤解といてよ！」

「はっはっは、わかってるから安心しろ」

そう言ってアルは苦笑する。そんな風に騒いでいると、クリスタとリタが傍《そば》に寄ってきた。

そして開口一番、リタが大声で叫んだ。

「な、なにぃ!?!?　同じ顔が二人!?」

「愉快そうな子供だな。クリスタの新しい友達か？」

「レオ兄と同じ顔だし……さては超強い魔導師が化けているんだな！　レオ兄の顔を返せー!!」

そう言ってリタはアルの方へ突っ込む。だが、アルはリーチの差を利用して、リタの頭を摑《つか》んで押さえ込む。

「このっ！　卑怯《ひきょう》だぞー！」

「元気なのはいいが、かなり馬鹿っぽいな。よく聞けよ。俺はアルノルト。レオの双子の兄貴だ」

「ふた、ご……？」

「うん……アル兄様……どっちもクリスタの兄様」

しばし頭の整理に時間を要したのか、リタは固まるが、やがて納得したのか両手をポンと叩《たた》く。

そしてアルのほうを指さして。

「アル兄！　特徴はぼさぼさ頭！」

その次にレオのほうを指さして。

「レオ兄！　特徴はイケメン！」

「なんだ、その覚え方は。同じ顔なんだろ？」

「チッチッチ！　舐《な》めちゃいけませんぜ！　アル兄！　リタほどになればどっちがイケメンか

わかるのだ！　ねっ！　レオ兄！」

「そっちは兄さんだよ」

さきほどまでレオがいた場所に抱きついたリタは、はっとした様子で声の主を振り返る。

そこにはちゃんと整った髪と服の男がいた。逆方向にも同じ顔で整った髪と服を着た男がいた。

「う、う、うおぉぉぉぉ!?!?　レオ兄が分身した!?!?　お、お、恐るべし！　双子！」

「アル兄様……リタをからかわないで……」

「はっはっは。悪い悪い」

そう言ってアルは髪をくしゃくしゃにして、閉めていたボタンをはずして服を再度着崩す。

そしてリタの頭もくしゃくしゃと撫でると、踵《きびす》を返す。

「じゃあな。俺はやることがあるから、三人で遊んでろ」

「兄さんがやること？」

「お前の代わりに仕事をしておいてやる。最近休んでないだろ？　息抜きもかねてクリスタとその子と遊んでやれ。クリスタもレオと遊びたいだろ？」

「うん……」

「リタも遊ぶー！」

「ああ、弟と妹をよろしく頼む」

「えっ!?　兄さん!?」

「部屋に連れ込むなよー」

「ちょっと！　違うよ⁉　変な気の遣い方してない⁉　違うからね⁉」

後ろで騒ぐレオに手を振りながら、アルはフィーネを連れてその場を後にする。

「なんだか、アル様は機嫌良さそうに見えます」

「そうか？　まぁそうかもな。久々に自然体のレオが見れた。いつも考え込む奴《やつ》だしさ。ああやって肩の力を抜いているのは久しぶりな気がする。リタに感謝しなきゃな」

そう言ってアルは身だしなみを整え、背筋を伸ばして珍しくやる気を見せる。

「さて、レオの代わりに頑張りますか」

「素晴らしい兄弟愛です！」

そんなやり取りをしながら二人は階段を登っていくのだった。結局、広場に残ったレオは子供二人に振り回され、日が暮れるまで遊ばされることをアルは知る由もないのである。

「くそー……謀ったなぁ兄さん……」

## 4

「さて、詳細を聞くとしよう」

そう言って父上が切り出す。玉座の傍には父上と宰相のフランツ。その向かいには俺とレオしかいない。レオが巡察使としての報告を重臣会議で求められ、人払いを逆に求めたからだ。

本来、俺は重臣会議には出られないため、ここにはいられないはずなんだが、父上が俺を呼んだ。そして人払い後も俺のことを残した。その後にリーゼ姉上とユルゲンのことを聞く気なんだろうな。

「はっ。では報告させていただきます。結論から言えば南部では流民たちが人攫《ひとさら》いの被害に遭っており、その人攫いには南部の貴族たちが関わっているようです」

「……続けよ」

「はい。今回、異変が起きたバッサウの街にある領主の屋敷の地下は、攫ってきた女、子供を閉じ込める拠点となっておりました。これは救出した子供たちの証言とも一致しているため、最低でもバッサウを領都とするシッターハイム伯爵が関わっていたのは間違いありません」

魔界と繋《つな》がる穴が閉じたあと、屋敷とその地下はその場に現れた。穴に飲み込まれたわけではなく、上書きされていたというところだろう。おかげで色々なことが調査でわかった。

「それで？　そのシッターハイムは？」

「死にました。シッターハイム伯爵を知る騎士の話では、シルバーが戦った悪魔がシッターハイム伯爵と酷似していたそうです。首を斬られていたことから、死んだあとに依《よ》り代《しろ》にされたものかと」

「……」

父上は黙ったまま外を見る。聞きたくはないという思いがあるんだろう。しかし、聞かねばならない。俺もある程度のことはもうレオから聞いているが、なかなかどうしてこの問題は奥深い。

「レオナルト殿下。私が聞いていた話では、子供たちが暴走し、悪魔を召喚したということです。その子供たちは今どこに？」

「……死亡したことにし、安全なルートで姉上の東部国境軍に保護していただきました。事件の中心となった子供の姉であり、僕らに南部の状況を訴えた冒険者も一緒です」

そうだ。リンフィアは今、東部国境にいる。妹とその周りにいた子供たちの面倒を見るためだ。

本人も心配だっただろうし、レオは快く送り出したそうだ。本人はいずれ戻ると言ったみたいだが、それがいつになるのかはまだ未定だ。なにせ子供たちの存在がこの問題をさらにややこしくしている。

「死を偽装したのはなぜだ？　まさかワシが子供たちを罰するとでも思っているのか？」

やや怒った様子で父上が問いただす。南部の異変は悪魔の召喚によるもの。子供たちは被害者ではあるが、加害者でもある。だから父上が罰する可能性もあった。しかし、死を偽装した理由はそれじゃない。

「いえ、気になる文書を見つけたことが原因です」

そう言ってレオは一枚の紙をフランツに渡す。その紙は赤黒い血がついていた。地下で発見された文書で、おそらく処分しようとして殺された奴の血だ。

「これは……⁉」

フランツから渡されたそれを開いた父上は驚きの声をあげる。そしてフランツに見せると、フランツは露骨に顔をしかめた。そこに書かれていたのは運用法だった。巨大な力を持つ子供と、微弱ながら他者を強化する力を持つ多数の子供。これらを組み合わせることで一種の兵器とする。

そういう運用法が書かれた文書だ。つまり今回、帝国南部で起きたような異変を他国で起こさせる。そういうプランを考えた奴がいるってことだ。

しかもその文書には幾度も出てくる単語がある。

「このようなことを……〝軍部〟が考えたというのか……？」

「文書を見れば、軍部からの依頼であることは間違いありません。東部国境軍は姉上が掌握しているため安全ですが、それ以外の軍関係者は信用できません。なので死を偽装しました。子供たちが兵器として利用され、追われることを避けるためです。お許しを」

「よい御判断《ごはんだん》かと。しかし、文書から見るに今回のはあくまで試しのようなものだったようですね。依頼があったため、一応そういう子供たちをそろえた。そんなところでしょうか」

「それが結果的に効果を発揮してしまいました。同じような異変を他国で起こせば絶好の侵攻機会となります。発生した悪魔も帝国には勇爵家がいることを思えば恐れるに足りないでしょう」

そうだ。これは侵攻用のプランだ。そして父上に侵攻の意思はない。だから今回のは目先のことを意識したものじゃない。将来的に侵攻を想定し、そのための準備をしているということだ。そこらへんを考えると見えてくるものがある。

「ゴードンか……」

「僕にはなんとも。もう一つ報告が」

「まだあるのか……」

「残念ながら。南部でモンスターと戦っている際、シッターハイム伯爵家の騎士の最期を看取《みと》りました。彼の話を信じるならば、シッターハイム伯爵は脅迫されていたようです。しかし、僕らが行く直前に子供たちを助けるために決起し、戦いを挑んだそうです」

「なるほど……つまり人攫いの組織は領主を脅せるだけの組織だということか」

「はい。強力な貴族が後ろにいる可能性があります。もしかすれば南部一帯の貴族が関わっているやもしれません」

掘り下げれば掘り下げるほど闇は深くなる。そして闇に染まった人間は処罰しなければいけない。それが多くなれば帝国は立ち行かなくなるかもしれない。

放置はしないにしても、暴くタイミングは見極めなければいけない。

「厄介なことになりましたね。南部の貴族が関わっているかもしれない人攫い組織に、軍部が人間兵器の依頼をしていた。糸が絡み合っていて、どこから手をつければいいやら」

「問題が問題のため、皇帝陛下の判断を仰ぎたく存じます」

「……」

しばし父上は押し黙り、俺のほうへ視線を向ける。

嫌な予感がして、俺は首を左右に振るが父上は構わず問いかけてくる。

「どうするべきだと思う？　アルノルト」

「なんで俺に聞くんですか……」

ため息を吐《つ》きながら俺は頭を働かせる。どう答えても正解とは思えない。軍部から着手するにしても、ゴードンの陣営にメスを入れることになるだろうし、南部の貴族から着手するにしても、ザンドラの陣営にメスを入れることになる。

無難なのは、この一件は、悪魔の討伐により一件落着。そうするのが一番だ。しかし……。

「無難な答えを聞きたいわけではないですよね？」

「もちろんだ」

「はぁ……」

深いため息のあとに俺は一つの解決法を導きだす。

しかし、これが良い答えなのかどうか。とはいえ、答えないわけにもいかない。

「軍部の一件は一度おいておくべきかと。犯罪組織に兵器の依頼をしたのは許しがたいことですし、その兵器を一体、何に使うつもりだったのか。そこは気になりますが、目下の問題は南部の貴族です。下手をすれば南部の貴族の大半が犯罪組織に関わっています。掘り下げれば……最悪、南部の反乱がおきます。極力避けるべきことですが、もしもそうなった場合、軍部と揉《も》めていたら鎮圧が遅れてしまいます」

「確かに。陛下、順番的にはそれしかないかと」

「……無能のフリをするのはやめたのか？」

父上の言葉に俺は首を横に振る。他の者の前ならともかく、父上の前では無能を演じた覚えはない。単純に積極的でなかっただけだ。しかし、この問題はさすがにそういうわけにもいかない。

「父上の前で無能を演じたことはありませんよ。重要なことを聞かれなかったので、今までは答えなかっただけです。それにレオが関わっていますから。他人事《ひとごと》ではいられません」

「お前らしいな、アルノルト。軍部を放置すればいずれ帝国を害す。しかし南部貴族を放置するわけにもいかん。南部の問題を抱えたまま軍部を調査する時間もない。お前の言う通りにするしかあるまい」

そう言うと父上は納得したように頷《うなず》く。フランツも感心したような表情を浮かべていた。

「レオナルトは引き続き、南部の問題を調査せよ。何か手がかりはあるのか？」

「騎士の話では、シッターハイム伯爵は手紙をレベッカという人物に託したそうです。その人物を探すことから始めます」

「そうか。シッターハイム伯爵は……手紙を残していたか」

託すような手紙があるということは、告発の機会を窺《うかが》っていたということだ。

父上にとってシッターハイム伯爵のしたことは許せないだろうが、思うところはあるんだろう。

「ところで、アルノルト。話は変わるが二人の縁談はどうなった？」

「え？」

今、その話を振るのかと俺は戸惑い、少し前進しましたと伝える。すると父上は露骨に顔をしかめて、説教が始まった。

早く終われと思いつつ、俺は小さくため息を吐くのだった。

5

「なるほど。それは災難でしたな」

「だろ？　姉上と公爵の関係を少しは前進させただけでも褒めてほしいくらいだ」

そんなことを自室で語りながら、俺は机の上にある報告書に目を通す。最近の中立貴族の動向や各勢力の動きなど、重要なモノはいくらでもあるが、今回、一番大事なのはそれらじゃない。

「シッターハイム家の騎士、レベッカの情報は集まらないか？」

「残念ながら人手が足りません。情報は集めていますが、我々の情報網は帝都までが限界です。帝都の外となると、他の勢力の足元にも及びませんので」

「地力の差か」

小さく舌打ちしたあと、俺はため息を吐く。新興勢力である俺たちは勢いこそあれど、勢力としての厚みはまだまだほかの勢力に及ばない。帝都内では互角であっても、一度帝都を出れば、それは顕著に表れる。

　情報収集に使える人手や各地にいる支持者の数に差があるからだ。

「レベッカの最終目的地は帝都だ。それは間違いない。帝都に入ってさえくれればどうとでもなるんだが……」

「慎重に動いているとなればまだかかるかと。犯罪組織に加えて南部の貴族、そして南部の貴族と繋がりのあるザンドラ殿下の勢力。警戒するべき対象が多いですから」

「ザンドラにとってレベッカの存在は死活問題だからな。しかも告発状まで持っている。帝都に向かった騎士の情報は摑《つか》んでいるだろうし、今頃は血眼になって探してるだろう」

「犯罪組織、南部貴族、ザンドラ殿下。三勢力に狙われて、果たして帝都にたどり着けるでしょうか？」

「普通なら無理だろうな。だが犯罪組織と繋がっていたのはザンドラだけじゃない」

「軍部の過激派ですな」

　セバスの言葉に頷く。軍部は犯罪組織に依頼を出していた。その流れである程度の情報は手に入れているはずだ。

　その軍部の過激派というのはほぼ間違いなくゴードン。関わっていないなんてことはまずない。そうなるとザンドラの失脚を狙ってゴードンも動く。敵対する勢力が争っているならレベッカにもチャンスはある。足の引っ張りあいが発生するからだ。

「奴《やつ》らが争っている間に俺たちが保護するというのがベストだが……」

「居場所がわからないのでは保護もできませんな」

まだそこまで深刻ということはないだろう。なにせザンドラとゴードンに変わった動きがない。人を動かせばさすがにわかる。

今は奴らを注視しつつ、レベッカを探すしかないだろう。

「少し外に出る。何かあれば知らせてくれ」

「かしこまりました」

そう言って俺は城を出たのだった。

■■■

「おばさん。これいくら？」

「それかい？　帝国赤銅貨二枚だよ」

「赤銅貨二枚？　高くない？」

俺は赤い果実を指さしてそう訊《たず》ねる。前は一枚だったはずだけど。

帝国通貨は帝国全土で使われている通貨であり、大陸全土で最も流通している通貨でもある。

一番下の帝国銅貨から始まり、その十倍の帝国赤銅貨、その十倍の帝国銀貨と十倍ずつ増えていく。

並びとしては銅貨、赤銅貨、銀貨、白銀貨、金貨、白金貨、虹貨ということになる。白金貨と虹貨はあまり流通しない。商人の大きな取引や国家間の取引にしか使われないからだ。帝都の民の一般的な月収は白銀貨で七、八枚。民の間で流通するのは金貨までだ。

「ごめんねぇ。あちこちで問題が起きてるだろ？　それで流通が滞っていてね」

「なるほど。わかった。じゃあ二つちょーだい」

「はいよ。四枚ね」

俺は腰に括《くく》りつけていた財布から赤銅貨を四枚取り出して、おばさんに手渡す。

そして果実を二つ貰《もら》い、それを食べながら街を歩いて回る。

活気はある。しかし、物価は上がっている。モンスターの大量発生に南部の異変。大きな出来事が連続して起きた影響だ。

「帝位争いなんてするからだろうな」

呟《つぶや》きながらため息を吐く。

その争いに率先して参加している奴の言うことじゃないな。しかも俺は何もしなくても生きていける身分。ふざけた話だ。

民の月収は白銀貨で七、八枚だが、皇子には最低でも金貨三枚が補助金として渡される。一般的な民の月収三か月分以上が何もしないでも皇子には入ってくる。功績を上げればその額は増えるし、役職につけばその給与も貰える。

俺がリンフィアに渡した金貨はその補助金で十年分。だいたい虹貨で三枚分だ。それだけのお金がレイドクエストで消える。ＳＳ級冒険者を指名して依頼を出すときも同程度の金がいる。

リンフィアが俺に感謝したのも、それだけの額だったからだ。

シルバーはSS級冒険者の中じゃかなりギルドに協力的なほうだ。あえて俺はギルドにある依頼を自分から受ける。そうすれば指名料が入らない。そういう風にするのは、皇子という身分でありながら高額な指名料を取ることに引け目があるからだ。

「無償で引き受けない時点で偽善だけどな……」

そんなことを呟いていると、少し先の露店で困り顔の少女がいた。雪のように白い肌。肩口で切り揃《そろ》えた淡い紫色の髪とやや赤みがかった紫色の瞳。なかなかお目にかかれないくらい綺麗《きれい》な少女だった。だが、それ以上に少女はある特徴を持っていた。

少女の耳はわずかに尖《とが》っていた。それはハーフエルフの特徴だ。おそらくフードで隠していたんだろう。しかし、それが取れて店主と揉めているようだ。

「さっきは銀貨二枚でいいって言ったのに！」

「うるさい！　ハーフエルフだってなら話は別だ！　欲しけりゃ白銀貨二枚だ！」

当面の食材でも買っていたんだろう。少女の袋には食料が詰まっている。

会計のときにフードが取れてしまったみたいだな。

帝国は亜人を多く受け入れている国だ。だからといって差別がないわけじゃない。物を売る気があるだけマシって話も聞く。よそじゃハーフエルフは買い物もできないらしい。それだけハーフエルフは忌み嫌われている。人間でもなくエルフでもない。排他的なエルフはそもそも人間を嫌っているし、その血を引くハーフエルフも同様に嫌う。

人間も碌《ろく》な生まれ方じゃないハーフエルフを軽蔑するし、本質的にエルフに近いハーフエルフを忌避してる。

さらに厄介なことにどうやら露店の店主は帝国の商人じゃない。よその出身らしい。

周りの人間がこそこそとそんなことを喋《しゃべ》っている。

「リフレッシュしにきたってのに……」

周りを見渡せば多くの者が気の毒そうに見ているが、誰も口を挟まない。

面倒事はやっぱり見て見ぬフリか。

少女は少し迷ったあとにため息を吐いて、諦めて食材の入った袋を店主に渡した。

「ちょっと待て」

それは気まぐれだった。嫌なものを見たくなくて。それを見逃すのも気分が悪くて。

国を導く立場の皇族でありながら、帝位争いなんてして国を混乱させている。罪滅ぼしとしてSS級冒険者なんてことをやっているのに、高額な金を受け取っている。

そのことが俺に罪悪感を抱かせた。だから俺は店主と少女に声をかけた。

そして店主から袋を奪うようにひったくると、その手に白銀貨を二枚のせた。

「これで満足か？」

「え？　あ、その……」

「いくら出せば満足する？　金貨を渡せば愛想よくするか？」

「な、なんだよ！　あんたは！　これはこっちの問題だぞ！」

「ここは帝国だ。亜人を受け入れてる」

「関係ねぇ！　ハーフエルフは亜人じゃねぇ！　人間でもねぇ！」

「そこまでにしておけ。金は払った。行かせてもらうぞ？」

「駄目だ！　持っていきたきゃ金貨を置いてけ！」

店主は嫌な笑みを浮かべる。

ふざけた話だ。弱い者に強くあたり、正義感を見せた者にも付け入る。お人よしから搾り取れると思ったんだろうな。

さすがに横暴だと周りから声が上がる。しかし、店主は開き直る。

「周りは黙っとけ！　お前ら帝国は今、食料の流通が滞っているんだ！　だから他所《よそ》から食料を持ってきてやってるんだぜ⁉　売る相手くらい選ばせてもらう！」

そう言って店主は少女の袋に手を伸ばす。俺はその手を掴んで店主を睨《にら》む。魔法でどうにかするのは簡単だが、今は顔を隠していない。周りにいる何人かは俺の顔にピンときているはずだ。

「これで文句は言わせない」

そう言って俺は空いた手で金貨を取り出す。すると店主は笑みを浮かべてその金貨に手を伸ばした。その瞬間、外から声が上がった。

「何事だ⁉　この騒ぎはなんだ⁉」

そう言って民をかき分けて出てきたのは治安維持を司《つかさど》る警邏隊《けいらたい》の隊員だった。

おそらく見回りだろうな。軍の所属で帝都の防衛を司る帝都守備隊に対して、警邏隊は法務大臣直下の治安維持部隊だ。民を逮捕する権利を持っている。

「いえいえ、警邏隊のお人。もう商談成立したんでね。大丈夫ですよ」

「商談成立……？」

そう言って隊員は俺のほうを見た。そして隊員は目を見開き、慌てた様子で敬礼した。

「あ、アルノルト殿下⁉」

「俺がわかるのか？」

「ぞ、存じております！　じ、自分はレオナルト殿下を応援しておりますので」

そう言って隊員は姿勢を正す。言い方から察するにレオの勢力に所属しているか、その関係者か。となるとレオのフリをするのは無理だな。

まぁ仕方ない。たまにはまともなことをするか。

「ちょうどいい。ハーフエルフということで値段を吊《つ》りあげるのは許されるのか？」

「ゆ、許されない行為です！　我が帝国はすべての人種を受け入れており、商人は帝都で商売する許可証を受け取る際、偏見を持ち込まないことを約束しております！」

「じゃあこいつから許可証を没収しておけ。値段を二度も吊りあげた。逮捕しないならレオが血相変えて飛んでくるぞ？」

「は、はい！　かしこまりました！」

「ま、待ってくれ！　皇子とは知らなかったんだ！　お、皇子！　許してください！」

「そういう問題じゃない。お前が逮捕される理由は俺への不敬じゃない。ルールを破ったからだ。ここは帝国だ。その金貨はやる。好きに使うんだな」

そう言って俺は少女の手を掴んでその場を離れる。これ以上目立つわけにはいかない。

しばらく歩いたあと、後ろから声をかけられた。

「あ、あの……手……」

「うん？　ああ、悪かった」

そう言って俺は少女から手を離す。さすがに名前も知らない少女の手を握ったのは失礼だったか。謝ると少女は首を横に振る。そして快活な笑みを見せた。

「ううん、助けてくれてありがとう。あ、違う。ありがとうございます。殿下」

「今はお忍び中だ。そういう堅苦しいのはよしてくれると嬉《うれ》しいね。君の名は？」

俺が気さくだったのが意外だったのか、少女は目を丸くする。

そしてクスリと笑うと、少女は右手を俺に差し出した。

「わかったよ。ボクの名前はソニア・ラスペード。見ての通り、ハーフエルフだよ」

「関係ないな。俺はアルノルト。アルとでも呼んでくれ」

「うん！　じゃあアル君って呼ぶね！」

こうして俺とソニアは出会ったのだった。

## 6

「アル君は視察中なんだよね？」

「一応な」

ソニアと俺はその後、一緒に歩いていた。ソニアがまだ買い物があると言うからだ。また絡まれても困るため、ソニアにフードを被《かぶ》ってもらい、ソニアの欲しい物は俺が買うことになった。

「一応なの？」

「ただの息抜きさ。城に籠ってばかりだと息が詰まるからな」

「面倒な案件でも抱えてるの？」

「俺がそんな風に見えるか？　俺は出涸《でが》らし皇子って言われてるんだぞ？」

「出涸らし皇子？」

「知らないのか？　双子の弟に良いところをすべて持っていかれた出涸らし皇子。帝都中の笑い者だ」

俺の評判を知らない奴《やつ》は帝都にはいない。となるとソニアはよそ者。まぁ帝都に住んでいる感じには見えないし、旅人って言われたほうがしっくりくる。

「ボクは帝都に詳しくないからね。けどアル君がそんな風に言われてるの？　さっきの警邏隊の人は気を遣ってたけど？」

「弟が帝位候補者だからな。弟の陣営に属している奴は形だけは気を遣う。本気で俺を敬う奴なんていないさ」

言いながら空を見る。本当に身内と言っていい人間たちを除き、それは紛れもない事実だ。

さきほど俺は皇族らしいことをしたが、あんなのは皇族ならばやって当然だ。警邏隊の力を借りた時点でマイナスと見られてもおかしくない。

皇族ならば一喝してみろって話だし、その前に俺のマイナスは大きすぎる。少しまともなところを見せたところで評判も認識も変わらない。

さきほどの光景を見た者が、俺に好印象を抱いたとしてもそれは一時的なものだ。全体の印象を変える効果はない。よほど大きな功績でも残さないかぎり、俺の出涸らし皇子という印象と称号は消えない。消えなくてもいいと思っているし、消そうとも思ってないけど。昔ならいざ知らず、今更すぎる。

「気にしてるの？　そういう扱いをされることを」

「どうだろうな。もう慣れたってのが正直なところだ」

「そっか……ボクと同じだね」

そう言ってソニアは軽く耳を触った。

ハーフエルフの象徴といえる短くとがった耳。それによってソニアはずっと迫害を受けてきたんだろう。それは俺なんかと決して同じなわけがない。

俺は後天的であり、ソニアのは先天的なものだ。

「一緒じゃない。もしもそれに慣れたとするなら、君は俺なんかよりよほど強いし、ずっと立派だ。俺ならたぶん耐えられない。俺はどこまでいっても皇子だから……生まれと血筋によって保護されている」

「なんだか……その言い方を聞いてると、自分が皇子なのが嫌みたいだね？」

「嫌さ。その立場も、それに甘える自分も。くれてやれるなら誰かにくれてやりたい。そう思うことだって甘えなのもわかってる。だから自分がどんどん嫌いになる」

気ままに生きたいと思うのはその反動。普通の人間が特別に憧れるように。俺は普通に憧れる。城ではなく、平凡な家で平凡な家庭を築ければどれほどいいだろう。

この場にいる多くの人たちに交じって日々を生きたい。だけど、そんなことは許されない。皇子の座を捨てたとしても、血筋が俺を手放さない。父上は容赦なくどこかの貴族の家に婿入りさせるだろう。

皇族の血は強力だ。優秀な者が多く生まれる。俺やザンドラのように魔力や魔法に優れたり、リーゼ姉上やゴードンのように剣術や武の才能に恵まれたり、レオのように万能な子供だって生まれる。それは代々、優秀な血を取り入れ続けた結果だ。野に放つには皇族の血は強くなりすぎた。

「そっか。ならそういうところも同じだね。ボクもボクの生まれが嫌いだよ。ボクはエルフの血なんていらなかった。ボクは人間でありたかった。でもボクは人間として生きることは許されない」

「……変なところで似てるみたいだな」

「みたいだね。まぁボクはそこらへんも受け入れてるけどね。子供の頃は辛《つら》かったけど、優しい人たちが傍《そば》にいたから我慢できた。外に出れば迫害もあるけど……アル君みたいな優しい人もいるしね」

そう言ってソニアはニッコリと笑う。快活で他者を元気づける笑みだ。寝不足なのも相まって、ネガティブになりつつあった思考が上向きになる。

今日会ったばかりの少女の笑みに元気づけられるとはな。

「ありがとう。少し元気が出たよ」

「何もしてないよ？」

「笑顔が素敵だった」

素直に告げるとソニアが顔を赤くする。それを軽く笑うとソニアは眉を顰《ひそ》めた。

「か、からかったなー……」

「からかってないさ。俺も頑張ろうと思ったのは事実だし」

「もう……いつも女の子にこんなこと言うの？」

「その日の気分だな」

「アル君は女たらしの才能がありそうだね……」

「そりゃあどうも」

クスクスと笑いながら俺は歩を進める。

ソニアとの会話は楽しい。ソニアが人一倍他者との距離感に敏感なのも一つの要因だろう。よく相手を観察し、こちらにすごく気を遣っているのがわかる。おそらく無意識だ。

背景を考えると悲しいことだが、今はそれがありがたい。人と気分よく話していると焦らずに済む。レベッカを早く見つけなければと焦りそうだから、こうして気分転換に来ているわけだしな。とはいえ、気を抜いていいというわけではない。

「アル君？　なんだか難しい顔してるよ？」

「そんな顔してたか？」

「うん、してたよ。案件を抱えてるわけじゃないのに、どうしてそんな顔してるの？」

ソニアの言葉に俺は少し考え込む。正直に言うわけにもいかないしな。

「実は……ちょっと探してる人がいてな」

「見つからないの？」

「見つからないな。手がかりがなさすぎるし、人手も足りない」

「うーん、ボクだったらやってられるかって投げちゃうよ。手がかりないんだし」

そう言ってソニアはあっけらかんとした様子で笑う。ソニアなら確かにそう言うかもしれないな。そんな気がした。

ただ、そういうわけにもいかない。レベッカとレベッカが持つ手紙。これは今後の情勢を大きく左右する。手に入れた者が今後の主導権と流れを手に入れる。

なんとしてもこの戦いは負けられない。そう思っていると、ソニアが露店を指さす。そこで買い物するということだろう。

ソニアが指さす物を俺が指定し、気軽な会話をしながら買い物をしていく。

「兄ちゃん、デートかい？」

「そう見えるか？」

「見えるねぇ。これはイカした中年からのサービスだ。楽しんできな」

そんなやり取りのあと、店主の男がサービスで果汁水を一本ずつ渡してくれた。

まさか恋人同士と間違われるとは思っていなかったソニアは慌てて否定するが、店主の男は強引にソニアに持たせて手を振って俺たちを見送った。

「もう、強引な人だなぁ……恋人じゃないって言ったのに」

「まぁサービスは受け取っておけ」

「アル君がすぐ否定しないからだよ！　騙《だま》したみたいじゃない！」

「そう怒るなよ。美味《おい》しいぞ？」

「もー……」

城で飲む果汁水よりはかなり薄い。だが、それでも何倍も美味しく感じた。何もしなくても出てくる飲み物よりも、自分で歩いて買った物のほうが美味しいということだろう。

「ホントだ。美味しい」

不満顔だったソニアもその果汁水を飲んで、何だかんだ機嫌がよくなったようだ。

あの店主には感謝しないとな。

「そういえばアル君は弟さんのことどう思ってるの？」

「弟？　どう思ってるって？」

「良いところを全部持っていかれたとか言われてるくらいだし、弟さんは優秀なんでしょ？」

「ああ。南部の異変も解決したし、民からも人気がある。今はまさしく英雄だな」

「……やっぱりいいや。その顔でわかったから」

「ん？　どういう意味だ？」

「好きか嫌いか聞こうと思ったけど、顔に書いてあった。弟さんの話をするときの顔はすごく自慢気だったよ」

ソニアに言われて俺は顔を押さえる。そんな顔してたのか。気づかなかった。

たしかにレオは自慢の弟だ。けど、これまでこんなことなかったんだがな。

やっぱり南部での一件でレオが一皮むけたことが原因かな。あの一喝は大したもんだった。

あのレオが自分は皇帝になる男って宣言したんだ。

うん、やっぱりあいつは自慢の弟だな。

「そのとおり。俺はあいつを認めてる。あいつほど優しくて強い奴を俺は知らないよ」

「そっか……なら信用できるかな」

そう言うとソニアは俺が持ってた袋をひょいと横から奪うとクルリと回って路地裏に向かった。それを見て慌てて追うと、急にソニアが袋を地面に置く。

そしてソニアはいきなり俺に抱きついてきた。

「ちょっ!?　なんだよ!?」

「ゴードン殿下が〝彼女〟を見つけたみたいだよ。動きを追えば間に合うはず」

「っっ⁉」

俺は思わず目を見開く。これほど驚いたのはいつ以来だろうか。

ソニアは耳元でそれだけ囁《ささや》くと、そっと俺から離れて袋を持った。

「君は……？」

「捕まってからボクが動くより、アル君たちに任せたほうが良さそうだから伝えたよ。ボクを信じるも信じないもアル君次第だよ」

そう言ってソニアはそのまま走り去っていく。思わず伸ばした手が空を切る。俺の手はソニアを捉えることはできなかったのだ。

そしてゆっくりと自分を落ち着かせる。この状況で〝彼女〟というワードが示すのは一つ。レベッカだ。

「どの勢力にもハーフエルフの関係者がいるなんて聞いたことはないが……」

俺はソニアが去った方向を見つめる。

ソニアがひょっこりと顔を出すのを期待したが、そんなことはなかった。明るい彼女の冗談ではない。無理やりでも引き留めるべきだった。だが、驚きすぎてそんなことも思いつかなかった。

「……信じるしかないか」

どうせ手がかりはない。ソニアを信じてゴードンの動きに合わせるしか手はないのだ。

俺はそう決めて急いで城へと戻ったのだった。

「罠《わな》ではありませんか？」

　セバスの言葉に俺は一つ頷《うなず》く。十分にありえる。だが、罠にしてはお粗末だ。

「元々、ザンドラとゴードンを注視する戦略だった。ゴードンがレベッカを見つけたと伝えたところで、俺たちの行動指針が定まりやすくなるだけだ」

「ザンドラ殿下側の人間ならば自分たちの動きから目を逸《そ》らすことができます」

「ああ、それは考えた。だが、ザンドラとしては俺たちに動いてほしくないはずだ。レベッカの居場所がわからず、迷っててくれるのが一番のはず。帝都の外に限ればゴードンの情報網は広い。各地の軍が使えるからな。そんなゴードンならそのうちレベッカを見つけるし、それを追う俺たちも現地に来てしまう。ザンドラが余計な敵を増やすとは思えん」

「ゴードン殿下とレオナルト様の衝突を狙っているのでは？」

「ザンドラがもしもそれを狙うなら、ゴードンが見つけたなんて回りくどい情報を出す意味はない。ゴードンが動くタイミングでこっちにレベッカの居場所を流せばいいだけだ」

　結局のところ、ソニアの行動が罠だとすると非効率なのだ。もっといい手はいくらでもあったはずだ。

「俺とソニアの出会いは間違いなく偶然だ。俺の目の前で揉《も》め事を起こしたとして、俺が助ける保証はない。評判を考えれば助けない確率のほうが高いくらいだ」

「ずいぶんとそのハーフエルフの少女を信用しているようですな」

「嘘《うそ》をついていればわかる。彼女の言葉に嘘はなかった。きっとゴードンがレベッカを見つけたというのも本当だ」

「なるほど。ではアルノルト様の目を信じるとして……そんな重要情報を知っている彼女は何者なのでしょうか？」

「わからん。言動からレベッカを助ける気でいるみたいだが、ゴードンの関係者なら背信もいいところだ」

「ゴードン殿下にとってもレベッカ殿は重要ですからな。ザンドラ殿下を追い落とす切り札にもなりますし、手元に置いておけばザンドラ殿下の弱みを握っていることにも繋《つな》がります。ザンドラ殿下を操ることができれば、エリク殿下との差も縮まります」

「確かにそうだ。ゴードンはそう思っているだろうさ。けど、ゴードンがレベッカと手紙を握って、一番恐ろしい使い方はそうじゃない。得意分野に周りを引き込むことだ」

「と言うと？」

「レベッカと手紙はうまく使えば内乱を引き起こせる。父上が個人でもみ消せない重臣会議で公表し、ザンドラを糾弾。南部許すまじという空気を作れば、父上もそれに乗らざるをえない。そうなれば南部も公に反旗を翻す。それを討伐するのはゴードンだ」

「凝ったシナリオですな。それができるとは思えませんが」

「無理だろうな。ゴードンだけじゃ」

ただ父上に突きつけるだけじゃ駄目だ。父上は内乱を避けようとする。そこから一つ思考を進め、父上が内乱に踏み切らないといけない状況を作り出す。

ゴードンの傍《そば》にその流れを描ける策士はいない。

「まぁその一手を打たないにせよ、ザンドラの弱みをゴードンが握るのは困る。ゴードンが何を考えているにせよ、レベッカは俺たちが保護しなくちゃいけない」

「では彼女を信じるということでよろしいですかな？」

「ああ。監視を頼む」

「かしこまりました」

そう言ってセバスは音もなく姿を消した。

[redacted]

次の日。俺はセバスから早速報告を受けていた。

「ゴードン殿下は極秘裏に演習中の部隊を動かしたようです。目的地は帝都近くの街、イェーナです」

「そこにレベッカがいるってことか。どんな部隊だ？」

「隠密《おんみつ》部隊です。表には出ていません。陛下も動向までは把握していないかと」

「ゴードンにとってはうってつけの部隊なわけか」

城の廊下を歩きながら俺は呟《つぶや》き、視線を伏せて考え込む。

すでに隠密部隊を動かしたということは、今日明日にでもゴードンは動くということだ。その動きはザンドラも当然把握しているだろう。なにせ向こうには南部貴族と犯罪組織がいる。情報収集でゴードンに後れをとるということはないはずだ。

ザンドラは直接の関与を恐れて自分では動かない。動くのは指示を受けた犯罪組織だろう。ザンドラ配下の暗殺者と比べれば見劣りする。軍の隠密部隊ならよほど不利な状況じゃないかぎりは上手《うま》くやるだろう。

「さて、どうやって漁夫の利を得るべきか」

「アルノルト様。それともう一つ報告が」

「ん？　なんだ？」

「どうやらゴードン殿下は軍師を迎え入れたそうです。どういう人物かまではわかりませんでしたが、かなり極秘で動いていました」

「ゴードンが軍師？」

ゴードンは軍部で多くの支持者を得ているが、軍師や参謀といった頭脳派たちの支持は得られていない。そのため、ゴードンの陣営にはそういう人材が不足していた。だから新たに迎え入れるというのは納得できるが、いったいどこから連れてきたというのだろうか。

そんな疑問を抱いていると廊下の向こう側からゴードンが歩いてきた。周りは側近たちで固められている。

「噂《うわさ》をすればだな」

俺は廊下の端に下がり、頭を下げる。それを見てゴードンは足を止めた。

「これはゴードン兄上。ご機嫌麗しゅうございます」

「ふん、相変わらず無礼な奴《やつ》だ。内心では他人を馬鹿にしているのはわかっている。貴様のような奴には虫唾《むしず》が走るのだ。失《う》せろ」

「それは残念です。では失礼を」

「レオナルトに伝えておけ。調子に乗るのはここまでだとな」

そう言い残してゴードンは再度歩き始めた。そのあとに側近たちが続く。

その最後尾。フードで顔を隠した小柄な人物がすれ違い様に呟いた。

「こういうことだから。よろしくね。アル君」

「……なるほど」

呟き、俺は去っていくゴードンたちを視線で追う。今の声は間違いない。

「ゴードンの新しい軍師はソニアか」

「情報源の人物ですな。罠の可能性が高まったのでは？」

「罠にかける気なら姿を隠すさ。それにゴードンの動きは本物だ。罠だろうとこちらは出向くしかない」

「しかし……」

「危険は承知だ。無策じゃいかんよ。やるか迷っていたが、こうなったら奥の手で行く」

「奥の手とは？」

「父上を使う」

そう言って俺はそのまま玉座の間へと向かったのだった。

■■■

「騎士レベッカはイェーナまで来ているそうです」

「そうか、報告ご苦労。そこまで来ているならば近衛《このえ》騎士隊を派遣するとしよう」

「いえ、それはまずいかと。軍部も動いています。父上が動けば軍部の過激派に危機感を与えかねません。ここは俺が行きます」

「お前に保護できるのか？」

「無理でしょうね。なのでレオと共に向かいます。レオとレオの側近。それにセバスもいればどうにかなるでしょう。ただ……」

「ただなんだ？　懸念があるならば言え」

父上は真剣な顔つきでそう言った。この問題に対して真剣に取り組んでいる証拠だ。

帝位争いに皇帝は介入しないが、行き過ぎた行為は帝国を苛《さいな》む。今回の一件は帝位の問題ではなく、帝国の問題と捉えているんだろう。だからこそ、奥の手も使える。

「この情報をもたらしたのはゴードン兄上の軍師です。正直、罠の可能性もあります」

「罠の可能性だと？　ならばなおさら近衛騎士隊を派遣する」

「陛下。アルノルト殿下には何か考えがあるようです」

決まりだと言わんばかりの父上に対して、宰相のフランツがそう助言する。わざわざ俺が言いに来た時点で俺に策ありと察してはいたんだろうな。

「策があるならば早く言え」

「はい。俺とレオに帝国南部への視察を命じてください。その途中でイェーナに立ち寄ります。父上の命令で動いている俺たちに何かすることはないでしょう」

「回りくどい策だ。どう思う？　フランツ」

「良い策かと。アルノルト殿下とレオナルト殿下は南部での一件に深く関わっています。二人に南部の様子を見てくるように言うのは自然です。万が一、戦闘になったとしても戦力を集中しているため対抗も可能でしょう」

「レオナルトは別に心配しておらん。わざわざ武芸が苦手なアルノルトまで行く必要はあるか？　お前も自分が行く前提で話しておるが、大丈夫なのか？」

「心配はありがたいですが、今回の主目的は人探しです。ご存じだと思いますが、俺は隠れるのも探すのも上手いんです。戦闘では役立たずですが、俺は必要かと」

父上は軽く顔をしかめる。俺は昔からかくれんぼが上手だった。本気で隠れれば見つけられるのはレオくらいだ。それは他人の行動を予想できるからであり、この状況では必要な能力だ。

父上もそれがわかっているから顔をしかめているんだろう。

「……よかろう。二人に南部の視察を命じる。何かあれば戻ってこい。今回の任務は帝国にとって大切なものだ。失敗は許さん」

「かしこまりました」

そう言って俺はその場で膝をつく。父上を巻き込んだ以上、失敗は本当に許されない。最低でもレベッカの保護は絶対だ。

レオには事後承諾させることになるが、それは許してもらおう。いつものことだしな。

そんなことを思いながら俺は玉座の間を後にしたのだった。

## 8

玉座の間を後にした俺は母上のところに向かっていた。

イェーナでレベッカの保護が無事終わればすぐに帰ってくるとはいえ、俺もレオも帝都を離れることになる。

帝都にはフィーネがいるし、マリーもいる。帝都内での勢力争いは小康状態にあるから心配いらない。ゴードンとザンドラはレベッカのことに集中するだろうし、無傷のエリクもこの状況で動いて父上の機嫌を損ねるようなことはしないだろう。

父上は流民問題には過敏だ。今回の一件にはそれが深く関わっている。俺たちが留守の隙を狙って、勢力を拡大させるような動きをすれば父上の怒りを買う。エリクはそんな愚かな真似《まね》はしない。だからしばらく帝都での勢力争いは表面上はない。

もちろん裏では色々と行われている。商会同士の争いがその一つだ。そちらはフィーネの担当。上手くやってくれることを信じて任せている。

「こうしてみると人手不足が深刻だな」

今回はセバスも連れていく。フィーネの護衛すら手薄になる。もちろん亜人商会の亜人たちが周りを固めるだろうから、そこまで心配はしていない。

せめてリンフィアがいてくれたら楽なんだが、それはないものねだりか。

残念ながらエルナには今回、帝都を離れる任務が入っているため当てにできない。

「強けりゃいいって問題でもないからな。信頼できなきゃ護衛には使えない。はぁ……失礼します。アルです」

「アル⁉　すぐに入って！」

後宮にある母上の部屋の前で名乗ると、中から鋭い声が飛んできた。

俺はすぐに異変を察して、静かに部屋の中に入る。中には震えるクリスタを抱きしめる母上がいた。

「クリスタ⁉」

「うっうっ……うう……」

「いきなり泣き始めたと思ったら、何も喋《しゃべ》らないの。おそらくまた何か見えたのね」

育ての親である母上には当然、クリスタが先天魔法を持つことを伝えている。

いつもはそうなの？　と流して気にしない素振りを見せている母上だが、こうなってはさすがに流してもいられない。俺はクリスタの傍に寄ると膝を折って目線を合わせる。

「クリスタ。大丈夫か？　アルが来たぞ」

「……アル兄様……アル兄様！」

母上に抱きついていたクリスタが俺のほうに抱きついてくる。

その体は小刻みに震えている。よほど怖いものを見たんだろう。落ち着くまでずっと頭を撫《な》で続ける。

ようやく落ち着きを取り戻したように見えたクリスタだが一向に口を開こうとしない。

「……クリスタ。何が見えた？　そこまで恐ろしいものが見えたのか？」

「クリスタ。アルに話してごらんなさい。何かできることがあるかもしれないわ」

「……小さな部屋……大勢の子供……」

そしてクリスタは少しずつ語りだす。見えたものを断片的に語るため要領を得ないが、最後に決定的なことを呟いた。

「り、リタが……」

「リタが？」

「死んじゃう……！　私の目の前でリタが死ぬ……！」

「なっ⁉」

「そんな……」

それは衝撃的な発言だった。過去、クリスタが見た未来は当たったり外れたりしてきた。

だが、的中率でいえばクリスタが直接かかわる可能性の高い未来は当たりやすい。

長兄の死は身内の死だし、キールの街が襲われるのも自分がそこにいた。そういう意味では、
クリスタ自身の前で起こるという出来事はかなり現実に起こる可能性が高い未来ということだ。

しかし、よりにもよってこのタイミングかっ！

「アル兄様……リタを助けて……！」

「アル……」

「……さきほど父上に挨拶したばかりです。出立の……」

「え……？　嫌！　アル兄様！　行かないで！」

クリスタは俺へ必死に縋《すが》りつく。小さな手が俺の服を強く握りしめている。

どうする？　父上にやっぱりやめますと言うか？

いや認められるわけがない。理由がいる。そしてクリスタのことを説明することになる。そ
うなればクリスタの能力が知れ渡る。不確実とはいえ、未来が見える魔法なんて国にとっても
有益だからだ。父上とて人間だ。必ず使うに決まっている。

それが一番最悪だ。クリスタが危険に晒《さら》されるし、見たくないことまで見させられる。

だが、もはや俺たちには人手がいない。

「アル。私がどうにか皇帝陛下にお願いするわ。それなら」

「……たとえ俺が残ったとしても後宮にずっといることはできません」

妃《きさき》や護衛、女官以外で後宮にいることができるのは皇族の女か十二歳以下の皇子だけだ。

いくら皇子といえど、ある程度の年を越えれば後宮に一日中留《とど》まることは許されない。この中で何かが起きたら俺では対応が遅れる。リンフィアがいたなら母上が要請すれば後宮の護衛に配属できるが、さすがに俺は無理だ。

たとえシルバーになったとしてもいきなり後宮に現れたりしたら処罰の対象になる。

「状況的にクリスタ自身も何かに巻き込まれます。なるべく傍にいられる護衛が必要です。それも女性で腕が立つ護衛が……」

「……思い当たるのは一人だけね」

「ですね」

こうなったらエルナに頼むしかない。任務をなんとか断ってクリスタの傍にいてもらうよう頼む。それで駄目なら次の手を考えるしかない。

「ですが、エルナは任務を与えられています。リスクがあるという点では俺と同じか、俺以上です」

皇子として任務を与えられた俺と近衛騎士として任務を与えられたエルナ。どちらが全うすべきかなんて子供でもわかる。断る理由によっては近衛騎士団から除籍されかねない。

それでももはや俺たちにはエルナを頼るしかなかったのだった。

# 9

エルナのところに行くまで俺は様々なことを考えていた。

どうやって頼めばいいのか。断られた場合、どうするのか。

色々と考えすぎて頭がごちゃごちゃになる。

結局、考えはまとまらずに俺は勇爵家の屋敷にたどり着いてしまった。

いつものようにお帰りなさいと迎え入れられ、俺は勇爵家の屋敷へと入った。

「アル。どうしたの？」

「エルナ……」

出迎えたのはエルナだった。できればアンナさんがよかったな。正直、エルナの顔が見られない。だが、そんな不自然な態度をこの幼馴染《おさななじみ》が見逃すはずもなかった。

「なにかあったの？」

「いや……」

「誤魔化《ごまか》したって無駄よ。とにかく部屋へ行きましょう」

そう言って俺はエルナに案内されて客間へ向かう。

メイドたちが準備した紅茶とお菓子。エルナはそれを受け取ると人払いをする。そして俺と向かい合う形で椅子に座るとすぐに本題へ入った。

「もう一度聞くけど、なにがあったのかしら？」

「……厄介なことになった」

「そう。私が必要？」

「……ああ」

顔も見ずに俺は頷《うなず》く。なんて頼み方だ。だが、俺にはエルナの顔を見ることができなかった。

一体、どんな顔をして頼めばいい？

俺の任務は結局、帝位争いのためだ。父上の評価が必要だから今更やっぱりやめますとは言えない。そうだ。俺は妹の安全と帝位争いを天秤《てんびん》にかけているんだ。そしてどちらも選べないから厚かましくも両取りを目指して、エルナへ頼みにきた。

後宮は女の世界。護衛は女が適任だ。だからという理由はあるが、それは根本的な理由じゃない。ようやく俺たちに流れ始めた追い風を消したくないのだ。父上は俺たちを好意的に見ている。この流れを切りたくない。だが、クリスタを見捨てることもできない。俺は選べないのだ。だからエルナに縋っている。情けなくてエルナの顔が見られない。

なのに。

「わかったわ。じゃあ皇帝陛下に辞退を告げなきゃね」

「っ!? いいのか……？」

「なにが？」

あっさりした答えに思わず顔をあげる。するといつも通りのエルナの顔がそこにあった。

どうということはない。エルナの顔にはそう書いてあった。

「だって……辞退するってことは不名誉なことだろ……？」

「不名誉どころじゃないわ。でも私が必要なんでしょ？　なら仕方ないじゃない」

「……俺とレオは南部から逃げてきた騎士の保護のために帝都を離れる。帝位争いを有利に進めるために、どうでもいい他人を保護しにいきたくて……お前に頼ってるんだぞ？」

「どうでもいい他人じゃないから手を離せないんでしょ？　私が何をするか知らないけど、必要なら協力するわ」

「どうして……」

「言ったじゃない。私はアルを見捨てない。気づいてる？　あなた、さっきからすごい難しい顔してるわよ？　何があったか知らないけど、私が必要なんでしょ？　なら任務くらい辞退するわよ。アルにやることがあって、私にしか任せられない。そう思ったから来たんでしょ？」

エルナはあっけらかんとした様子で告げる。

そんな簡単なことじゃないんだ。そうであればここまで罪悪感を覚えたりしない。

勇爵家の跡取り娘であり、近衛《このえ》騎士であるエルナが任務を辞退なんていうのは大事だ。もちろん父上も無理強いはしない。聖剣を使える勇爵家の者は貴重だし、勇爵家との関係を悪化させることは皇帝としては避けたいからだ。

だが、名誉を損なう行為であることは確かだ。

「お前にとって……名誉は大切じゃないのか？」

「大切よ。けど、私の誓いは私の名誉よりもずっと大切なの。あなたが必要とするなら私はどこにでも行くわ。さぁ、説明して。私は何をすればいいの？」

エルナは珍しく柔らかな笑みを浮かべた。その笑顔が心に刺さる。

だが、いつまでも罪悪感に浸っているわけにもいかない。

「……クリスタは先天的に魔法を使える。未来予知だ」

「……驚いたわ。よく今日まで隠してこられたわね？」

「発現したのは三年前だ。皇太子の死をクリスタは見た。それ以来、未来を当てたり外したり。だが自分に関することはかなり当たる」

「今回はそのパターンなわけね」

「ああ。レオと遊んでいた女の子、リタを覚えているか？」

「もちろん。あの子が関係してるの？」

「……クリスタが言うにはあの子が死ぬ。クリスタの目の前で」

俺の言葉にエルナは険しい表情を浮かべた。クリスタは基本的に城や後宮を出ない。そんなクリスタが巻き込まれるということは、城や後宮の者が何か関わっているということだ。そういう意味でも勇爵家という最高位の貴族であるエルナが護衛につくのは有利に働く。誰かが妨害しようとしても、エルナを妨害できる者なんて限られているからだ。

「クリスタ殿下を傍で護衛すればいいのね？　それがリタを守ることに繋《つな》がる」

「ああ……クリスタの未来予知は限られた者しか知らない。父上も知らない。だからこれを理

由に任務を辞退することはできないぞ？」

「平気よ。次の任務は大きな湖の近くだから」

「……お前、まさか？」

「皇帝陛下に水が苦手だって伝えるわ。それならそこまで問題にはならないでしょう？」

「それはそうかもしれないが……お前の弱点が周りに漏れるんだぞ？　いいのか？　前はあんなに嫌がってただろ？」

「今だって嫌よ。辞退したら負けたみたいだし、勇爵家の跡取り娘が水を恐れているなんて、笑われるでしょうね」

「なら……」

「でも、そんなことより誓いが大事なの。困っているんでしょう？　私がいなくて平気なの？　どうにかなるの？　どうにもならないから来たんでしょ？　本当に困ってるんでしょう？　だったら助けてあげる。言葉だけの誓いじゃなんの意味もないもの。私は口だけの女じゃないわ」

エルナは立ち上がり、俺の傍までくる。そしてそっと俺の額に自分の額をつける。

突然の行動に俺は驚くが、エルナは静かに告げる。

「安心して。もう大丈夫だから。アルが守りたいものは全部、私が守ってあげる。アルの手から何もこぼれないように。私が一緒に手を差し出してあげる。だからそんな辛《つら》そうな顔をしないで」

「エルナ……」

「大丈夫。アルはクリスタ殿下を見捨てるわけじゃないわ。帝位争いも大事で、クリスタ殿下も大事。どっちもはできないなら片方は私がやってあげる。アルは帝位争いのために助けが必要な人を助けてきて。私がクリスタ殿下を守るから」

「……あの子にはもう辛い思いをしてほしくない……。母親が亡くなったとき、あの子は抜け殻のようだった。けど、ようやく笑うようになったんだ……妹を……クリスタを頼む。お前にしか頼めない……」

「任せて。私たちは幼馴染で協力者でしょ？　なんでも相談して。どんなときも私があなたの力になるわ」

　そう言ってエルナは一歩引く。そして快活な笑みを見せた。

　かつて、その笑顔を見たことがある。初めて会ったときもそんな笑顔で、私が守ってあげると告げていたな。そうか。こいつはずっと変わってないんだ。

　今も昔もエルナは俺の味方なんだ。

■■■

「アル兄様！　行っちゃ嫌……！」

「クリスタ。アルを困らせてはだめよ」

　結局、エルナは大きな湖を理由にして任務を辞退した。昔から水は苦手だったと正直に父上に告白したのだ。俺とレオがいたため、無理をして大使護衛の任務にはついたが、やはり任務に支障が出るだろうからともっともらしい理由をつけて。

さすがにそう言われては父上も頷かざるをえず、別の近衛騎士が任務として派遣されることになった。

そしてそれならばと母上は父上にエルナを自分の護衛に希望した。息子たちの話を聞きたいとこちらももっともらしい理由をつけて。そして父上はそれを許可した。エルナにとってもちょうどいい休暇となると思ったんだろう。

だから俺は母上とクリスタに帝都を出ることを告げていた。

「エルナが護衛についてくれるわ」

「嫌……！　アル兄様の傍がいい……！」

「……クリスタ。俺のことを信頼してるか？」

「うん……」

「そうか」

抱きつくクリスタの頭を撫《な》でながら俺はどう言うべきか迷う。ここで無理やり出ていってもクリスタはエルナを信頼しないだろう。まぁそれでもかまわないんだが、できればエルナを信頼してほしい。だから俺は思っていることを口にした。

「そんな俺が一番信頼している最高の剣を置いていく」

「剣……？」

「ああ。大陸最高の剣だ。どんな相手からもお前を守ってくれる。だから困ったことがあれば頼れ。心細かったら俺の名の代わりに呼べ。必ず駆け付けてくれる」

「……わかった……」

「良い子だ。もう大丈夫だ。エルナがお前とリタを守ってくれる」

そう言って俺はクリスタをきつく抱きしめると踵《きびす》を返す。そこにはエルナが立っていた。

「妹を頼む」

「お任せください」

短いやりとりのあと、俺は真っすぐ歩き始めた。もう後ろを振り返らない。

何一つ不安はないからだ。

## 10

ゴードンがレベッカの居場所を知り、隠密《おんみつ》部隊を動かした頃。

「ザンドラ殿下。ご協力を」

人攫《ひとさら》い組織から派遣されてきた追手たちは帝都でザンドラを頼っていた。

人数は五人。彼らは組織が抱える凄腕《すごうで》の暗殺者だった。彼ら以外にもかなりの数の追手が帝都の周辺に散らばっていた。それこそ組織の全力をあげて、レベッカを追っていたのだ。しかし、いくら巨大な犯罪組織でも帝国の隠密部隊が相手では分が悪い。そのため、ザンドラに協力要請をしたのだった。

それだけレベッカが持つ手紙は組織にとって致命的なものだった。そしてそれは南部貴族、そして南部貴族を支持基盤に持つザンドラにとっても致命的なものであった。

「そうね。南部貴族と組織の関係が明るみに出れば、私としても困るわ。ギュンター、準備はできているかしら？」

「はっ、問題ありません」

かつてアルを狙った暗殺者、ギュンターがザンドラの傍《そば》で少し頭を下げる。その後ろにはザンドラが各地から集めた暗殺者が揃《そろ》っていた。その数は二十はくだらない。

「私に近い暗殺者たちは使えない。だから私に繋がらない暗殺者たちを集めたわ。これを組織に貸すから好きに使いなさい。腕は保証するわ」

「感謝します。それと動いているのはゴードンだけではないようですが？」

「レオナルトたちのことかしら？　それなら問題ないわ。レオナルトたちはほとんど暗殺者を抱えてないわ。標的を追うことに関して暗殺者の右に出る者はいない。気をつけるのはアルノルトの執事である、セバスチャンだけよ」

「かしこまりました。では警戒すべきは隠密部隊だけですね」

組織の暗殺者の言葉にザンドラは頷く。今回はゴードンにしては動きが早い。いつもと同じと思っていると痛い目を見るだろう。

ザンドラは椅子に座りながら足を組み替える。頬杖《ほおづえ》をつき、日が落ちてきた外を見た。帝都はそろそろ闇夜に包まれ、その闇夜に乗じて多くの勢力が動き出す。

この戦いに負ければ、ザンドラがもっとも致命的な打撃をこうむる。支持基盤である南部を失うのだ。各地にいる魔導師たちはそれでもザンドラを支持するだろうが、所詮は個人。帝位争いは帝位候補者たちの個人同士の戦いであると同時に、勢力争いでもある。弱小勢力では絶対に帝位にはつけない。

レオナルトたちがクライネルト公爵の協力を取り付けたように、背後に力ある公爵がいるといないとでは勢力の力は大きく変わってくる。

「ゴードンはここで私を追い落とすつもりね」

「エリク殿下はおそらく今回も傍観でしょう」

「エリクはそういう男よ。最後の最後まで絶対、自分の手は汚さない。私たちが争い、疲弊するのを待っているんだわ。でも、それが付け入る隙よ。ここを耐えきれば支持基盤の心配はせずに済むわ」

それに実験体の心配もしないで済む。ザンドラは心の中で呟《つぶや》く。個人的なことを言えば、そちらのほうが大切だった。ザンドラの中で、帝位争いで勝ち抜くために必須なのは禁術であり、勢力ではなかった。

研究中の禁術さえ完全なものになれば、勢力など不要。誰であってもザンドラには逆らえない。誰もが自然と跪《ひざまず》く。それがザンドラの理想とする世界だった。

「手を貸す以上、成果を出しなさい。必ず騎士は殺すのよ？」

「もちろんです。しかし、手紙は良いのですか？」

「お父様は人を見る目に自信を持っているわ。時に物証よりも人の言葉で動く。南部貴族の不正と腐敗を騎士が訴えれば、たとえ手紙がなくてもお父様は動きかねないわ。逆に手紙だけなら偽造を疑い、すぐには動かない。息絶えるのを見るまで油断しちゃだめよ？」

「かしこまりました」

一礼して組織の暗殺者たちが姿を消す。それにザンドラが集めた暗殺者たちも続いた。

残ったのは側近であるギュンターのみ。そのギュンターが口を開く。

「私は待機でよいのですか？」

「いいのよ。あなたにはやってもらうことがあるから」

ザンドラの手元にはまだ精鋭の暗殺者が何人かいた。それらを動員すれば力押しでも勝てなくはないだろうが、ザンドラは暗殺者がこれ以上減るのを嫌っていた。

それゆえの指示であったが、今は勝負の分かれ目。ここで出し渋れば取り返しのつかないことになる。そう思ってギュンターは自分の参戦を訴えようとした。

しかし、その前にギュンターの背中から声が発せられた。

「ザンドラ様。ご報告があります」

暗殺者が背中を取られる。それも相手が喋《しゃべ》るまで気づかないほど完璧に。それは屈辱的なことだったが、ギュンターは怒る気にもなれなかった。

なぜなら自分の後ろを取ったのはズーザンが抱える最強の暗殺者であり、自分が出会った暗殺者の中でも飛びぬけた存在だったからだ。

「聞かせてちょうだい。シャオメイ」

ギュンターの後ろを取ったのはズーザンのメイドであり、暗殺者であるシャオメイだった。わざわざズーザンの下を離れてくるあたり、大事な用件であることは間違いなかった。

「レオナルト殿下とアルノルト殿下が皇帝陛下に南部への視察を命じられました。その護衛という形で戦力をイェーナに集中するようです」

「お父様まで巻き込んでご苦労なことね。けどチャンスだわ」

「はい。クリスタ殿下の周りが薄くなります。仕掛けますか？」

「そうね。そのつもりで動いて。けれど、まずは偵察よ。これは絶対に失敗できないんだから。上手《うま》くいけば文献だけにしか存在しない先天魔法の使い手が手に入るわ。ああ……素晴らしい実験体になるわ……」

陶酔した様子でザンドラが呟く。自分の妹であるということはもはや頭にはなかった。

そんなザンドラに対して、シャオメイは何も言わない。いつものことだからだ。

「では私が周辺を調査します。イェーナの一件はすぐには片付かないでしょう。その間にタイミングを見計らって仕掛けます」

「わかったわ。ギュンター、あなたも協力しなさい」

「かしこまりました」

返事を聞くとザンドラは手を振って二人を探りにいかせる。そして誰もいなくなった部屋でフッと笑う。

「もしも、イェーナの一件が失敗に終わったなら……伯父様を見捨てることになるけれど、仕方ないわよね？　私が皇帝になるためだもの。安心して。クリスタさえ手に入れば私は玉座に大きく近づくんだから」

そう言ってザンドラは禍々《まがまが》しい笑みを浮かべるのだった。

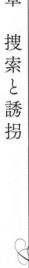

# 第二章　捜索と誘拐

Episode 2

## 1

イェーナは帝都から早馬で半日ほどの距離にある中規模の城塞都市だ。主要な街道から外れており、特産物や名所があるわけでもないため、発展しているとは言いづらい。

そこを治めるのはグリーム伯爵。特別秀でたところのない中年貴族だ。どこの勢力にも属さない中立ではあるが、息子が軍に所属している。ゴードンがすぐに反応できたのはそのためだろう。

そのイェーナに俺たちは夜中に到着した。時間も時間なため、領主のグリーム伯爵は起きていないということで、俺たちは街一番の宿屋に案内された。

「父上に頼んでおいて正解だったな。すんなり街に入れた」

「正式な任務じゃなかったら、足止めくらってたかもね」

椅子に座りながら俺はレオと話す。門に到着したとき、門番は俺たちの足止めを図ろうとしていた。領主が挨拶に来るまで待ってほしいとか、宿屋が空いていないとか。それらすべてを封じるために俺たちは父上からの命令書を見せた。

皇子が皇帝の命で動いている以上、どんな理由があろうと要求には応えないといけない。大した時間も稼げずに狼狽《うろた》える門番を尻目に俺たちは街に入ったのだ。

「かなり早めに動いたからな。まだ隠密部隊は着いていないのかもしれないな」

「もしくは準備が出来ていないかだね。さすがに居場所を特定してないってことはないと思うけど……」

「どうだかな。姿を見たものの、正確な居場所がわからないってことはありえる。中規模の街とはいえ、一人を探すのはなかなか厄介だ。レベッカだって警戒しているだろうしな」

逃げているのは素人じゃない。訓練を受けた騎士だ。しかも、帝国南部が混乱していたとはいえ、ここまで犯罪組織の追手も躱《かわ》している。冴《さ》えない中年領主から姿を隠すのくらいはやってのけるだろう。

「どうであれ、さっさと保護しないとまずいことには変わりないけどな」

「うん。ゴードン兄上は彼女を利用する気だろうし、ザンドラ姉上は確実に口を封じる気だと思う。どっちに見つかっても彼女は不幸だ」

レオの言葉に頷《うなず》き、俺はセバスに目配《めくば》せする。心得たとばかりにセバスは一礼すると、その場から姿を消した。

セバスならばレベッカを見つけるのに時間はかからないだろう。一切邪魔が入らず、自由に動けるならば、だが。

「俺たちが到着したなら、犯罪組織の追手も街に入ってる頃だろうな。そこに隠密部隊まで加わったら、しばらく夜は牽制《けんせい》のし合いになりかねんな」

「それなら僕らが昼間に動けばいいよ。大々的に動けるからね、僕らは」

「俺たちには領主の妨害が入る。問い詰めたところで知らないフリをされるだろうし、俺たちの接待と称してついてこられると面倒だ」

　レベッカは今、誰を信じるべきかわからない状況のはず。いくらレオの評判が良くても、この街の領主と一緒にいては警戒される。

「役割的には僕が領主を引き付けて、兄さんがレベッカを探すパターンかな？」

「まぁそのパターンだろうな。俺なら適当にぶらついてると言っても自然だしな」

「じゃあ、それで行こう。アテはあるの？」

「一応な。そうは言ってもセバスが見つけてくれるのが一番だけど」

　そう言って俺は明日に備えて眠りについたのだった。

■■■

　次の日の早朝。宿屋に領主が焦った様子で訪ねてきた。しかし、その対応はレオに任せて俺はこっそり宿屋を抜け出していた。

「収穫はなしか？」

「残念ながら。すでにゴードン殿下の隠密部隊とザンドラ殿下の暗殺者が出揃《でそろ》っていたため、さすがに身動きが取れませんでした」

夜の間、ずっと動いていたのに眠気すら感じさせず、セバスが俺の後ろを歩く。こいつは疲れるということを知らないんだろうか。鍛え方が違う、生きてきた世界が違うと言われればそれまでだが。

「暗殺者ってのはみんなお前みたいなのか？」

「夜に生き、闇で動くのが暗殺者です。眠気に負けるような者は半人前以下ですな」

「つまり、ここから数日は夜の小競り合いが続くってことか……」

正直、長引かせたくない。夜の戦いはうんざりするし、レベッカも危険に晒《さら》される。

「有益な情報が手に入るといいですな」

「手に入るさ。ここならな」

そう言って俺は一つの建物を見上げる。そこはイェーナの冒険者支部だった。

冒険者はよく周りを見ているし、酒の場となると皆、口が軽い。多くの情報が飛び交っている。この支部の人間なら何か知っているだろう。

「変装はいりませんか？」

「いらんだろ。誰も俺の顔なんか知らんよ」

帝都ならいざ知らず、ここは帝都から離れた街だ。主要街道から離れているということは、情報も遅い。レオの顔すら知らん奴《やつ》ばかりだろう。

そう思いながら俺はイェーナ支部の扉を開けた。

中は帝都支部と大して変わらない。受付場や酒場があり、壁には依頼書が貼り付けられている。酒場スペースでは冒険者たちが気分良さそうに酒を飲んでいる。

だが、見ない顔に何人かは警戒した顔をしている。興味と苛立《いらだ》ち。両方が込められた視線を受けながら俺は受付場に向かう。しかし。

「おいおい、どこのお坊ちゃんだ？　執事なんかを連れている坊ちゃんの来る場所じゃないぜ？　ここはよ」

一人の冒険者が俺の行く手を遮る。酒を手に持っているあたり酔っているんだろう。周りは呆《あき》れるだけで止める気配はない。慌てているのはギルドの職員だけだ。他の冒険者にとっても俺は自分たちの居場所に入ってきた異物ということだろう。

「情報が欲しくてやってきた。人を探している」

「人探し？　はっはっはっ‼　笑わせるぜ！　ここは冒険者ギルドだぞ？　情報が欲しけりゃ依頼を出すんだな！　受ける奴がいればの話だが！」

そう言って男は笑う。それにつられて支部中の冒険者たちが笑い始めた。

まったく……。冒険者らしいといえば冒険者らしいか。自分たちに金を落とすかもしれない相手だって考えがまるでない。

自分たちが気分よく酒を飲んでいるのに邪魔するな。それが一番であり、他は二の次なんだろう。まぁ嫌いじゃないが。

「教えてやろうか？　坊ちゃん。南部が混乱したおかげで、ここらへんの冒険者たちは依頼に困ってないんだ。坊ちゃんのお遊びみたいな人探しには誰も付き合わねぇよ！」

そう言って男は持っていた酒を俺にかけた。さすがに支部内の笑い声が消えるが、男は笑い続けている。

「俺のおごりだ！　美味《うま》いだろ！」

「ああ、いい味だ。そろそろ退いてもらえるか？　俺はギルドの職員に話があるんだ」

ギルド職員はこういう冒険者たちの話をよく聞いている。酒を飲めば何を言っていたか忘れる冒険者よりも確実性は高い。

俺は男の横を通り過ぎようとするが、男に肩を摑《つか》まれた。

「おい……舐《な》めてるのか？　俺は帰れって言ったんだぞ？」

「そういうわけにはいかない。俺は用があるんでな」

そう返すと男の手に力が込められる。肩の骨が悲鳴を上げ始める。さすがに素の状態じゃ振り払えない。できれば穏便に済ませたいんだが。

そんなことを思っていると突然、支部の扉が開かれた。

「一体、何の騒ぎですか!?」

そう言って入ってきたのは意外な人物だった。

茶色の髪を三つ編みにした女性。名前はエマ。帝都支部所属の、シルバーを担当する受付嬢だ。

# 2

一目で状況を察したのか、エマはすぐに俺の傍《そば》に駆け寄って、男の手を引きはがした。

「民のために。冒険者の基本原則を忘れた方はギルドにいられませんよ？」

「え、エマさん……これには訳があって」

「言い訳なんて聞きたくありません。どうせ酒に酔って気が大きくなったんでしょう。止めなかった全員の責任ですからね！」

エマは静観していた冒険者と狼狽《うろた》えていたギルド職員を叱る。帝都の受付嬢にして、シルバーを担当するエマは下手な支部長よりも力を持っている。

お叱りはごもっともという感じでギルド職員たちは項垂《うなだ》れ、冒険者はとばっちりだとばかりに俺の傍にいる冒険者を睨《にら》む。

予想外な展開に俺の肩を摑んでいた冒険者は狼狽えるが、それを無視してエマはハンカチを取り出し、俺を拭き始めた。

「申し訳ありません！　服は弁償致します！　今回はどのようなご用件でしょうか？　こちらの失態ですので依頼のほうは無料で受けさせていただきますね」

何度も頭を下げながら、器用に濡《ぬ》れた俺の髪や服を拭く。帝都で受付嬢をやっているだけあって、トラブルへの対応は完璧だ。普通の依頼者ならそれで済んだだろう。

しかし、拭きながらエマは俺が身に着けている服や装飾品がやけに高価なことに気づいたらしい。どんどん顔が青ざめていく。そして拭いているうちに前髪が横にずれて、俺の顔がエマに晒される。その瞬間、エマはハンカチを落とした。

「……で、殿下……？」

俺かレオか判断には迷っているが、皇子であることには察しがついたようだ。

「さすがは帝都の受付嬢。俺の顔まで覚えているなんて優秀だな」

「ご、ご無礼を！　お許しください!!」

すぐさま俺から距離を取って、エマが膝をついた。何が起こっているのかわかっていない冒険者とギルド職員たちに、エマは早口で俺の正体を告げた。

「帝国第七皇子アルノルト殿下です！」

「皇子⁉」

「あの噂《うわさ》の出涸《でが》らし皇子がどうしてこの街に……」

「まじかよ……」

俺の正体に驚く者は大勢いたが、すぐに出涸らし皇子なら大丈夫だろうという空気が流れ始めた。俺の肩を摑んでいた冒険者も、皇子というワードにはビビったらしいが、出涸らし皇子と聞いてほっと息を吐いている。その空気にエマが顔をしかめる。わかっているんだろう。用もなく俺が帝都を離れるわけがないと。

「こ、今回はどのような用件でしょうか……？」

「皇帝陛下の命令で南部の視察に行く途中だ。少し人を探していてな。情報が欲しい」

「こ、皇帝陛下の命令⁉　つまり……正式な使いということでしょうか……？」

「そうなるな」

支部内の全員が顔を青くした。皇帝の正式な使いに無礼を働くことは、皇帝に無礼を働くことに等しい。いくら冒険者とはいえ、見過ごされることではない。

「お、お許しください！　誰も殿下とは思わなかったのです！　皇帝陛下と殿下に無礼を働く気があったわけではありません！」

「そりゃあ無礼を働くつもりで無礼を行ってたら問題だろうな」

「どうかお許しを……」

エマは深々と頭を下げる。それを見てから冒険者の男も膝をつこうとする。

俺はそれを制した。気に入らなかったからだ。

「冒険者は権威には縛られない。自由を愛し、我が道を行く者たちの集まりのはずだ。ギルドの職員ならいざ知らず、冒険者が皇子だとわかった瞬間、膝をつこうとするのはどういうことだ？　その程度の覚悟で冒険者をやっているのか？」

「そ、それは……」

「自由を貫くなら最後まで貫け。良い気分で酒を飲んでいる最中に乱入してきたならば、皇子だろうが皇帝だろうが排除しろ。俺はそういう冒険者の気風が好きだ。手のひらを返して失望させるな」

厳しい言葉に冒険者の男は泣きそうな表情を浮かべた。謝罪すら許されず、どうすればいいかわからなくなったんだろう。

しかし、俺は別に泣かしたいわけでも、いじめたいわけでもない。

「貫けないなら以後は他人に突っかかるのはやめるんだな。帝国の皇族はお忍びで外出することが多いからな」

「は、はい！　以後気をつけます！」

「お、お許しいただけるのでしょうか……？」

「冒険者に礼儀は求めない。それに、だ。帝国の皇子も皇帝の使いもこの場には来なかった。意味がわかるな？」

「は、はい……感謝いたします」

「礼はいい。個室を借りられるか？　少し話がしたい。君とだ」

俺はエマを指名すると、支部の奥にある個室に入ったのだった。

■■■

「そ、それでどのようなご用件なのでしょうか……？」

恐る恐るエマが訊《たず》ねてきた。その前に俺はエマがここにいる理由について聞いた。

「話の前に聞きたい。どうして君がここにいる？　帝都から異動になったのか？」

「い、いえ、そういうわけではなく……あ、申し遅れました。私は帝都支部所属のエマと申しまして……実は南部で悪魔騒ぎがあったせいで、依頼数が膨大なものとなってしまい、多くのギルド職員が一時的に南部へ行っていたんです」

「依頼が増えれば冒険者も流れてくる。それに対応するためか」

「その通りです。今はその帰りでして、この支部の手伝いをし終えたら帝都に戻ろうと思っていました」

「なるほど。それなら一つ協力してくれないか？　実は皇帝陛下からの命令というのは表向きなものでな。南部への視察を俺と弟のレオが命じられたが、本命はこの街だ」

「と言いますと？」

どういう意味かわからずエマが一瞬、首を傾《かし》げた。どれだけ優秀でも自分と関わりない物事には疎いか。これは政治の話だからな。

「本命はこの街での人探しだ。探しているのは南部の騎士、レベッカ。シッターハイム家に仕えていた女騎士で、年は十代半ば。南部貴族の不正に関する手紙を持っている。他の勢力も彼女の身柄と手紙を狙っているため、速やかに保護したい。レベッカなんて名前はよくいるし、本人に関する情報も少なくて苦戦している。何か知っているか？」

「……それは本当でしょうか？」

意外な返しだった。事態を深刻に捉えているようだが、まさか真偽の確認から入るとは。

普通、こういう場合はすぐに思い当たる節を探すなどと言うと思うんだが……。

何か怪しい。俺は目を細めてエマを見つめる。エマもその視線に気づいたのか、避けるように目を伏せた。そして。

「……殿下はレオナルト殿下と一緒に来られたと仰《おっしゃ》っていましたが、つまりこの街にレオナルト殿下もいらっしゃるということですね？」

「ああ。今は領主の相手をしている」

「では……明日、また来ていただけないでしょうか？　情報を集めておきますので」

「すでに軍部の隠密《おんみつ》部隊やレベッカを追う暗殺者も街に入っている。時間がない」

「……それでも明日、また来てください。必ず良い情報をお渡ししますので」

「何か知っているなら今、言ってほしいんだが？」

「……申し訳ありません」

俺の要求にエマは答えない。きっとどれだけ追及してもそれは変わらないだろう。

だから俺はため息を吐き、諦めて席を立った。

「では、明日の早朝にここへ来る。それでいいか？」

「はい……ありがとうございます」

エマに見送られながら俺とセバスは支部を出た。

「監視は？」

「何名か確認できます」

「そうか……ならエマの判断は正しいな」

「何か知っている風でしたが」

「そもそもレベッカという騎士について、エマは一切疑問を抱いていなかった。あれは知っている反応だ。痕跡らしい痕跡もなく、犯罪組織の追跡を躱《かわ》していたのが不思議ではあったんだが、エマと一緒に行動していたなら納得だ。冒険者の援護も得られる」

「なるほど。彼女が匿《かくま》っているということですな」

セバスの言葉に俺は静かに頷《うなず》く。すぐに答えなかったのはレベッカに確認するためと、俺たちが監視されている可能性を考慮したためだろう。

「明日の朝、エマがレベッカを連れてきたら、保護して離脱だ。ただし、俺たちと接触した以上、エマも監視対象になった。夜の間、護衛は任せる」

「かしこまりました。しかし、いくらギルドの職員とはいえ、一流の追手を撒《ま》けるとは思いませんな。おそらく居場所を突き止められるかと」

「そうなったら強硬手段だ。準備はしておく。俺たちが行くまでお前が守れ」

荒事になればこちらも対抗するだけのこと。セバスならば時間を稼ぐ程度は余裕だろう。

そう思いながら俺は部屋へと戻ったのだった。

# 3

その頃帝都では。

後宮にてミツバの護衛を担当することとなったエルナだが、実際はクリスタを守ることに重きを置いていた。ミツバとクリスタが別行動のときは必ずクリスタの傍にいるようにし、それをミツバは当然のことと受け入れていた。

そしてその日もクリスタは城にいるリタに会いにいったため、エルナも同行していた。

「じゃーん！　見てみて！　クーちゃん！」

「なにそれ……？」

いつもどおりの城の広場でリタはコインを取り出していた。そのコインは一見すると薄汚れたゴミにしか見えない。だが、リタは自慢気にクリスタに見せびらかす。

「なにかなー？　なんだろうなー？」

「えー、教えて……！」

「うーん、どうしようかなぁ？　どうしようかなぁ？」

「もういい！　エルナに聞く！　エルナ、教えて」

「えー──!?!?」

クリスタは二人を見守っていたエルナのところまでとてとてと歩いていくと、エルナに質問する。それに対してエルナは苦笑を浮かべた。

当然、騎士候補生であるリタが使う物だ。正式な近衛《このえ》騎士であるエルナも知っていた。

しかし、だからといって子供同士の他愛《たあい》ない会話に大人が入るのもどうなのだろう、と思ったエルナはリタに視線を移す。友達に新しいオモチャを自慢したい。そんな表情を浮かべるリタを見て、エルナは昔の自分を重ねる。

新しい剣や魔導具を手に入れるたびにアルとレオに自慢しに行っていた自分を。

「そうですね……あれは騎士の秘密道具ですからタダでは教えられません。私に遊びで勝てたら教えてあげましょう」

「遊び……？」

「簡単な遊びです。私が用意した石の場所を当てられたら勝ちです。リタも来なさい」

「はーい」

エルナに呼ばれたリタは興味津々といった様子でエルナのやることに注目する。

憧れというほどではないが、有名なお姉さんといった印象であるエルナはリタにとっては興味を惹《ひ》かれる存在なのだ。

エルナは花壇に落ちていた石を拾い、それを手の平にのせて二人によく見せる。

「リタ。あなたも参加しなさい。当てたら説明を譲ってあげるわ」

「ほんとう!?　リタやる！」

「うん、元気がよろしい。さて、ここに何の変哲もない石が一つ。今からこの石を隠します。ちゃんと見ていてくださいね」

「うん……！」

「見逃さないぞー！」

食い入るように見る二人を微笑《ほほえ》ましいなと思いながら、エルナは右手の石を左手に移す。そして今度は右手に。それは最初、子供たちが追いつける程度の速さだったが、そのうち目にもとまらぬ速さへと変化していき、やがては目にも映らない速さになってしまう。

自分たちの目の前で何が起きているのか理解できず、二人は茫然《ぼうぜん》とするが、すぐにエルナの手は止まる。

開かれていたはずの手は拳になっており、エルナはにっこりと笑う。

「さあ、どこにあるでしょうか？」

「うーん、どっちだぁ〜？」

「わからない……」

「ここは勘だ！」

「だ、駄目！　リタ！　ここは協力！　私は右、リタは左」

「おー!!　クーちゃん頭がいい！　それだ！　リタは左！」

「私は右……！」

子供たちなりに知恵を絞った回答にエルナはさらに笑みを深める。

だが、エルナが開いた手には石はなかった。あるはずの石がなかったため、二人の目は点になるがやがてクリスタが震えながら呟《つぶや》く。

「え、エルナが食べちゃった……」

「ち、違います！　二人の胸ポケットですよ！」

盛大な誤解を受けてエルナは二人の胸ポケットを指さす。

言われて二人は自分の胸ポケットが膨らんでることに気づき、そこを覗《のぞ》く。

「おおお!?!?　真っ二つになった石がリタのポケットに!?」

「真っ二つ……エルナ、すり替えた……?」

「ズルはしてません。ちゃんとさっきの石ですよ」

「でも真っ二つ！」

「手刀で斬りました」

「うぉぉぉぉぉ!!　すごい！　すごいぜ、エル姉!!」

「……」

興奮するリタをよそにクリスタはアルが言っていたことを思い出していた。

俺の剣、という言葉を。あのときは例えとして出したと思っていたクリスタだったが。

クリスタはジーっとエルナを見たあと、一つ納得したように頷く。

「エルナは剣……触るな危険……」

「な、なぜですか!?」

そんな風な会話をしつつ、エルナは少しホッとしていた。護衛についた当初、クリスタは少しだけエルナに壁を作っていた。その壁を取り払うためにエルナはアルの昔話をして、クリスタとの壁を取り払う努力をした。警戒されていては護衛にならないからだ。

ただ、その代償としてアルの秘蔵失敗談がクリスタにいくつか伝わったが、それも仕方ないことだろうとエルナは思っていた。頼んできたのはアルのほうだと。

今ではすっかり打ち解けており、クリスタはエルナのことを信頼してくれていた。

「エルナ、両方外れた場合はどうするの……？」

「そうですね。私の勝ちということで私が説明しましょう。リタ、コインを貸して。二枚とも」

「はい！　エル姉！」

もはやその呼び方が定着したなぁと思いつつ、エルナは薄汚れたコインを二枚受け取る。そして一枚をクリスタに渡した。

「ちゃんと持っていてくださいね」

「うん……」

「それではさきほどと同じようにこのコインを隠します。見つけてくださいね」

そう言ってエルナはコインを右手と左手に行ったり来たりさせる。

そしてスピードをあげてコインの場所をわからなくさせ、両手を二人の前に出した。

「さあ、どこにあるでしょうか？」

「胸ポケット！」

「裏をかいて左」

「二人とも不正解」

そう言ってエルナは手を開く。手の中にコインはなく、二人の胸ポケットの中にもなかった。

二人はどこだどこだと探すが、一向に見当たらない。

「さて、クリスタ殿下。さきほどのコインを出してみてください」

「これ……？」

「はい。手の平に広げたままで、リタもコインに指を乗せて」

「はい！」

「さて、それじゃあよく見てください。〝バンデ〟」

エルナが少しだけ魔力を込めて呟くと、コインから薄い光の糸が伸びていく。

それはエルナのスカートのポケットに繋《つな》がった。エルナは空いている手でスカートのポケットからコインを取り出すと、そこに繋がった糸をクリスタに見せる。

「このコインの名は〝絆硬貨《ミユンツエ》〟。二つで一つの魔導具です。片方を触りながら合言葉を唱えると、もう片方まで糸が伸びていきます。この糸は基本的にはコインに触れている者しか見えません。よほど魔法に優れた者なら別でしょうが、見破れる者のほうが少ないでしょう」

「すごい……これで仲間と連絡を取るの？」

「極秘の待ち合わせに使うこともありますし、追跡に使うこともあります。一人がコインを持ったまま潜入し、アジトを暴いたりなんて使い方ですね。まだまだ生産が追い付かないので、帝都やその周辺にいる騎士たち限定の魔導具ですが、いずれ帝国中に普及するでしょう。というわけで、リタ。なくしちゃ駄目よ？　城にいる訓練生だから貸してもらえたんだから。こういう風に貴重な物を管理できるかどうかも教官は見てるわよ？」

「はーい！」

元気はいいが、緊張感に欠ける返事にエルナはため息を吐《つ》く。

そんなエルナをよそに、リタはクリスタと一緒に広場のほうへ遊びにいってしまう。

「本当にあれで騎士になれるのかしら……」

騎士訓練生がそのまま近衛騎士になったことはない。

だが、エルナはリタが第一号になることを期待していた。クリスタの傍《そば》にはリタが必要だと思ったからだ。近衛騎士となれば皇族の護衛にもつく。エルナのように勇爵家の出身ではないリタならば、クリスタが望めば専属の護衛騎士にもなれるだろう。

そんな未来を思い浮かべ、エルナは気を引き締める。

その未来を守るために、残酷な未来は打ち消さなければいけないからだ。

エルナが決意を固め直したとき、クリスタが悲鳴のような声でリタを呼んだ。

「リタッ！」

「平気！　平気！　あっ」

広場にある柱を登っていたリタが、下で見ているクリスタを見た瞬間、バランスを崩して手を放してしまう。スッとリタの体が地面に向かって落ちた。

だが、瞬時に反応したエルナがリタを軽々と受け止めた。

「まったく、騎士が皇族を心配させてどうするの？　リタ」

「あはは……ごめんなさい」

「リタ！　大丈夫⁉　どこも怪我《けが》はない⁉」

柱といってもそこまで高くはない。落ちたところで命に別状はないだろう。それはエルナは経験上知っていた。かつて、アルを特訓と称して登らせたことがあるからだ。運動のできないアルは案の定落ちたがかすり傷で済んだ。

しかし、クリスタの狼狽《ろうばい》ぶりは尋常ではなかった。

それは見えてしまった未来が関わっているからだ。

「平気だよ、平気。いつもこれくらいやるでしょ？」

「やめて！　危ないことしないで！」

「殿下、少し落ち着きましょう」

「でも！」

「殿下」

静かにエルナはクリスタを諭す。ここで慌てたところで意味はないからだ。いずれ来る未来が危険なものであったとしても、今ではない。

「私が傍にいます。何があっても大丈夫ですから」

「うん……」

そうクリスタが頷《うなず》いたとき、エルナは人の気配を感じた。それは遠くからの視線だった。

場所は城の上階。どこかの部屋のバルコニー。しかし、エルナが探したときにはその視線の主はどこにもいなかった。

「……気のせいかしら？」

呟きながらエルナはため息を吐く。未来のことを知っているせいで、自分も少し過敏になっているようだったからだ。ここは城の広場。上階から皇女が遊んでいるのが見えたら、見る者もいるだろう。

そう自分を納得させつつ、警戒は緩めずにエルナはクリスタたちに視線を移した。

そんなエルナが見た上階のとあるバルコニー。咄嗟《とっさ》に身を潜めたシャオメイが冷や汗を流していた。

「まさかこの距離で気づかれるなんて……」

クリスタを攫《さら》う隙を窺《うかが》っていたシャオメイだったが、まさかエルナが直属の護衛に入るとは思わなかった。遠方からの監視ならバレないだろうと思っていたシャオメイは、ここで三人を見ていたが、エルナはそれでも勘づいた。

だが、収穫もあった。エルナのあの警戒の仕方は尋常ではなかった。

徹底的な訓練を受けた自分ですら、危うく姿を見られるところだった。ザンドラ子飼いの暗殺者でもおそらく見つかっていただろう。

だが、それが真実味《しんじつみ》を増させた。第三皇女クリスタは間違いなく未来視の先天魔法を持っている。だからこそ、エルナが護衛についたのだ。

確信を抱きながらシャオメイはゆっくりと闇へと消えていったのだった。

4

後宮。第五妃の部屋でシャオメイはザンドラとズーザンに報告を行っていた。

「それは間違いないのね？」

「はい、間違いありません。あの警戒ぶりは尋常ではありませんでした」

「幼い頃から暗殺者として教育を受けたあなたがそう言うんだから、間違いないのでしょうね。確証を得られたのは大きいわ」

椅子に座ったズーザンがシャオメイにそんな言葉をかける。その表情は信頼に満ちていた。

しかし、すぐにその顔は険しいものに変わる。

どれほど欲しいと思っても相手は皇女。直接手を下すのは危険すぎる。しかも第二妃の娘だ。何かあれば真っ先に自分が疑われてしまう。

「攫えるものなら攫いたいところだけど、直接的に事を起こしたら間違いなく私に行きつくわ。どうせ私は何もしなくても疑われている身。疑われる分には問題ないけれど、私にたどり着かれたらザンドラまで破滅するわ」

「それを抜きにしたとしても、護衛につくのはあのアムスベルグの神童。私でも近づくことはできないでしょう。ここは策を用いるべきかと」

「あら？　聞かせてちょうだい」

「ザンドラ様が贔屓《ひいき》にしている商人を使いましょう。彼らに誘拐を依頼するのです。いつもどおりに」

「何言ってるの⁉　あいつらが捕まったら一体、誰が私に子供を持ってくるの⁉　クリスタを攫ったあともあいつらは必要なのよ⁉」

「ザンドラ。静かにしていなさい」

ズーザンは激昂《げきこう》するザンドラを制して、シャオメイに話を促す。

ザンドラが怒ることに慣れているシャオメイは恐れることもなく、一つ頷いて計画を話し始めた。

「南部で問題が起きた以上、遅かれ早かれ皇帝陛下の調査が南部に入ります。そうなれば南部で行われている人攫いとあの商人が繋げられるのは時間の問題です」

「……私たちにたどり着く前に尻尾切りをするってことかしら？」

「その通りです。ザンドラ様」

さすがですと言わんばかりにシャオメイが笑みを浮かべる。自分に実験体を届ける商人たちを使うと聞いて怒りを覚えたザンドラも、シャオメイの説明を聞いて理解した。

すでにズーザンもザンドラも南部との繋がりは断ち始めていた。どう転ぼうとクリューガー公爵家は皇帝に睨《にら》まれるからだ。政治的距離を離すのは当然の行動だった。ならば、思い切って他の者とも距離を取るのもいい手といえた。

「南部で何かがあったとしても、私たちに来るダメージを抑えられる……仕方ないわね」

「はい。ですからここで奴《やつ》らを使いましょう。成功すればクリスタ殿下が手に入りますが、失敗しても奴らが壊滅するだけです」

「生き残った者が私たちとの繋がりを吐いたら？」

「ご心配なく。後始末はお任せを」

そう言ってシャオメイは輝きのない笑みを浮かべた。それはズーザンとザンドラからしてもゾッとするほど不気味な笑みだった。だが、それでもズーザンとザンドラはシャオメイを手放さない。圧倒的に優秀であるということ。そしてほかの侍女たちと同様にシャオメイにも〝首輪〟がつけられているからだ。

ズーザンとザンドラの侍女には禁術による〝呪い〟がかけられている。ズーザンやザンドラの秘密を他者に話し始めると壮絶な痛みが体中に走る強力な呪いだ。これによって、侍女たちは助けを求めることもできず、二人の言いなりになるしかなかった。それをシャオメイもかけられているのだ。

絶対に外せない首輪をつけた強力な暗殺者。それはザンドラとズーザンが好む人材だった。だから二人はシャオメイの案を受け入れたのだ。

ザンドラは今までに見たことのない先天魔法に心躍らせ、ズーザンは憎くて仕方ない第二妃の娘がザンドラによって実験体にされる姿を思い浮かべ、どちらも笑みを浮かべる。

こうして計画は実行に移された。

「第五妃様からのお招きです。クリスタ殿下とエルナ様にお話があると」

そう使いとして来た侍女に聞き、エルナは顔をしかめた。

エルナとて第二妃とズーザンの話は聞いている。第二妃の娘であるクリスタをズーザンの下に連れていくなど、猛獣の巣に小動物を連れていくようなもの。なにをされるかわかったものじゃない。

だが、後宮内では妃《きさき》は絶対だ。皇后から始まり、上位の妃に行くほど権限は強い。特に第三から第五までの妃は帝位争いと同時に後宮内でも権力争いをしており、まったくそういう争いに関与していないミツバとは天と地ほど力の差があった。

「ミツバ様がいらっしゃらないので、後日伺います」

「それを承知でお誘いしています」

この場にミツバがいれば断ることもできただろうが、あいにくミツバは皇帝に呼び出されている。

アルとレオに相次いで任務を与えたため、皇帝としてもミツバに気を遣《つか》ったのだ。

エルナは自分の後ろに隠れるクリスタを見る。連れて行っても地獄。傍を離れても地獄。

断るという選択肢はない。そのようなことをすれば、それを理由にミツバがどんな仕打ちを受けるかわかったものじゃないからだ。

しかし、母親の仇《かたき》かもしれない女のところにクリスタを連れていくというのはあまりにも酷だった。とはいえ、あの未来視の件がある。傍を離れるのも危険すぎた。

「少し時間をいただきたいと第五妃様に伝えて」

「かしこまりました」

そう言って一度侍女は下がっていく。だが、これは時間稼ぎにしかならない。

「良いですか。殿下」

「エルナ……私、行きたくない……」

「もちろんです。殿下はここにいてください。私だけがまいります」

「エルナ行っちゃうの……？」

「行かなければミツバ様がお辛《つら》い目に遭われます。ですから殿下はこの部屋を絶対に出ないでください。あなたたちも良いわね？」

そう言ってエルナはミツバ付きの後宮衛士《えじ》へ命令する。

この後宮衛士は女性だけで構成されており、後宮内部の警備を担当している。それぞれの妃に一部隊ずつ配置されており、たとえ上位の妃でも他の妃の衛士には口を出せない。ほとんど妃の私兵に近いのだ。唯一の例外は後宮をまとめる皇后だけだが、今の皇后は表立って騒ぎが起きなければ動かないため、より衛士は私兵に近くなっている。

「はい、お任せください」

「何があっても部屋から出しては駄目よ。たとえ殿下が出たいと言っても」

「はっ！」

臨時とはいえ、ミツバとクリスタの護衛を一手に引き受けているエルナは、この衛士たちの指揮も任されていた。だが、エルナは直属の部下たちを使えないことに不安を持っていた。人手が足りない。マルクでも連れてこられれば状況は違う。しかし、後宮は女の城。許可なく男が入ることはできない。

「いいですか、殿下。約束してください。絶対に部屋を出ないと」

「わかった……。絶対に出ない……」

「ありがとうございます。たとえ私の名前を出されても出てはいけませんよ」

そう言ってエルナはクリスタの髪を撫《な》で、部屋を後にする。

クリスタはエルナがいなくなったことで急激な不安に襲われた。だからクリスタはベッドで布団にくるまり、お気に入りのウサギのぬいぐるみを抱きしめた。

だが、そんな平静を求めるクリスタの心を引き裂くように報告が届いた。

「で、殿下！　大変です！　あ、アルノルト殿下が！」

「アル兄様!?　帰ってきたの!?」

不安からその声に反応したクリスタは報告に来た侍女が血だらけなのを見てしまった。侍女が平気そうなのを見れば、それが侍女の血ではないことがわかる。

何かがあった。そう直感したクリスタは体を震わせる。

「な、なにが……」

「南部に向かう途中、モンスターと遭遇したそうで……かなり重傷です」

「そんな……」

「クリスタ殿下をお呼びでしたのでこうしてまいりました……お急ぎください」

　その冷たい声がクリスタの心を揺さぶる。

　クリスタはすぐにでも駆け付けようとするが、それを衛士たちが制した。

「お待ちください！　殿下！」

「放して！　アル兄様が！」

「エルナ様から何があっても部屋を出るなと言われております！」

「兄様が危険なの！　お願い行かせて！」

「すでにミツバ様もおられます！　どうかお早く！」

　侍女の追い打ちを受けて、クリスタは衛士を振り切って走り出す。クリスタにとってミツバとアルノルトとレオナルト。この三人は家族であり、自らのすべてといっても過言ではなかった。だからこそ、平静を失ってしまう。もはや仕方なしと衛士たちはその後を追ったのだった。

　血だらけの侍女がクリスタを先導していく。

「おい！　どこまで行く!?　ここは商人の出入りする場所だぞ!?」

「騒ぎを避けるためにここから入城されたのです！　動かすわけにもいかず、その場で治療を！」

「急いで！」

クリスタは今までにないほどの速度で走った。心配のあまりお気に入りのウサギのぬいぐるみも走るのに邪魔だと、途中で放り投げてきた。そんなクリスタが曲がり角を曲がったとき、馬車の傍《そば》で血だらけで倒れ、処置を受けている者が見えた。

「兄様‼」

そう言ってクリスタは倒れている者に駆け寄る。だが、近寄ってみるとそれは髪色だけが黒の別人だった。

「兄様じゃ……ない……？」

「ええ、罠《わな》です」

そう言って倒れている者の傍にいた小太りの男がクリスタの口を手拭いでふさぐ。

「んんん⁉⁉　んん……」

何とか声を出そうとするが大人の力で強く手拭いを押し付けられては敵《かな》わない。

手拭いにしみこまされた薬の匂いによって、クリスタの意識はそこで暗転していく。同時に人が倒れる音がする。クリスタについてきた衛士たちが首から血を流して倒れたのだ。

「相変わらず見事ですな、ギュンター殿」

「世辞はいいから早くしろ」

ザンドラ配下の暗殺者、ギュンターは周囲を警戒しながら小太りの男を急《せ》かす。

いつもは魔法を使って暗殺するギュンターだったが、今回は何の変哲もないナイフを使った。

自分が犯行に加わったとバレないためだ。

皇女の誘拐は重罪中の重罪。痕跡は一切残してはならないのだ。

「ではお預かりします」

「ああ。わかっていると思うが」

「もちろんです。手は出しませんよ、ええ、もちろん」

そう言って下卑た笑みを浮かべる小太りの男を、ギュンターは胡散臭《うさんくさ》げに見る。この男が帝都で有数の商人でありながら、裏では奴隷を各地から集めて売りさばく奴隷商人であり、子供が好きな変質者であることをギュンターは知っていた。

クリスタくらいの年齢の少女なら好物だろうことは察しがついた。

「冗談では済まんぞ？　わかっているな？」

「え、ええ、わかっています」

ギュンターの目を見て、小太りの商人は怯《ひる》み、曖昧な笑みを浮かべながら部下にクリスタを運ばせる。

眠ったクリスタを入れるのは細工した馬車の荷台だ。底は二重になっており、不法な荷物を城に持ち運ぶときに使われる。外に出るときはほとんど取り調べがないとはいえ、皇女を連れ出すのだ。用心するに越したことはない。

商人に罪悪感はない。さすがに皇女は初めてだが、貴族の令嬢を誘拐して奴隷に落とすなどよくあることだからだ。

もちろん恐怖はある。さすがに敵が大きすぎるからだ。しかし、これを要求したのはほかならぬザンドラだった。ならば大丈夫だろうと商人は思っていた。

ヘマをしなければ問題ないと。そんな風に笑いながら商人が馬車に乗り込む。それを見送ったギュンターも、部下と共に死体を片付けてからその場を急いであとにする。痕跡を完全に消すにはまだまだ時間が足りなかったが、いつエルナが駆け付けてくるかわからないからだ。

そして馬車がゆっくりと走り出す。だが、その馬車を追う子供がいた。

リタだ。リタの手にはクリスタのウサギのぬいぐるみが握られていた。なんとか馬車の荷台にしがみ付いて乗り込むと、リタは外にぬいぐるみを投げる。

「リタが助けるからね……クーちゃん」

それからしばらくして、クリスタがいなくなったことが城中に知れ渡り、過去にないほどの厳戒態勢が敷かれることになったのだった。

だが、その頃には馬車はとうの昔に城を出たあとだった。

こうして帝都は着々とクリスタが見た未来に近づきつつあった。

5

深夜。俺たちはレベッカがいるだろう宿屋に急行していた。敵に居場所がバレているとセバスから報告があったからだ。

だが、俺たちが駆け付けた時。すでに宿屋では戦闘が起こった後だった。おそらくエマが後をつけられたんだろう。街の中ではどうしても活動範囲に限界がある。素人が暗殺者を撒《ま》くのはほぼ無理だ。セバスを護衛につけておいて正解だったな。

「ご苦労だったな」

「さほど苦労はしておりませんな。軍人らしき相手はいなかったので」

俺が労《ねぎら》うとセバスは事も無げに告げる。これだけの相手をしつつ、相手のことを観察する余裕もあったのは驚きだ。しかし、その情報は貴重といえる。

エマたちを襲ったのは組織の暗殺者たちということだろう。ゴードンが手配した隠密《おんみつ》部隊はまだ動いていない。

「君が騎士レベッカかい？」

宿屋の部屋からエマともう一人、女性が出てきた。それを見てレオが声をかける。すると、その女性は膝をついた。

「シッターハイム伯爵家の騎士、レベッカと申します」

「帝国第八皇子のレオナルトだ。無事でよかった。来るのが遅くなってすまないね」

「いえ……殿下のお手を煩わせて申し訳ありません。自分一人で帝都まで行くつもりだったのですが、力不足でここにいるエマと冒険者のパーティーにも助けられました。自分の至らなさを恥じています」

「気にする必要はないよ。責任は僕らにある。シッターハイム伯爵には申し訳ないことをしたと思ってる」

「……」

レベッカはレオの言葉にただ顔を伏せた。しかし、いつまでも感傷に浸ってはいられない。セバスが相手をしたのはきっと第一波だ。第二、第三の波がすぐにやってくる。

「話はあとだ。すぐに移動するぞ。エマ、馬には乗れるか？」

「乗れます。ですが、どうして殿下たちがここに？」

「申し訳ないが、俺たちは君らのことをそこまで信頼してはいない。相手は暗殺者。街の中で監視されて撒けるような凄腕《すごうで》なら今頃帝都に来ているだろうからな。だからセバスを君らにつけたし、いつでも出られる準備をしていた」

「なるほど……」

ずけずけと言いたいことを言う俺に、エマは苦笑しながら納得したように頷《うなず》いた。厳しいようだが、俺たちがやっているのは帝位争い。そして今回、ゴードンにせよ、ザンドラにせよ、それなりの精鋭を差し向けている。素人を信用しては高い代償を払うことになるだろう。

俺はさっさと外に待機させている馬にエマとレベッカを促す。その周りはレオの側近たちが固めている。レオ陣営の中でも腕の立つ奴《やつ》らだ。ゴードン配下の隠密部隊が相手となると少々辛いかもだが、暗殺者の相手ならできるだろう。

「どうせ隠密部隊の待ち伏せがある。準備はいいか？」

「もちろん」

馬に跨《また》がり、レオに声をかけるとレオは剣を抜いて答えた。この中じゃレオが断トツで強い。先陣を駆けるのもレオだし、そこでレオが頑張れば周りはだいぶ楽になる。

「それじゃあ行くか」

「うん。帝都に向かう！」

レオの号令を受け、俺たちは馬を走らせ始めたのだった。

■■■

イエーナからの突破は上手《うま》くいった。いくつかの待ち伏せにはあったが、どれもレオの個人的武勇でどうにかなるレベルだった。しかし。

「隠密部隊は動かないか……」

「監視はおりますが、あくまで監視に徹するようですな」

馬を走らせながら、俺はセバスの報告を聞く。奇襲するチャンスはいくらでもあった。それでも手を出さないのはなぜなのか。

隠密部隊とはいえ、軍の一員であることには変わらない。皇帝の命令で動く俺たちを襲うのはリスクがありすぎるという判断なのかもしれない。しかし、それだけだろうか。

そこに気を遣うならもっと慎重に行動するはずだ。このままじゃあいつらは目的を達することができない。

「ん……？　目的を達することができない……？」

隠密部隊に選ばれる軍人ならば精鋭だろう。彼らは目的の達成を最優先に考える。この状況を続けて、帝都まで行くだろうか？

ありえない。考えられるのは確実なタイミングを見計らっているか。

「最低限の目的を達成している……？　レベッカ！　手紙は無事か!?」

俺の質問にレベッカはエマをちらりと見た。そしてエマはその視線に対して頷く。

「レオナルト殿下、アルノルト殿下。実は黙っていたことがあります」

「手紙は私たちの手元にはないんです」

二人の言葉を聞き、俺とレオは同時に険しい表情を浮かべた。こちらの最低限の目的はレベッカの保護だが、それはあくまで最低限。ベストはレベッカと手紙をセットで保護することだ。

「手紙は今どこにある？」

「共に行動していた冒険者パーティーに託しました。帝都支部で落ち合う約束です」

「二手に分かれたか……」

浅はかと責めるのは酷だろう。あえて自らを囮《おとり》にして、手紙だけでも帝都にという覚悟を持って行われた作戦だ。状況次第じゃいい作戦になりえる。ただ、相手が悪い。

今、俺たちと敵対しているのはゴードンとザンドラ。どちらも帝位争いを繰り広げてきた相手だ。二手に分かれる程度の作戦は当然、予測できる。しかも目指す場所は確実に帝都だ。どんな手を打たれようと、帝都で張っていれば対処できてしまう。

「もう冒険者たちの無事を願うしかないな」

「そうだね……」

「ま、まずかったでしょうか……？」

レベッカが俺とレオの反応を見て、慌て始める。その質問への答えはイエスだが、正直に言うのは憚《はばか》られる。結局のところ、俺たちが早くレベッカを見つけられなかったのが原因だからだ。レベッカは追い詰められた状況の中で、やれることをやっただけだ。

だからだろう。レオはどう返すべきか迷っているようだった。仕方ないか。

「帝都には間違いなく待ち伏せ部隊がいる。俺たちと行動しているならまだしも、冒険者パーティーだけじゃ手紙は守り切れないだろうな」

「で、ですが、手紙を預けたことは知らないはずです！」

「君らと一緒に行動していた冒険者なら監視がついているはずだ。相手は凄腕の暗殺者を抱えるザンドラと軍部の大半を掌握するゴードンだ。どこにでも目と耳がある。ゴードンの隠密部隊が動かないあたり、手紙はゴードンの手に渡ったとみるべきだろうな」

「兄さん、言い方」

「取り繕っても仕方ない。状況はかなりまずい。最低限の目的であるレベッカの保護はできたが、手紙は逃した。ゴードンの出方次第じゃ、俺たちは父上から叱責を食らう」

わざわざ父上に命令を出してもらったのに、満足する結果を出せなきゃ当然だ。レベッカと手紙をセットで保護できていれば、父上は南部の問題を慎重に進めることができた。しかし、手紙はゴードンの手にある。使い方次第じゃ父上の思惑通りには進まなくなる。

「ゴードンの新しい軍師が切れ者じゃないことを願うとしよう」

それはとても願望に満ちた言葉だった。わざわざ俺たちに情報を渡し、状況をコントロールしているソニアが手紙の有効な使い方を思いつかないはずはない。

ソニアの目的がどうであれ、ゴードンの軍師となった以上はそれなりの献策はするだろうし、しないといけない。

その献策次第じゃゴードンはより優勢になり、俺たちは劣勢に立たされる。なにより不要な内乱が起きかねない。

「帝都に急ぐぞ。後手に回りっぱなしじゃ相手の思うつぼだ」

そう言って俺は馬の腹を蹴ったのだった。

6

第五妃、ズーザンの部屋を訪れたエルナは、椅子に座るズーザンと対面していた。

「クリスタも連れてきてほしいとお願いしたはずなのだけど？」

白々しくお願いと言うズーザンにエルナは拳を握る。

あんなものはお願いではない。脅しだ。

しかし、エルナは正面からズーザンを見据えながら答えた。

「クリスタ殿下は体調が悪いためお部屋にてお休みです。なので私だけがうかがいました」

「そう。体調が悪いの……まぁいいわ」

ズーザンはそう言ってエルナに椅子をすすめる。

断るわけにもいかず、エルナは椅子に座るがテーブルの上にある物には手を付けない。

エルナの記憶にあるズーザンは第二妃が死んだときに泣いていた姿だった。

涙は本物だった。だからこそゾッとした。憎くてたまらない相手でも涙を流せるズーザンという女性に。それだけ自分を欺けるということは、他人も平気で欺くだろうと思えたからだ。

そんなズーザンをエルナの父は蛇のような女と評した。改めてエルナはその言葉を理解していた。

「今回呼んだのはあなたの力を借りたいからなの」

そう言って親しみを込めた笑みを浮かべるズーザンが、エルナには舌を出しながら近づく蛇に見えた。ゆっくりと近づき、噛《か》みつく瞬間を窺《うかが》っている。

気づけば締め付けられ、身動きが取れなくなっている。そんな自分を想像してエルナは軽く目を瞑《つぶ》る。その幻想を振り切るためだ。

「帝位争いへの助力ならお断りします」

「あら……どうして？」

「アムスベルグ家は代々、帝位争いには関わってきませんでした。政治からは距離を取るというのが我が家のスタンスです」

「けれど、あなたはレオナルトに肩入れしているわよね？　現に母親の護衛についているわ」

「幼馴染《おさななじみ》ですから。個人で協力できる範囲であれば手を貸します。私が護衛につくことで二人は安心します。気に入りませんか？」

「いいえ、素晴らしい友情だわ。その友情をザンドラにも向けてくれないかしら？」

絶対に嫌だ。そうは思ったが、そんなことを言うわけにもいかず、エルナは曖昧な返事をしてはぐらかす。

「親しくなる機会があれば考えましょう」

「つれない返事ね。あの子も私もあなたを評価しているのよ？」

「そうですか」

そっけない返しをしつつ、エルナは妙だと感じていた。

アムスベルグ家の地位は安泰だ。アムスベルグ家の人間に評価しているなんて言葉が、通用するわけがないのだ。アムスベルグ家の地位は安泰だ。評価も何もない。だが、その無意味な言葉をズーザンは発した。その違和感にエルナは眉を顰《ひそ》める。

「ザンドラに協力してくれれば見返りは大きいわよ？　あなたの幼馴染にも手を出さないと約束するわ」

「ありがたいお言葉ですが……第五妃様。一つお聞きしてもよろしいですか？」

執拗《しつよう》な勧誘。それに対して積極的に断るのは得策じゃない。上手くはぐらかし、良い頃合いになって時間なのでと切り上げるのが一番だ。

それはエルナにもわかっていた。だから妙だった。

そのためエルナは流れを断ち切って、自分から質問をすることにした。

「なにかしら？」

「どうしてクリスタ殿下をお呼びしたんですか？」

「あの子は国境に戻ったリーゼロッテの妹だもの。あの子の頼みならリーゼロッテもこちらの味方をしてくれると思うの」

「味方……？」

エルナはズーザンの言っていることが信じられなかった。

そんなことが起きるはずはない。第二妃の娘であるリーゼロッテとクリスタがズーザンの側につくなどありえないことだ。たとえズーザンが無実でも疑われていることに変わりなく、疑われている以上は協力を取り付けられるわけがない。

それでもそんな答えを返したのはなぜか。

「今はクリスタはいないわ。それよりあなたの話をしたいわ」

「時間稼ぎですか……」

エルナが警戒を露《あら》わにしてそう呟《つぶや》く。

それに対して、ズーザンは少し驚いた様子で首を傾《かし》げる。

「何のことかしら？」

「っっ⁉︎⁉︎」

エルナはその反応で確信した。自分が誘い出されたのだと。立ち上がるとエルナは何も言わずに走り出した。ズーザンはそれを咎《とが》めるようなことはしない。後宮は広く、各妃《きさき》の部屋はかなり離れている。エルナがこの部屋に来た時点で、時間稼ぎとしては十分なのだ。

エルナは自分の迂闊《うかつ》さを呪いながら、後宮の屋根に登って最短距離を走り抜ける。

クリスタも呼んだのは、そうすれば自分がクリスタを置いていくとわかっていたからだ。初めから引き離すことが目的だった。

「くっ！」

クリスタの心情を思いやったことで、逆にクリスタを危険に晒《さら》してしまった。

何が何でも傍《そば》にいるべきだった。そんな後悔をしつつ、エルナはミツバの部屋の近くまでたどり着く。相手も後宮内で何かするはずはない。そう思い、部屋を覗《のぞ》いたエルナはクリスタの姿がないことに悔し気な表情を浮かべる。

「殿下は⁉　どこ⁉」

「は、はっ！　アルノルト殿下が怪我《けが》をしてご帰還されたという報告を聞いて」

「それならもっと騒ぎになってるわ！　ついてきなさい！」

その場にいた衛士《えじ》を引き連れ、エルナはクリスタの後を追う。近くにいた者たちに聞き込みをし、クリスタが向かった先を辿《たど》っていく。方向が商人たちが使う馬車乗り場に限定され始めたのを見て、エルナは衛士を置き去りにして先行していく。

そして馬車乗り場に乗り込んだエルナは、その場にいる商人たちに視線を走らせる。

いきなり現れたエルナに皆驚いているが、エルナはそれを無視して周囲を見渡す。すると地面に染みがあった。ふき取った血痕だ。しかも複数。

ふき取り方も暗殺者がよく使う手口だ。思わず舌打ちをしたエルナは、顔をあげる。

何か手がかりはないか、そう思って周りを見ていると少し先にウサギのぬいぐるみがあった。クリスタの物だ。

「殿下……！」

思わず声を出して、エルナはぬいぐるみに駆け寄る。

白いぬいぐるみは汚れてはいるが、血はついていない。とりあえずクリスタは怪我をしていないのだと思ったエルナはホッと息を吐《つ》く。

そんなとき、手に何か硬い物が当たった。ぬいぐるみに切れ込みがあり、そこに何かが埋め込まれていたのだ。そこを見ると一枚の硬貨が入っていた。

まさかと思いつつ、エルナは恐る恐る呟く。

「……〝バンデ〟」

すると硬貨から細い魔力の糸が伸びた。それは城を出て遠くまで伸びていた。

「リタ……！」

思わずエルナは名前を呼ぶ。それは感謝と心配がない交ぜになった呼びかけだった。

これを仕込んだということはリタはクリスタについていったのだろう。だが、クリスタと一緒ということはクリスタの見た未来が現実になる可能性が高いということだ。

「陛下に緊急事態を告げなさい！　クリスタ殿下が拉致されたわ！　すべての要人を城に呼び戻して、城は封鎖！　急ぎなさい!!」

近衛《このえ》騎士隊を率いる隊長にはその権限があった。緊急事態にあたってはある程度の独断が許されるのだ。そしてエルナはさらに指示を出す。

「私は後を追う！　陛下に近衛騎士隊の派遣を要請しておいて！」

そう言ってエルナは高く飛び上がって浮遊する。広く入り組んでいる帝都において人を掻《か》い潜《くぐ》って進むよりはこっちのほうが速い。

いつもなぜやらないのかといえば、勝手な飛行を皇帝が禁じているからだ。しかし、今はそんなことに構ってはいられない。

エルナは一直線に硬貨が指し示す場所へ向かったのだった。

■■■

「よし、とりあえずこれでいいか」

馬車から降ろされたクリスタは目を覚ましたが、自分がどこにいるのかわからなかった。

体には力が入らないうえに縄で縛られている。なんとなく階段を下りたような気がするが、正確なことはわからない。ただ、暗く陰湿な部屋に入れられたことは間違いなかった。

「さて、皇女様。あんたにピッタリな首輪を持ってきてやるから待ってな」

そう言ってクリスタを縛った禿《は》げ頭の男が告げる。

商人の側近として奴隷の管理を任されているその男は、嬉しそうに奥へと入っていった。

首輪をつけられる。そのことにクリスタは絶望的な気分になった。

人間につける首輪というのは、相手の自由を奪う魔導具であることがほとんどであり、帝国では禁止されている。そもそも奴隷というのが禁止されているからだ。

そんな物を使う者たちに捕まった。そのことにクリスタは体を震わす。

だが、クリスタの耳にいるはずのない友人の声が届いた。

「クーちゃん……！」

「リタ……？」

小声でクリスタに呼びかけたリタは、クリスタが反応したことに笑顔を浮かべる。

だが、すぐに持っていた短剣でクリスタの縄を切りにかかった。

「どうやって……？」

「クーちゃんのぬいぐるみを見つけたから、あとを追ったの。それで馬車に乗せられるクーちゃんが見えたからリタも馬車に乗ったんだ」

「危ないのに……なんで……？」

「リタは友達を見捨てる卑怯者《ひきょうもの》じゃないのだ」

そう言ってリタはクリスタの縄を切ると、クリスタに肩を貸して立ち上がらせる。

「駄目……逃げられない……」

「大丈夫。リタが守ってあげるから」

そう言ってリタはいつもの明るい笑みを浮かべながら、クリスタを連れて出口へと向かう。入り組んだ地下道を一歩ずつ一歩ずつ確実に歩みを進める二人だが、所詮は子供。しかも一人は満足に歩けない。

すぐに先ほどの禿げ頭の男が追い付いてきた。

「ネズミが迷い込んでたか。まぁいい。お前も商品にしてやる」

「きたっ⁉」

「リタだけでも逃げて……！」

「そんなことできん！」

禿げ頭の男に追われて、リタとクリスタは進路を変える。

出口とは違うが、真っすぐ進んでは追い付かれてしまうからだ。

何度か曲り道を曲がると、リタとクリスタは扉が開いていた部屋に入って、扉を閉めた。

「ふう……なんとかまいたかな？」

「嘘《うそ》……」

安心するリタに対して、クリスタは絶望の表情を浮かべていた。

その部屋は奴隷として売られる予定の子供たちが置かれている部屋だった。部屋の隅には首輪をつけられた大勢の子供たちが身を寄せ合っていた。その部屋をクリスタははっきりと覚えていた。予知で見たリタが死ぬ部屋だ。ここでリタは何かに貫かれて死ぬのだ。

「リタ!!　逃げて!!」

「ん？　逃げてるよ？」

「違うの！　お願い！」

そう懇願するクリスタだが、それをかき消すような声が部屋の奥から聞こえてきた。

「み〜つけた〜」

心臓を鷲摑《わしづか》みにするような低い声はさきほどの禿げ頭の男のものだった。

その男は一見すると壁にしか見えないところから部屋に入ってきた。

「ここはあちこちに隠し扉があってな。隠れるなんて不可能なんだよ」

「そんな……」

「くそー!!」

リタは入ってきた扉を開けようとするが、何かがつっかえて扉は開かない。

禿げ頭の男が何かしたのだ。

「さてと、鬼ごっこは終わりだ」

「ち、近づくな！」

リタはクリスタを背中に隠して短剣を構える。

それを見て禿げ頭の男はおどけた様子を見せた。

「おうおう、怖い怖い。騎士様ごっこか」

「うるさい！」

リタは子供らしからぬ鋭い短剣捌《さば》きを見せる。

油断して近づいた男は咄嗟《とっさ》に下がるが、少しだけ足から血が流れる。

「ちっ……クソガキが……今すぐその短剣を置け。そうすれば命だけは助けてやるぞ？」

「嫌だ！」

「リタ！　やめて！」

「皇女様はそう言ってるぞ？」

「リタは友達を見捨てない！」

そう言ってリタは短剣を構える。

再度禿げ頭の男がリタの間合いへと入ってくると、先ほどと同じように迎撃するが、すでに短剣のリーチを見切っている男は少し下がるだけでそれを避けると迎撃して隙が出来ているリタを思いっきり蹴り飛ばした。

「あうっ!!」

「あ～、もろに入ったなぁ」

「げほっげほっ！　ううう……」

「リタ！　リタ！」

蹴り飛ばされたリタはゴロゴロと転がって、壁にぶつかる。

血を吐きながらせき込むリタを見て、クリスタは駆け寄るがリタは顔を涙で濡《ぬ》らしながら立ち上がる。そしてまたクリスタを庇《かば》うように前へ出た。

「もうフラフラなのに健気《けなげ》だねぇ。騎士として皇族は守るものって教育されたのか？」

「ちが、う……」

「なにが違う？　そいつらはぬくぬく城で育ち、苦労を知らずに生きていく奴らだぞ？　お前は見るからに平民だろ？　悪いことは言わねぇから短剣を下ろせ。奴隷でも死ぬよりはマシだろ？」

「ことわる……」

「あー、やだやだ。こんな子供でも騎士の誇りとか言うのかよ」

吐き捨てるように男は言うが、そんな男をリタは睨《にら》みつける。

そしてよろよろと短剣を構えた。

「リタは騎士じゃない……クーちゃんは友達だから守るんだ……リタは友達を見捨てない!!」

「そうかい」

そう言うと禿げ頭の男は近くにあった鉄の棒を拾い上げる。

先っぽは鋭利に尖《とが》っていた。おそらく奴隷を痛めつけるのに使われているのだろう。

それを禿げ頭の男はリタに向けた。その光景はクリスタが見た未来と重なる。

あぁ、そうなのだとクリスタの心に諦観が芽生える。皇太子が死ぬ未来を見た日から、クリスタは様々な未来を見てきた。それこそアルやミツバに話していない未来も見てきた。

だから変わる未来と変わらない未来の基準がクリスタにはなんとなくわかっていた。

人の死がはっきりと見える未来は変わらない。どう行動しようとそこに行きつく。

これまで色々と試したが、人が死ぬ未来だけは変わったことがない。皇太子はもちろん、リーゼロッテの側近で長く仕えた軍人が死ぬ未来や侍女が死ぬ未来。どれひとつ変わったことはない。

それでも今回は足掻《あが》いた。リタに死んでほしくなかったからだ。だが、結局、自分の行動がその死を招いている。努力しても駄目。放っておいても駄目。未来は変わらないのだ。

「なら死ね」

そう言って禿げ頭の男が鉄の棒をゆっくりと引く。それを見て、クリスタは絶望した。自分の無力さに。自分の忌々しい力に。だが、それでもと心が諦めきれない。リタの死だけは受け入れられなかった。

だからクリスタは最後の希望に縋《すが》った。兄が残した言葉を信じて。

「エルナァァァァァ!!!!」

「叫んでも無駄だ」

そう言って禿げ頭の男が鉄の棒を突き出す。その瞬間。部屋の壁が砕かれて、何かが禿げ頭の男を襲う。一瞬、禿げ頭の男は何が起きたかわからなかった。

ただ、自分が何かを喰《く》らって壁に叩きつけられたことだけは理解できた。

「なにが……」

「遅れて申し訳ありません、殿下、リタ。大丈夫ですか？」

「エルナァ……」

砕かれた壁の向こうには延々と穴が開いていた。そこで男は理解する。

目の前の騎士が真っすぐここに向かって壁を突破してきたのだと。そして、その騎士の剣が自分の体を深々と貫いているという事実を。男は気づいてしまった。

その女が桜色の髪に翡翠《ひすい》の瞳を持っていることに。

「アムス……ベルグ……」

「ええ……私の可愛《かわい》い後輩を痛めつけたのはあなた？」

「だったら……なんだ……？」

「万死に値するわ」

そう言ってエルナは男を壁に串刺しにしている剣に力を籠《こ》める。

それだけで男は壁を破壊してさらに奥まで吹き飛ばされていく。

男の行方をエルナは気にしたりしない。そんなことより確認すべきことがあったからだ。

「リタ……！」

「エル姉……」

「ああ、リタ……」

エルナはフラフラなリタを支えると、腹部の様子に目を向ける。軽く触った感触からすると、骨が折れているだろう。簡単な治癒魔法をかけるが、複雑に折れているようで痛みを取り除くくらいしかできなかった。すぐに専門的な治癒魔導師に見せなければ。

「エルナ……！」

「殿下……！　申し訳ありません。私の責任です……」

「ううん……ごめんなさい……約束を破った……」

泣きながらエルナに抱きつくクリスタをエルナも抱きしめる。

そしてそのままエルナはリタの傷に響かないようにそっとリタも優しく抱きしめた。

「ありがとう……あなたのおかげよ。リタ……」

「へへ……リタ偉い……？」

「ええ、とても偉いわ。立派よ」

エルナはそう言うとリタを背負って立ち上がる。

「エルナ……子供たちが……」

「わかっています」

エルナは剣を軽く振るう。すると子供たちにつけられた首輪が次々に切断されていく。

「生きたいならばついてきなさい」

エルナはそれだけ言うとリタとクリスタを連れて部屋を出る。

子供たちも迷わずその後に続くのだった。

## 7

「なんだ!?　今の衝撃は!?」

「大丈夫なんだろうな⁉　ゲントナー会長！」

「大丈夫です。落ち着いてください。少々、奴隷が暴れただけですから」

そう言って小太りの商人、ゲントナーは奴隷を買いに来た上客たちへ冷静に説明する。

踊りの舞台のようなところにゲントナーは立っており、客はそれを客席から見ている。客の数は二十人に満たないが、この帝都で奴隷を好む貴族たちばかりだ。

ここはゲントナーが経営するゲントナー商会の地下。秘密オークション会場だ。地下は複雑に入り組んでおり、店の前には多くの護衛がいる。

侵入者などありえない。だからゲントナーは落ち着いていた。しかし。

「ゲントナー商会の会長が奴隷商売とは驚きだわ」

「なに⁉　ぐわっ⁉　ああ‼　あ、あ、足が……」

舞台の横からゆっくりと現れたのはエルナだった。本来なら縛られた奴隷が出てくるところであり、さきほどまで護衛たちがいた場所だ。その護衛たちはすべてエルナにやられており、今はクリスタたちがジッとエルナの活躍を見つめていた。

なぜとゲントナーは考えるが、逃げることはできない。エルナが両足に斬撃を加えたからだ。

死なない程度に浅く、しかし歩いて逃げるには深い。そんな絶妙な斬撃だった。

「近衛《このえ》騎士団所属第三騎士隊隊長のエルナ・フォン・アムスベルグよ。あなたを皇女誘拐の罪と奴隷取引の罪で逮捕するわ」

「あ、アムスベルグ⁉　な、なぜ⁉」

「なぜかしらね？　あなたたちも同罪よ。動けば斬る。アムスベルグから逃げられるなんて思わないことね」

　客たちは浮かしかけた腰を椅子に戻す。彼らも帝都に住む貴族だ。

　アムスベルグの恐ろしさはよくわかっている。目の前に現れたら終わり。もはや死神も同然なのだ。

「ひ、ひっ！　た、助け……！」

「助ける？　皇女を誘拐しておいてそんな言葉がよく出てくるわね？」

「た、頼まれたんです！」

「でしょうね。だから今は殺さないであげるわ。きっちり吐いてもらうわよ？」

「それは困りますね」

　声と同時に短剣がエルナに向かっていく。それをエルナは弾く。

　その隙を逃さずに仮面をつけた暗殺者がゲントナーに向かっていく。

　エルナは暗殺者が突き出した短剣を剣で間一髪で受け止めた。

「口止めなんてやらせないわ」

「やはりあなたから相手をしなければいけませんか」

　くぐもった声だ。仮面のせいか、男なのか女なのかも判別できない。

　仮面が流行《はや》っているのかとエルナは苛立《いらだ》ちを覚えながら、暗殺者が繰り出す一撃を受け止めていく。暗殺者の攻撃は速かった。暗殺者は左右の手に持った短剣でエルナを舞台の端まで追い詰める。

「建物を壊さないように手加減しているようですね」

「そうよ。けど」

エルナは暗殺者が胴体を狙ってきた瞬間、剣を振り上げる。これまでよりも踏み込んでいた暗殺者は避けることができない。完全に狙いを読んだカウンターだった。

早めに決着をつけたい暗殺者はダメージの大きな部位を狙ってくる。経験からエルナはその攻撃を読んだのだ。

「ぐっ……！」

暗殺者の肩が深く切り裂かれる。

すぐに距離を取る暗殺者だが、逃がすまいとエルナが先ほどとは段違いの速さで距離を詰めてくる。建物を壊さないように配慮していながら、これだけの力を出すとは。

暗殺者はすぐに目的を切り替えた。右手に持った短剣をゲントナーに向かって投げつけたのだ。その代償としてエルナの剣が暗殺者の腹部を貫く。

「うわぁぁぁ!! 血、血が!?!?」

「ごほっ……」

「ちっ！」

エルナはすぐに剣を引き抜き、ゲントナーに駆け寄る。ゲントナーの胸には深々と短剣が刺さっていた。重傷だ。このままでは助からない。

そう思ったとき、建物が大きく揺れた。それと同時にあちこちが崩壊を始める。

「これは……!?」

「早く脱出したほうがよいですよ……」

腹部を押さえながら、暗殺者はエルナから距離をとっていた。

さきほどの揺れと今の状況からして、暗殺者が建物に何かしたことは間違いない。

ゲントナーという大事な情報源もおり、クリスタとリタ、そして子供の奴隷たちという守るべき存在もいる。エルナは追撃を諦めて、脱出を選択した。

「全員ついてきなさい！」

ゲントナーの傷を縛り、エルナはゲントナーを担ぐ。こうなっては早く地上に出るしかない。

エルナは子供たちとその場にいた客たちを引きつれ、出口に向かったのだった。

■■■

出口まであと少し。最後の階段を登ろうとしたとき。

クリスタに支えられていたリタが体勢を崩した。

「ううう……」

「リタ！」

後ろから聞こえてきた声にエルナは振り向く。蹴られた場所を押さえてリタは蹲《うずくま》っていた。

動いたせいで傷が悪化したのだ。

「そのままで！」

エルナはゲントナーを抱えたまま、リタの下へ駆け寄る。これ以上歩かせたらまずい。

そう判断したエルナは片手でゲントナーを担ぎ、もう片方でリタを担ごうとする。それを見ていた一人の客が叫ぶ。

「今だ！　走れ！」

その掛け声で奴隷オークションに参加していた客たちが我先にと出口へと走っていく。全員が逃げられないにしても、誰かは逃げられるかもしれない。そして彼らはその誰かは自分であると信じて疑わなかった。

その行動にエルナは思わず舌打ちをするが、それよりも優先すべきことがあった。放置していい犯罪者ではないが、それよりもクリスタとリタのほうが大切だったのだ。

リタの傷に響かないようにそっと担ぎ、エルナとクリスタは出口を目指す。

そしてようやく地上に出たとき、エルナは予想外な光景を見た。

「これは……」

出口の付近で客たちが寝ていたのだ。周りにはまだ近衛騎士たちはいない。当たり前だ。いくらエルナが要請したとはいえ、近衛騎士が第一に考えるのは皇帝の安全。まず城の警備を固めてから出動する。そして出動したとしてもエルナがどこに行ったかを知らない以上、聞き込みから始めることになる。騒ぎを聞きつけてやってくるのはもう少し先だろう。

だからエルナは客たちの一部が逃げるのは仕方ないと思っていた。しかし、その客たちがなぜか寝ている。

「痛いよぉ……」

「リタ……！」

エルナの疑問を遮ったのはリタのかすれた声だった。

すぐにエルナは自分のマントを地面に敷いて、リタをその上に下ろす。蹴られた部分はどす黒く変色していた。折れた骨が内臓を傷つけたのかもしれない。

エルナの治癒魔法では高度な処置はできない。治すには治癒魔法に長《た》けた近衛騎士を呼んでくるしかない。

一気に城まで飛んで、誰かを連れてくる。そういう計画をエルナが立てたとき、フードを被《かぶ》った小柄な人物がそっと近づいてきた。

「診せて。ボクは治癒魔法を使えるから」

「え？　あなたは？」

「誰でもいいでしょ。そっちのおじさんも診てあげるから」

声はやや中性的。おそらく女だろうということはわかった。敵意がないことを察したエルナは、仕方なくその人物にリタの前を譲る。ゆっくりとリタの傷に触れたその人物は、小さく魔法を唱えて治療に入る。それはエルナでも見たことのない魔法だった。淡く手が光り始めると、リタの苦しみが徐々に和らいでいた。

「なんか治ったかもしれない……！」

「ふふ、まだ内部の傷が塞がってないから動いちゃ駄目だよ。骨も完璧には治ってない。あとで城の人に診てもらうんだよ？」

「わかった！　耳の長いお姉さん！」

治療を受けていたリタには、フードの中の顔が見えていた。その人物は人間よりも耳が尖《とが》っていた。その特徴を聞き、エルナはエルフの魔法なのだと気づいた。

「なるほど。どうりで見たことないわけだわ。寝ている連中もあなたの仕業？」

「一応ね。あと独学だから効果は期待しないで。本から学んだものだからすぐ起きるよ」

そう言って苦笑しながら、その人物はゲントナーの治療も行う。しかし、その治療中に風がかすかに吹く。一瞬、フードが動いてエルナの目に顔が映った。淡い紫色の髪にエルフにしては短く、人間にしては長い耳。そこにいたのはソニアだった。

フードが動いたことにソニアは軽く顔をしかめるが、すぐにゲントナーの治療を再開する。

そして傷が塞がったのを確認して立ち上がった。

「このおじさんの傷は大したことないけど、様子はおかしい。しっかり調べたほうがいいよ。もしかしたら毒物を使われたかも」

「あ、待って！　お礼をさせて！」

「気にしないでいいよ。気まぐれだから」

「城か私の屋敷に来てくれれば、褒賞を出せるのだけど……」

「ごめんね。興味ないんだ」

「そう……それじゃあ、ありがとう。私の名前はエルナ・フォン・アムスベルグ。この借りは忘れないわ」

「忘れていいよ。あなたにとってはそっちのほうがいいはずだから」

そんな言葉を残してソニアはその場を去る。それと入れ違いで近衛騎士たちが現場にやってきた。

エルナはソニアを追いたい気持ちを押し殺し、到着した近衛騎士たちに指示を出す。

「重要な情報を持っているわ！　寝ている奴らは全員捕縛しなさい！」

指示を受けて近衛騎士たちが寝ている客を捕まえていく。そこでようやく客たちも起き始めるが、時すでに遅しだった。

「手の空いている者はゲントナー商会のほかの店にも向かって幹部を捕縛しなさい！」

指示を出し終えたエルナは馴染《なじ》みの近衛騎士の一人に声をかける。

エルナよりも治癒魔法に秀でている騎士だ。その騎士にリタを見るように要請する。

「もう大丈夫よ。リタ……よく頑張ったわね」

「うーん……なんかまだ違和感がある」

「すぐに治るわ」

「リタ……」

寝かせられたリタはその場で治療を受ける。横ではクリスタが心配そうにその手を摑《つか》んでいた。なんとか頑張っていたリタだが、安心したせいかゆっくりと意識を失っていく。

「なんか……ねむ……い……」

「リタ⁉」

「大丈夫です、殿下。休ませてあげてください」

「でも……」

「殿下。任せましょう」

エルナに促され、クリスタは立ち上がる。そして涙ぐみながらもリタの傍《そば》を離れたのだった。

とにかく早く皇帝に無事であることを伝えなければ。そう思っていたエルナだが、響いていた大量の馬の足音を聞いて静かに跪《ひざまず》いた。

「クリスタ！」

そうクリスタの名前を呼んでその場に駆け込んできたのは皇帝、ヨハネスその人だった。

その後ろにはフランツと護衛の騎士たちが大量にいた。居ても立っても居られず、現場まで来てしまったのだ。

「おお！　クリスタ！　無事か⁉　怪我《けが》はないのか⁉」

「は、はい……お父様、あ、いえ、皇帝陛下」

「父でよい！　よかった、本当によかった……」

ヨハネスはクリスタを抱きしめながら静かに何度もよかったと繰り返す。

その間にフランツが傍にいた一般市民たちを周りから離れさせる。皇帝の身の安全と市民たちが何かに巻き込まれることを避けるためだ。

そして周りに騎士たちしかいなくなった頃。ヨハネスはスッと立ち上がるとエルナに視線を向ける。その目は怒りに燃えていた。

「お父様……？」

「お前が傍にいながら何たるざまだ！　エルナ！　近衛《このえ》騎士隊長でありながら、皇女一人守れんのか!!」

「申し訳ありません……すべて私の責任です」

「まったくだ！　アムスベルグ家の名声は地に落ちたぞ！」

「お、お父様……エルナは……」

「黙っていろ。今、ワシはエルナと喋《しゃべ》っておるのだ」

「す、すみません……」

厳しい視線を向けられたクリスタは体を竦《すく》ませ、怯《おび》えた様子を見せる。

そしてクリスタはエルナを見るが、エルナはゆっくりと首を振る。

「エルナ。何か申し開きはないのか？」

「ありません」

ズーザンに呼び出されたと言うのは簡単だったが、ズーザンはクリスタのことも呼んでいる。あくまで一人で向かったのはエルナの判断だ。

今回の一件を捜査する過程で、ズーザンとザンドラが疑われたとしても、それはエルナの責任とは別の話だ。後宮で強引な手段を使ってくるはずがない。その先入観により、エルナはクリスタから離れてしまった。それは間違いなくエルナのミスだった。

「処罰はおって告げる、それまでは自宅で謹慎しておれ」

「はい……」

そう言ってヨハネスはクリスタを連れて城へと戻る。

そのまましばらくエルナは俯《うつむ》いたままだった。

■■■

「首尾はどうだ？」

「暗殺には失敗しました。しかし、助かったとしてもしばらくは目覚めないでしょう。刃に毒を塗っておいたので」

「そうか。ご苦労だったな」

仮面の暗殺者、シャオメイは主に報告する。体には呪いによって激痛が走るが、厳しい訓練を受けたシャオメイならば短時間なら耐えられる痛みだった。

「これでレオナルトたちは黙っていない。ザンドラ陣営と本格的にやりあうことになる。良い傾向だ」

「ですが、アムスベルグの神童はおそらく今回の一件で近衛騎士を解任されるでしょう」

「一時的なものだ。罰を与えないわけにはいかないからな。ほとぼりが冷めたら、また近衛騎士に戻すだろう」

「たとえ一時的なものでも、レオナルト陣営はその期間は自由にエルナ・フォン・アムスベルグを使えます。彼女は危険です。剣を握っていないときも相当なものでしたが、剣を握ったならば別人です。あれは怪物と同類かと」

「アムスベルグ家だからな。戦闘時には意識を切り替える。驚くことではない。もしも煩わしくなったなら進言して近衛騎士に戻せばいい」

「排除すべきでは？」

「あれは将来の有望な臣下だ。アムスベルグ家と関係が悪い皇帝は長続きしたためしがない。恩を売っておくくらいがちょうどいい」

「しかし……」

シャオメイは痛みに耐えながら訴えた。エルナの力は戦闘でこそ発揮される。完全に帝位争いの外に置いてしまえばいいのだ。たとえ恨みを買うことになろうと、それだけの価値がある敵だとシャオメイは感じていた。しかし、主は違う考えだった。

「私はほかの候補者とは違う。奴《やつ》らは死に物狂いで帝位を狙っているが、私は帝位についた後を考えている。そういう意味では格が違う。将来の手駒に恨まれるのはごめんだ。それに私が動かずともザンドラとゴードンが動く」

「……わかりました」

「引き続き後宮では母上の指示に従え。とりあえず今は傷を癒《いや》すのだ。まだ私たちが動くときではない」

「はっ……かしこまりました。エリク殿下」

そう言ってシャオメイは主である第二皇子エリクの傍から消えていく。

それを見送ったエリクはゆっくりと歩きだす。底知れぬ笑みを浮かべて。

8

帝都に戻った俺たちはすぐに冒険者ギルド帝都支部へと向かった。予定どおりに行っているなら、エマたちに協力している冒険者パーティーと落ち合えるはずだが……。

「聞いてきます」

エマが帝都支部へと入っていく。その間に城へ向かわせていたセバスが戻ってきた。

「どうだ？」

訊《たず》ねつつも俺は結果に関しては心配していなかった。エルナを護衛につけた以上、リタとクリスタの命は保障されたようなもんだ。それだけの信頼がエルナにはある。そしてそれは間違っていなかった。

「クリスタ殿下の誘拐騒ぎが起きたそうです。クリスタ殿下はご無事ですが、ご友人のリタ殿が怪我を負ったようです」

「リタが!?　怪我は重いのかい？」

レオが心配そうに訊ねる。事件が起こるとわかっていた俺たちとは違い、レオはいきなりクリスタの誘拐騒ぎとリタの怪我を聞かされた。心配するなというほうが無理だろう。

「命に別状はないそうです。ですが、護衛についていたエルナ様は責任を追及され、今は屋敷にて謹慎を命じられました」

「エルナが!?」

皇女の誘拐を許したんだ。それぐらいで済んだなら優しいもんだ。こうなることくらいわかってた。

クリスタの未来視は人の死が関わると精度が大きく増す。それを覆すには、力ずくで物事をどうにかできる実力者が必要だった。エルナならば可能だろうという予想が俺にはあったわけだ。同時に、クリスタの誘拐までは防げないだろうとも予想していた。

つまり、エルナが謹慎処分になることはわかっていたというわけだ。それなのに俺はエルナにクリスタを託した。エルナの優しさに甘えたんだ。

大きな後悔が襲ってくる。しかし、他に手がなかったのも事実だ。今更悔やんだところでどうにもならない。俺にできることはエルナの優しさを無駄にしないことだけだ。

そう自分に言い聞かせているとエマが戻ってきた。

「どうだ？　冒険者パーティーはいたか？」

「戻ってきてはいるそうです……ただ、全員ボロボロの状態で発見されて、今は宿屋で休んでいると言われました」

「やっぱり待ち伏せにあったか。命があるだけマシだな」

予想通りな展開に思わずため息が出た。殺さなかったのは冒険者ギルドとの関係を考えたからだ。帝位争いに巻き込まれ、冒険者が死ねばギルドは黙っていない。

道中、隠密《おんみつ》部隊は俺たちを襲わなかった。その行動から察するに手紙はやはりゴードンに奪われたとみるべきだろう。手紙を持っていた冒険者たちを痛めつけるだけ痛めつけて、手紙を取り忘れるほど間抜けではないだろうしな。

「彼らの事情を聞きにいく？」

「そうだな。お前が見舞いもかねて行ってくれ。たぶん、何が起こったのかわからなかったって言うだろうけどな」

帝国軍の精鋭を集めた隠密部隊は、そこらの暗殺者たちよりも優秀なはずだ。冒険者たちの隙をついて、姿を見せずに無力化するくらいお安い御用だろう。

彼らが無事なのは喜ばしいことだが、状況は最悪とは言わないまでも悪い。クリスタとリタは助かったもののレベッカを保護できたものの、手紙はゴードンの手に落ちた。さらにいえば、クリスタが攫《さら》われたことで帝都はピリつく。主である皇帝が怒っているからだ。その怒りは俺たちにも向くだろう。

喜ばしい報告をできない以上、叱責は免れない。

再度ため息を吐《つ》きながら俺は城へと向かったのだった。

■■■

「首尾はどうだ？　アルノルト」

　城に戻った俺は真っ先に父上の下へ向かった。クリスタの下に行きたいのはやまやまだったが、父上への報告が最優先だからだ。

「騎士レベッカの保護には成功しました」

「その言い方だと手紙は失ったな？」

　父上の冷たい声が玉座の間に響く。それに対して俺は静かに、はいと答えた。申し訳なさそうにしたり、罰を恐れるような素振りを見せれば火に油を注ぐ。

「レベッカは手紙を冒険者に預けて、自分が囮《おとり》になっていました。俺の情報収集が遅れたため、それに対処できず、手紙はおそらくゴードン兄上の下かと」

「わざわざ任務を与え、お前まで向かわせたのはどんな事態にも柔軟に対処するためだ。レオナルトに足りぬところを補うためにお前がいるはずだぞ？」

　静かだが、怒気を孕《はら》んだ声を父上は出した。最低限の結果は持ってきたが、それでは父上を満足させられない。近衛騎士を向かわせるという父上の案を蹴ってまで、俺が向かったからだ。

「申し訳ありません。相手の動きを考えるばかり、レベッカ自身がどう動くかというところにまで頭が回りませんでした」

「相変わらず飄々《ひょうひょう》としておるな？　これは失態だぞ？」

「はい。発案者である俺の責任です。どのような罰でも受けます。ただ……」

「ただなんだ？」

「罰を受けるのはもう少し後にしていただけませんか？　次に備える必要があるので」

俺のせいという形を作った以上、レオへの処分は軽い。それで満足するべきなんだろうが、次を考えれば罰なんて受けている場合じゃない。

父上の目が鋭くなる。父上もきっと次のことを考えているからだ。

「次か……挽回《ばんかい》のチャンスが欲しいということか？」

「いえ。挽回は不要です。罰はちゃんと受けます。ただ、次は次として備えなければいけないと思います。ゴードン兄上には切れ者の軍師がつきました。きっと手紙を最も効率的に使ってくるでしょう。そうなれば最悪、南部貴族との戦争、つまり内乱です」

「嫌なことを言う奴だ。すでにそれに対してフランツが動いておる。とはいえ……そのフランツが、重臣会議で手紙を上手《うま》く使われれば、南部貴族許すまじという空気が出来上がると言っておる。そうなればワシも何もしないというわけにはいかん」

さすがに俺たちの失敗を想定して動いていたか。

手紙を奪ったのはゴードンだが証拠はない。ゴードンが奪い返したと主張すれば、それ以上の追及は難しい。そのまま重臣たちに南部貴族の腐敗が知れ渡れば、フランツの言ったとおりになるだろう。

厄介なのは防ぎようがないということだ。奪い返すにしても場所がわからないし、父上が強権を発動してゴードンの動きを制限すれば、不当だとゴードンは騒ぐ。それはそれで軍部の不穏分子を刺激しかねない。

「クリューガー公爵は南部のほとんどを掌握しておる。反乱を起こしたとなれば、鎮圧には時間がかかるだろうし、復興にはもっと時間がかかる。そうこうしている間に他国が攻め込んできかねん」

「最悪なのは呼応されることですね。まぁ公爵を務める人物なら、他国にも接触くらいはしているでしょうし、ありえる未来です」

「いちいち最悪の想定を聞かせるな。気分が悪いわ」

「そうは言っても対策は必要です。なので対策を考える時間をくれませんか？」

「……自信はあるか？」

「いいえ、全然。ですが、まぁやれるだけはやります。なるべく人が死なない方法を考える義務がありますからね。一応、皇族ですから」

「……誰が帝位につこうとかまわんが、自分が帝位につくために戦争を起こし、国を乱すなどあってはならん。帝国のために。それが帝位争いのルールだからだ。ゴードンはそれを破りつつある。だが、クリューガーが反乱を起こし、南部との内乱となればゴードンを討伐軍に任じるほかない。国境軍を一々動かすわけにはいかんからだ」

クリューガー公爵はザンドラの伯父だ。胸に秘めた野心は昔からあったはず。きっと反乱を起こす準備くらいはずっとしていただろう。そうなると半端な将軍では返り討ちにあいかねない。

帝国軍には三人の元帥がいる。東と西の国境に一人ずつ。そして帝都に一人いる。だが、帝都にいる元帥は老齢。あくまで軍の総監督役だ。前線に向かう将軍の中で最も武功があるのはゴードンだ。出し惜しみはできないだろう。

「なるべく穏便に済ませる方法を考えよ。それまで罰は与えん」

「かしこまりました」

一礼して俺は下がろうとする。だが、父上が俺を呼び止めた。

「アルノルト」

「はい？　なんでしょうか？」

「クリスタが不安がっている。会ってやれ」

その言葉に俺は頷《うなず》く。同時に、エルナのところへ行ってもいいかと聞きたい衝動を抑えた。父上が責任を取らせて謹慎にしたエルナの下に、すぐに俺が向かうのはよろしくない。時間を置く必要がある。ここで俺が父上の不興を買うのはあまりにも無駄だ。自分の感情を押し殺して俺はその場を後にしたのだった。

■■■

「アル兄様！」

後宮にある母上の部屋に行くと、クリスタが俺に抱きついてきた。

「よしよし。怪我《けが》はないか？　クリスタ」

「私は大丈夫……でもリタが怪我をして……エルナが……」

「話は聞いてる。お前が気に病むことじゃないさ」

「でも……私がエルナの言いつけを守らなかったから……」

「気にするな。お前が無事ならエルナも文句は言わん。ちゃんと俺が謝っておいてやる」

そう言って俺はクリスタの頭を撫《な》でる。そして俺は母上に視線を移した。母上の隣にあるベッドではリタが眠っていた。怪我が治るまでは母上が面倒を見るみたいだな。

「アルもレオも無事でよかったわ」

「俺たちは平気ですよ。そこまで危険な任務じゃないですから」

「けど浮かない顔ね？　失敗したのかしら？」

「父上の期待には応えられなかったってところですね」

そう俺が答えると母上はクスリと笑う。普通、皇帝の期待に応えらないってのは大ごとなんだが、この人にとっては重要なことではないらしい。

「他人の期待なんて身勝手なものよ。気にしないでいいわ」

「そういうわけにはいきませんよ」

「でも、引きずっても仕方ないわ。失敗したときにすることは、どうして失敗したのか考えて次に活《い》かすこと。絶対に失敗できないときに、失敗しないためにね」

「……そうですね。ちゃんと反省して、次に活かします。次は失敗できないので」

俺の答えに満足したのか、母上は微笑《ほほえ》む。その笑みは昔と何ら変わらない。好きなようにやらせ、本当に必要なときだけ口を出す。放任主義の極みみたいな人だが、だからといって投げやりなわけじゃない。いつだって見守っていてくれる。

俺はその場を後にして、気持ちを入れる。俺にはやるべきことが山ほどあるからだ。

9

帝都に戻ってから数日が経《た》った。ゴードンは慎重を期しているのか、まだ動きがない。その間、父上は城に大勢の貴族を呼び寄せていた。クリスタの誘拐に関する調査と、奴隷に関する調査をするためだ。

付け加えるなら南部貴族と繋《つな》がりのある帝都の貴族に、不穏な動きがないかを見るという目的もあるんだろう。

そんなわけで城は大勢の貴族で賑《にぎ》わっていた。城を歩くのに邪魔で仕方ない。

「おい、聞いたか？　アルノルト殿下が陛下から叱責されたそうだぞ？」

「出涸《でが》らし皇子だからな。別に驚かんさ」

「いや、今回は陛下と二人きりで叱責されたそうだ。何かやらかしたんだろう」

「またレオナルト殿下の足を引っ張っているのか。どうしようもない皇子だな」

陰口があちこちから聞こえてくる。父上に叱責されたというのは瞬く間に広まった。任務の内容は極秘だが、叱責されたという事実は広がっている。おそらく城の侍女たちが雰囲気で察したんだろう。

所詮は噂《うわさ》だが、どこに行ってもそれが聞こえてくる。

居場所がない。そんな気分を感じ、俺は自嘲する。そういう立場を望んだのは俺自身だ。今更、普通に過ごしたいと思うのは贅沢《ぜいたく》な望みと言えるだろう。

レオと共に同じ道を歩むという選択肢もあった。それを選ばなかったのは俺だ。

レオが日の当たる道なら、俺は日陰の道を選んだ。誰からも称賛されなくてもいいと。誰にも気づかれなくてもいいと。そう思って選んだんだ。それが一番だと思ったから。

「よぉ、アルノルト」

そんなことを思っているとうるさい奴がやってきた。

取り巻きをつれたギードだ。今日も今日とて似合ってない服を着ている。よくこんな服装で城に来る気になったな。やっぱりこいつのセンスは終わってる。

「ギードか」

「ううん？　なんだよ？　わざわざ出涸らし皇子のお前に僕が話しかけてやってるのに。ここは泣いて喜ぶところだろ？」

「はぁ……はいはい。ありがとう」

「いけ好かないな。最近、調子に乗ってるだろ？　レオナルトが功績をあげてもお前の力じゃないんだよ。レオナルトが活躍すればするほど、お前の無能さが浮き彫りになるだけだ。さっそくみんな噂してるぞ？　陛下に叱責されたらしいじゃないか。お前がいる以上、レオナルトは勝てないとみんな思っている」

「そうか……」

そういう判断しかできない奴はいらないな。

そういう陣営に参加し、自分で変えてやるってくらいの気持ちがある奴がほしい。

レオには味方が必要だ。帝位争いは皇族同士の争いだが、勢力争いでもある。いくらレオがほかの三人と肩を並べても勢力で劣れば皇帝にはなれない。

「なんだ？　落ち込んだのか？　そうだよなぁ。お前だって脚光を浴びたいよなぁ。けど、お前じゃ無理だよ！」

そう言ってギードは取り巻きと一緒に笑い声をあげる。

まったく。暇な奴らだ。早く父上も調査を終わらせてくれないかな。こいつらが城に来ているのは、こいつら自身が調査されているからじゃない。あくまで爵位を持つ親の付き添いだ。調査が終われば用もないのに城には来られなくなる。子供のときとは違うからな。

呆《あき》れて顔をそむけるとギードがニヤリと笑う。

「そんなアルノルトに朗報だ。僕をレオナルトに推薦しろ。僕が味方になってやる」

「……なに？」

「聞こえなかったか？　無理もない。僕は名門ホルツヴァート公爵家の長男だからね。味方になればこれほど頼りになる者はいないだろう」

芝居がかった仕草でギードは前髪を払う。

しかし、俺はそんなことを気にしてはいなかった。わざわざギードが勢力争いに首を突っ込むなんてな。これは間違いなくホルツヴァート公爵の指示だろうな。

ホルツヴァート公爵自身はたしかゴードンに近寄っており、次男はエリクの下に送り込まれている。そのうえでギードがレオに近づくとなれば、誰が勝っても恩を売れるようにしているということだ。

ザンドラに近寄らないのは、ホルツヴァート公爵家が昔から南部の貴族と折り合いが悪いからだ。これはつまり、ホルツヴァート公爵がレオを認めたということだ。

この機を逃すのは痛い。しかし……正直ギードはいらない。ギードはホルツヴァート公爵家の長男だが、次男のほうが期待されているし優秀だ。最有力候補であるエリクの下に送り込まれているのがいい例だ。

ギードなんて味方に引き込めば、勢力が瓦解しかねない。

「僕を味方に引き込んだ功績はお前のものにしていいぞ。どうだ？　アルノルト」

「悪いが遠慮しておく。レオに味方したいならレオに言ってくれ」

「なにぃ？」

まさか断られると思ってなかったのか、ギードが頰《ほお》を引きつらせる。

ギードがレオにお願いできるわけがない。これまでギードは表面上はレオとうまくやってきたが、フィーネと俺が出かけたときにギードは俺を殴った。そしてその時、俺はレオのフリをした。つまりギードからすれば自分の悪行がレオに知られたと思っているわけだ。まぁあんなことがなくてもレオは気づいているだろうけど。

だから俺のところに来るのがギードがギードたるゆえんだろうな。馬鹿すぎる。

「調子に乗るなよ？　これはお願いじゃないんだ」

「何て言われても引き受ける気はない」

「このっ！　調子に乗るなよ！　お前のお守り役のエルナはヘマをして、今は謹慎中だ！　誰も助けてくれないぞ！」

それは聞き捨てならない言葉だった。

頭ではスルーすべきだとわかっていた。落ち着けと自分に言い聞かせるもう一人の自分がいた。けど、そんな自分自身の制止を俺は振り払ってしまった。

「今……何て言った？」

「なに？　誰も助けて」

「その前だ……ヘマと言ったか？」

「うん？　ああ、そうだ！　エルナはヘマを……っっ!?!?」

俺はギードを睨《にら》む。今すぐシルヴァリー・レイを叩《たた》き込みたい気持ちに駆られていた。こいつをこの世から消滅させることができたらどれほどすっきりするだろう。そんな気持ちで睨まれたギードは恐怖で息ができないらしく、数歩下がって尻もちをついた。

「あ、あ……」

「取り消せ……ギード」

静かに、ただ静かに用件だけを伝える。しかしギードは一向に答えない。

取り巻きたちも固まってしまって、誰もギードと俺を遮らない。安い繋がりだ。

「エルナはクリスタの命を救った。それは誰にも変えられない事実だ。そんなエルナの侮辱は俺の前では許さん。わかったなら取り消せ。ギード・フォン・ホルツヴァート。それとも死にたいのか？」

「あ、い、ち、ちが……」

「早く言え」

「と、と、取り消す……」

「他に言うことは？」

「ご、ごめ……」

「ごめん？」

「し、失言、も、申し訳ありませんでした……！　殿下……！」

ギードにしっかりと取り消し、謝罪をさせると俺はすぐにその場を後にする。

ギードと同じ空気を吸っているだけで吐き気がするし、さっきので少し注目を浴びてしまった。突っ込まれると面倒だ。今の俺は冷静じゃないしな。

そんなことを思いながら俺は貴族たちを避けるようにして、城の外へと向かった。

「……はぁ」

外に出ると自分の愚かさにため息が出てしまう。無能でいようと決めたばかりなのに、すぐにそれを反故《ほご》にするようなことをしてしまった。情けないことこの上ない。

「ため息を吐《つ》くくらいなら我慢すればよいではありませんか」

そんな俺を窘《たしな》めるようにセバスが後ろから声をかけてきた。

やだやだ。どうしてこいつは説教じみているんだろうか。

馬鹿なことをしたというのは俺が一番よくわかってる。

「我慢できなかったんだから仕方ないだろ？　今は冷静だ。馬鹿なことをしたと思っているよ。何一つ得はない。自分の手札を晒《さら》しただけだ」

「睨みだけで黙らせるなんてなかなかできることではありませんからな。見る者が見ればそれなりの場数を踏んできたとわかる光景でしたな」

「はいはい。わかってるって言ってるだろ？」

「それなら構いません。エルナ様はアルノルト様にとって特別ですから、致し方ないといえば致し方ないでしょう。状況を考えるに、普段怒らない者が怒ってビックリしたとも捉えられます。そこまで気に病みますな」

そうセバスが俺にフォローを入れてくる。

特別だから怒った。それを仕方ないことだと言うのは簡単だ。しかし、それで怒っていたら俺はこれからどれほど怒らなきゃいけなくなるだろうか。

「最近、自分が情けないよ……」

「そういう時もありましょう。完璧な人間はいません。どんな感情も押し殺し続けることなどできないのです。ああ、それはそうと馬車を用意しておきました」

「……行き先は？」

「アムスベルグ勇爵家です。ミツバ様が皇帝陛下に掛け合い、アルノルト様とレオナルト様がエルナ様に会う許可を取ってくださいましたので」

「そうかい……さすが母上だ。んじゃ行くか」

そう言って俺は馬車へと向かうのだった。

10

「お帰りなさいませ。アルノルト様」

「はいはい、ただいま」

そんなやり取りを警備の騎士としながら俺はアムスベルグ勇爵家の屋敷へと入っていった。

屋敷に入ると馴染《なじ》みの執事が顔を出す。執事はエルナとアンナさんは食事中だと伝え、二人に確認も取らずに俺の案内を始めた。

俺が訪ねてきたときは大抵こういう感じだ。オープンというかなんというか。

そんなことを思いながら、俺は二人のところへ向かった。

「あら？　アルじゃない。いらっしゃい」

「お邪魔します。アンナさん」

アンナさんは驚くこともなく、にこやかに俺を出迎えてくれた。

そして立ち上がるとセバスをつれて移動する。たぶん俺の食事とつまむ物を用意してくれるんだろう。

あえてその好意に甘えて、俺はエルナの前の席に腰かける。

「アル？　どうしたの？　いきなり」

「城は貴族で一杯だから抜けてきた」

「平気なの？　それと許可は取ったんでしょうね？」

「さぁな。まぁ俺なら平気だろう。許可は取ったよ。母上が」

「またそういうこと言って……」

呆れたような表情をエルナが浮かべる。いつもと変わらないエルナだ。落ち込んだ様子は見えない。それでも何だかいつもと違う感じがするのは、俺が原因だろうな。

俺は目についた葡萄酒《ぶどうしゅ》を手に取り、置いてあったグラスを二つ取る。

「私は飲まないわよ？　まだ昼間なのよ？」

「付き合うってことを知らないのか？」

「はぁ……少しだけよ？」

エルナから妥協を引き出した俺は、言う通り片方には少しだけ注《つ》ぎ、もう片方にはしっかりと注ぐ。そして少ないほうをエルナに渡した。

そのまま少し無言の時間が流れる。エルナは何も言わない。たぶん俺が何を言おうとしているかエルナはわかっている。でも、急《せ》かしはしない。

それをありがたいと思いつつ、俺は静かに頭を下げた。

「すまなかった……」

「なんで謝るのよ」

「……クリスタが見る未来はどう動いても同じ光景にたどり着く。エルナがどう動いてもクリスタが攫《さら》われることは確定してたってことだ。それでも俺はお前に護衛を依頼した。貶《おとし》めたようなもんだ……」

「そうなの？　結局、リタは助かったわよ？」

「お前くらい力があればどうにかできると思ったんだ。ただ……未来が変わらないことを伝えれば動きに迷いが出るかもしれない。だから秘密にしてた。俺は……お前を騙《だま》したんだ。だからすまなかった……」

「……侮辱ね」

ポツリとエルナが呟《つぶや》く。ただ言葉の割に怒りは込められていないように思えた。顔をあげると真っすぐとエルナが俺を見ていた。

「謝るなんて私への侮辱よ。アル」

「……だけど……お前は近衛《このえ》騎士を……」

「たしかに夢だったわ。そこを目指して努力した。近衛騎士となって帝国を、皇族を守ることがアムスベルグ勇爵家の使命で、責任だと言われて育ったから。だから近衛騎士になったときも嬉しかった。近衛騎士団の団長の座も狙ってたし、誰もがそれを当然と思ってた。だけど、今回のことでそれは遠のくでしょうね。でもいいの」

そう言ってエルナは笑う。本当に問題視していないような笑い方だ。

でも俺は知っている。近衛騎士になるために。アムスベルグ勇爵家の名に恥じないために。どれほどエルナが努力したかを。その努力を水の泡にしたのに、とうのエルナは怒ったりせずにただ笑っている。

それが辛《つら》かった。怒ってくれたほうがまだましだ。

「……」

「またそういう顔して。言ったはずよ。私の誓いは私の名誉よりもずっと大切なの。だから気にしなくていいわ。私はアルを見捨てない。その誓いに従って私は動いたの。アルの責任じゃないわ。多くの可能性があることを承知で、私は私の責任で動いたの。勝手に私の責任を取らないでちょうだい。それに私は役に立ったでしょ？」

「……ああ、もちろんだ」

「よかった。それならいいじゃない。クリスタ殿下もリタも無事だった。私も役に立てた。それならもう私の勝ちよ。しいて言うならもっと華麗に助けたかったってところかしら」

そう言うとエルナは茶目《ちゃめ》っ気《け》のある笑顔を見せながら、葡萄酒の入ったグラスを持つ。

そして。

「わかったらその辛気臭い顔はやめて。ここには何しに来たの？　謝るだけならもう用は済んだでしょう？　なら祝いましょう。私のささやかな勝利を」

エルナは本当に勝ち誇った笑みを浮かべ、グラスを掲げる。

それを見て、まだ思い詰めるほど無粋ではいられない。俺は迷いと後悔を振り払ってグラスを掲げる。エルナはこれまでの一連の流れを勝利と言った。多くの者が負け惜しみと言うだろう。だけど、俺はそれが確かな勝利だと知っている。

祝わなければいけない。俺の剣が勝利したのだから。

「エルナのささやかな勝利に」

「ええ、私のささやかな勝利に」

そう言って俺たちはグラスを鳴らして、乾杯する。

そのままエルナは静かにグラスを傾けるが、俺は一気に飲み干して次を注ぐ。

「そんな飲み方してると後悔するわよ？」

「いいさ。祝杯なら豪快に飲むのが礼儀だ」

「まるで冒険者みたいな言い方ね。まぁ嫌いじゃないけれど」

エルナがそう言った瞬間。俺の手が少しだけ止まる。

罪悪感に押されて何もかも言ってしまおうかという気持ちになる。だが、それを最後のところで食い止めて、俺は葡萄酒と共に飲み込んだ。

今、秘密を明かしても得はない。無駄な秘密をエルナに背負わせるだけだ。いつか言わなければいけないだろう。それでも今じゃない。迷惑をかけっぱなしだ。ここで甘えるのは簡単だが、これ以上、甘えるわけにはいかない。

俺にだって意地がある。

「エルナ……俺は必ずレオを皇帝にするぞ」

「どうしたの？　いきなり」

「酔ったかもな……」

「ふふ、そんなに弱くないでしょ？」

「たまに弱くなるときがあるんだよ……レオが皇帝になればきっと馬鹿な帝位争いの慣例を払拭してくれる。帝位争いはたしかに皇帝を育成するためには有効かもしれない。ほかの国に比べて、帝国は愚帝が出る率はかなり低い。それでもそのために血が流れるのは馬鹿げてる……あいつなら良い方法を考えてくれると思うんだ」

死にたくないという思いはある。

気ままに生きて、気ままに冒険者やって、気ままに死にたい。それが俺の人生設計だ。

そのためにレオが皇帝になるのが一番だからレオを皇帝に推しているというのはある。だが、この馬鹿馬鹿しい慣例が続くかぎり、俺の人生設計は達成されない。

たとえここで勝ち抜いたり、生き抜いたりしたとしても。子供ができれば、子供が帝位争い

に巻き込まれるだろう。

　帝位争いに加わった俺が巻き込まれるのはまぁ、百歩譲って許容できる。ただ、クリスタは違う。これから生まれてくる大勢の皇族の子供たちも違うかもしれない。

　帝位を狙っていないのに巻き込まれ、振り回されるのは理不尽が過ぎる。

「それはどうかしら。ずっと変わらなかったことよ？　良き後継者を輩出するのは皇族の使命。広大な帝国を治められない愚昧な皇帝が出てくれば、帝位争いで流れるよりも多くの血が流れるわ。それも民の血が、よ」

「わかってる。我儘《わがまま》なんだと思う。皇族として生まれた以上、皇族の責務からは逃れられない。それが対価というのはわかってる。けど……それで納得していたら何も変わらない。俺のように思っていた皇族は多くいたはずだ。それでも誰も何もしなかった。未来に期待するだけじゃ変わらない」

「それなら自分が皇帝になったら？」

「馬鹿言うなよ……俺は理不尽な慣例だと思っていると同時に、有効だとも思ってる。きっと現実的な判断に直面したら慣例をなくさないことを選ぶ。だから俺はレオを皇帝にするんだ」

「レオもその判断をしたら？」

「レオはしない。あいつは俺とは違うさ。現実的で効果的な方法よりも、理想的で効果的な方法を探す奴《やつ》だ」

　俺の言葉を聞いて、エルナは笑う。そしてグラスを俺に向けてきた。

「そうね。私もそう思うわ。期待させる何かがレオにはあると思う。だから多くの人がレオに協力するんだと思うわ」

「だろ？」

「自慢の弟を褒められてご満悦？」

「そりゃあな」

そんなやり取りをしながら俺とエルナはあっという間に一本空けてしまった。

セバスと共に戻ってきたアンナさんにもう一本を強請《ねだ》ったが、さすがに出してはくれなかった。しかし、エルナと話をするのに酒は必要ない。

久しぶりにエルナと色んな話をして、俺はいい気分でその日を終えられたのだった。

## 11

城の中層。そこにあるゴードンの部屋にソニアはいた。

「お前の言う通り、手紙を奪還してから時間を置いた。これでいいのだな？」

「はい。この間に殿下が手紙を取り返したという流れにします。そうなれば手紙を持っていることを追及されても言い逃れできるでしょう」

ソニアの言葉にゴードンは頷《うなず》く。いつものゴードンならば手紙を使って、早々にザンドラを脅していただろう。しかし、それをソニアは止めた。帝位争いを勝ち抜く気があるならば、ザンドラを脅すことに手紙を使うのはもったいないからだ。

「重臣会議でこの手紙の存在を明かし、南部貴族の首魁《しゅかい》、クリューガー公爵を許すまじと訴える。そうすれば陛下は南部貴族を放置できん。クリューガー公爵もそうなったならば、公然と反旗を翻すだろう。そうなれば俺の得意分野がやってくる。見事な献策だな。ソニア・ラスペード。さすがは天才参謀の娘だ」

ゴードンの賞賛にソニアは無表情のまま、ありがとうございますと告げた。その態度にゴードンは小さく笑みを浮かべた。

「安心しろ。お前が俺の力になるならば、父親と祖父母には手を出さん」

「……約束は守っていただきます。ボクがあなたの力になるのはあと〝二回〟だけです」

ソニアは帝位争いなどに興味はなかった。自分とその周りに被害がないならば、誰が皇帝になろうと変わらないからだ。それは帝国に住む多くの人々も同じだった。

しかし、ソニアは普通ではなかった。ゆえに巻き込まれた。

十年前。ソニアはハーフエルフということで母親と共にエルフの里を追われ、ペルラン王国と帝国との国境線にある村の外れでひっそりと暮らしていた。

しかし、帝国軍と王国軍との争いに巻き込まれて村は壊滅的被害を受け、ソニアは母とはぐれてしまった。そして炎に包まれた村の中で暴徒と化した王国軍の残党に襲われかけたところを、養父に救われたのだ。

帝国軍の天才参謀として軍内で名が通っていたソニアの養父は、ソニアを助けたあとに重傷を負って軍を引退した。帝国軍のある指揮官がソニアの養父の言葉を聞かず、深追いして反撃を食らったためだ。その部隊を救出するため、ソニアの養父は自らの命を賭けて殿《しんがり》部隊を指揮し、見事に脱出させた。その指揮官というのが十代の頃のゴードンだった。

　ゴードンは幾度も養父の進言を無視し、無意味に戦線を拡大させた。その結果がソニアの村だった。あげく、功を焦って養父に重傷まで負わせる失態を演じた。

　ソニアにとってゴードンは憎い敵とすらいえる相手なのだ。それでもソニアはゴードンに献策した。そうせざるをえない事情があったからだ。

　軍を引退した養父とその両親の下で、ソニアは健やかに育った。ハーフエルフとして差別されても、優しい養父と祖父母がいたから平気だった。

　そんな平和な日々を終わらせたのもゴードンだった。かねてから養父に自らの軍師になるように要請していたゴードンは、返事がないため強硬手段に出た。

　養父の両親を人質に取ったのだ。しかし、後遺症で長旅のできない養父が帝都に行くのは無謀といえた。だから代わりにソニアがやってきたのだ。

　養父の書斎にある貴重な書物。軍略や魔法について書かれたその本が、ソニアにとっては教科書であり、遊び道具だった。本を読み、知識をつければ養父と深く話ができる。そのうち、ソニアは天才参謀と戦術について話せるほどになっていた。

　ゆえにソニアは自ら名乗り出て、養父の代わりに帝都へやってきた。献策するのは三度までという条件をつけて。従わないならば人質を取るようなゴードンが、大人しく約束を守るとは思ってはいなかったが、タダで利用されるわけにはいかなかった。

幸い、ゴードンが行っているのは帝位争い。対抗勢力がいる。ソニアの力に他の勢力が目をつければ、調略を受けることもあるだろう。そのときに養父と祖父母の救出を条件に出すというのが今のソニアにできる唯一の作戦だった。

そのためには不本意でも真面目に策を考えなければいけない。感情を押し殺し、ソニアは最初の献策として手紙の運用法をゴードンに伝えたのだ。

「あと二回しかお前の知恵を借りられないのか、それともあと二回もお前の知恵を借りられるのか。どちらだろうな？」

「ボクが献策するのはあと二回。その質問の答えに一回分使いますか？」

「ふん、やめておこう。もうしばらく手紙は置いておく。下がれ。しばらくお前の力を借りることはないだろうからな。本番は戦場だ」

ゴードンの言葉を受け、ソニアは一礼して部屋を去る。そして今後のことを頭で考えた。

皇帝に怪しまれれば、クリューガー公爵は高確率で反旗を翻す。それを討伐するために皇帝はゴードンに中央軍を任せるだろう。内乱勃発だ。

その隙をついて他国が帝国侵略を企てる。帝国の国境守備軍は優秀なため、内部に侵入されるということはないにせよ、撥《は》ね退《の》けられるかは微妙だ。停滞した国境線戦に投入されるのは、内乱を終わらせたゴードンとなる。

外交でエリクは活躍するだろうが、それに負けない手柄をゴードンはあげられる。少なくともあげるチャンスがやってくる。だからソニアはザンドラを脅すことに反対した。ゴードンの目的は帝位であり、そのためのライバルはザンドラではなくエリクだからだ。

しかし、ゴードンの得意分野は戦闘。それを生み出すために内乱を起こせば大勢が死ぬ。まったく関係のない民が命を落とすだろう。

「……ボクも同類かな」

一人、ソニアは呟《つぶや》く。ゴードンは帝位争いを勝ち抜くために手段を選ばなかった。ソニアも養父と祖父母を救うために手段を選ばない。内乱を起こし、どれだけ帝国の民が死のうとも、ソニアは養父と祖父母を助けると決めていた。今こそ恩を返すときだからだ。

だが、考えれば考えるほど罪悪感が心をチクリと突き刺していく。

かつて養父に言われたことを思い出し、ソニアは苦笑した。

「やっぱりボクは軍師に向いてないなぁ」

戦場でどれほどの人間が死ぬのか。それを頭の中で把握していながら、勝つために策を考えるのが軍師だ。机の上で軽く扱う駒の一つ一つが生身の人間だと理解しながら、その駒たちを勝つために効率よく扱う。それができないならば、どれだけ知識と知恵を持っていても軍師にはなれない。

多くの者が現場でいくつも壁を乗り越え、本物の軍師に近づいていく。だが、ソニアにはその経験が不足していた。それでもソニアはやるしかなかった。

退路はすでに断たれているのだから。

# 12

「結局、今日も見つけられなかったか……」

手紙が奪われもうすぐ二週間が経《た》つ。手紙を巡る状況に変化はなく、ゴードン側にも動きはない。こちらも手紙を探してはいるが、本気で隠されてはさすがに見つけられない。

数日後には重臣会議が開かれる。そこまでゴードンは動かないはずだ。

小さく俺はため息を吐《つ》く。

「やっぱり大変な状況なんですか？」

俺に紅茶を出しながらフィーネが心配そうに聞く。

安心させようと笑ってみるが、そのせいでフィーネの顔がより曇る。

「まぁほどほどに大変だな」

「嘘《うそ》ですね……本当はものすごく大変なんですよね？」

「さすがにバレるか」

俺は頭をかき、深くため息を吐いた。

当初は俺たちが手紙を手に入れ、父上に渡すはずだった。そうすれば父上は自分のタイミングで南部貴族の不正に触れることができる。内乱を起こさないように微調整が出来たわけだ。

しかし、手紙はゴードンの手に渡った。父上はゴードンのタイミングで南部貴族の不正に触れることになる。この早さで南部貴族の不正が表に出ると反乱は避けられない。父上が動かなくても、クリューガー公爵が反旗を翻す。

　こうなってくると当初の計画は使えない。大規模な内乱を起こせば帝国は間違いなく、他国に狙われる。その展開はゴードンにとって望むところだろう。

　父上としても戦が起きればゴードンを使わざるをえない。

「もう……内乱は避けられないかもしれない。ゴードンは将軍だ。手柄を求めるなら戦が起きたほうがいいに決まっている。ゴードンの支持者も喜ぶことだろう。しかし、あいつにはそれを実現するだけの策略がなかった。だが、今はある」

「ハーフエルフの軍師さんですね？」

「ああ。ソニアは手強《てごわ》い。上手《うま》くゴードン陣営の弱点を補える人材だ。とはいえ、ゴードンがいつまでも彼女の進言に従うとは思えない。いずれ彼女はゴードンから信頼されなくなるだろう。今のゴードンにそういう器はない。けれど……」

「それを待っている時間がないということですね」

　フィーネの言葉に頷く。ソニアの策が順調なうちは仲間割れにはならない。十割進言が当たる軍師は存在しない。いずれ予想とは違うことが起きる。ゴードンはそれを許しはしないだろう。

　できることならそれを起こしたい。しかし、ソニアはゴードンの後ろから情勢予想に徹している。そこで予想を外すのは難しい。

「ままならんな」

「そういえばクリスタ殿下が誘拐されたとき、フードの方が助力してくれたそうです」

「……耳が尖《とが》ってたか？」

「そのようですね」

「そうか……根は善人なんだろうな」

帝都にそうそうエルフがいるとは思えない。ましてやクリスタの誘拐現場にたまたま居合わせるなんて、とんでもない確率だ。それよりは騒ぎを察知して、いち早く動いたソニアがいたというほうがしっくり来る。

「戦いたくありませんか？」

「なんでそう思うんだ？」

「顔が嫌そうでした」

「そうか。まぁ嫌は嫌だな。彼女とは気が合った。だけど……それだけだ。彼女にも守らなきゃならないものがあるんだろう。覚悟があって、理由だってあるだろうさ。重く、強いものが。そうじゃなきゃゴードンには肩入れしない。それでも敵なら倒すだけだ」

「悲しいですね」

「悲しいな。けど、個人的な感傷だ。彼女の助言でゴードンは内乱を引き起こす。戦いたくないと言うのは簡単だ。しかし、その内乱で被害を受ける民にどんな顔を向ければいい？　くだらない帝位争いの結果、内乱が起きるんだ。そっちのほうがよほど悲しい」

俺の言葉を聞き、フィーネが悲しげに目を伏せた。割り切ることは大事だとフィーネもわかっているだろう。それでも悲しみを顔に出すのは、きっと俺の代わりだ。

個人的な感情よりも大きなもののために俺は動かざるをえない。帝位争いに首を突っ込んだ時点で俺は個人の感情を優先してはいけない立場になった。その立場に翻弄されるつもりはないが、融通が利かないときもある。それが今だ。

「君は優しいな」

「アル様ほどじゃありません」

「俺は優しくないよ。きっと殺さなきゃいけないなら、俺はソニアを殺す」

「その時はきっと、誰かに殺させないためでしょう。救えず、守れないならばせめてと……だからアル様は誰よりも優しいんだと思います」

買いかぶりだと俺は笑う。だが、フィーネに優しいと言われるのは悪い気分じゃない。フィーネが想《おも》う俺でいようと思える。そのためには今を乗り越える必要がある。

内乱を止めることを諦めればいくらでもやりようはある。内乱は俺たちが手紙を手に入れたとしても起きた可能性が高い。気に病む必要はないのかもしれない。しかし、気に病まないのと諦めるのはまた別物だ。

止める努力を怠っていいわけじゃない。最善はやはり内乱を起こさないことだ。

心情的なモノを抜きにしても、大規模な内乱が発生すれば少なからずレオの評価は下がる。手紙を手に入れていれば止められたかもしれないと言われるからだ。

帝国、民、そして帝位争い。内乱を止めることはこれらすべてにメリットがあるのだ。

「セバスには手紙の捜索を命じてるけど、まぁさすがのセバスでも無理だろうな。色々覚悟してシルバーとしてレオに協力すべきだったか……？」

後悔しても仕方ない。時間は戻らない。それでもああすればよかったかと思わずにはいられない。

レベッカの保護に向かったとき、最初からシルバーとして動いていればバレる心配はなかった。そうすればすぐに転移するという手が使えた。それで手紙を見つけられたかは別だが、皇子のままでいるよりは打てる手があった。

だが、それには致命的な問題がある。

「でもそうなると、シルバー様が私的にレオ様に協力していることがバレてしまいます。今ではモンスター討伐という言い訳がありましたけど……」

「そうだな。古代魔法の使い手が帝位争いに首を突っ込む。反感を買うのは間違いない」

帝位争いに深く関わるレベッカの保護にシルバーとして同行すれば、これまで保ってきた一定のラインを越えることになる。

帝都の守護者であり、民の守護者。それゆえにシルバーは許されている。モンスターが関わるわけでもなく、帝国の危機でもなく、ただの勢力争いで一人に過度な肩入れをしていることがバレればどんな噂《うわさ》が出るかわからないし、ソニアならそれを上手く使ってきただろう。

最悪、脅威と宣伝されてシルバーとして活動できなくなったかもしれない。それぐらい帝国には古代魔法と皇族というセットにトラウマがある。

そうなればこっちは手紙と引き換えに切り札を失う。その危険は冒せない。

「はぁ……考えるだけ無駄だな。後悔しても何も解決しない」

まぁ別にあの時には限らないが。シルバーには制限がいくつも付きまとう。だから動くタイミングは限られてくる。

強すぎるうえに、タブーにも触れている。モンスター関連以外の問題で動くにはそれなりの理由がいるわけだ。だから今回は苦戦している。いっそ、モンスターを引っ張り出してくれたほうが楽なんだがな。

「さっさと解決策を見つけないとせっかく得られていた父上からの信頼が薄れていく。そうなると今までの苦労が水の泡だ」

「南部の貴族の方と話し合いはできないんでしょうか？」

「ほぼ間違いなく不正に手を染めてる貴族たちだぞ？　話し合いなんて……」

俺はそこで言葉を切る。奴《やつ》らは交渉になんて応じない。そうずっと思っていた。

だが、これから先に間違いなく一度だけ応じる瞬間がある。

「フィーネ……君は天才だ」

「はい？」

「悪いがレオを呼んできてくれないか？　良い手を思いついた」

そう言うと俺は筆をもって頭に浮かんだ計画を紙に書き始めた。

それを見てフィーネは困惑しつつも、すぐにレオを呼びにいったのだった。

■■■

「兄さん、良い手が思いついたって本当!?」

「ちょっと待ってろ。えーっと、課題はこれくらいかな？　あとは護衛か。護衛をどうするかがネックだな」

俺はうーんと腕を組んで悩む。

そんな俺を見てレオは机にある俺の乱雑な計画書を取って目を通す。

「……兄さん、これ正気？」

「もちろん。といって実行するのは俺じゃないけどな」

軽く言うとレオが頬《ほお》を引きつらせる。俺の考えた策を実行するのはレオだ。

「どういう策なんですか？」

「簡単に言うと交渉と偽ってだまし討ちする」

「え……？」

「敵の本拠地に乗り込み、さっさと制圧する。南部貴族の大半はクリューガー公爵を恐れているだけだ。公爵が負ければ即降参する」

跡を継げる有力者もいないし、続ける意義もない。

ゴードンを通じて南部貴族の不正が皇帝に伝わったとき、クリューガー公爵は反旗を翻すだろう。しかし、目的は帝国の簒奪《さんだつ》ではない。皇帝から譲歩を引き出し、自分たちの安全を確保したいからだ。座して待っていれば確実に裁かれる。そうならないための一手。それが反乱だ。クリューガー公爵が捕まれば、そもそも皇帝と対等に交渉できるリーダーを失うし、組織としてのまとまりもなくなる。

「私は話し合いができればと言ったと思うんですが……」

「それが天才的だった。奴らは決して話し合いには応じないが、一度だけ応じる機会がある」

「内乱が始まる直前。皇帝からの使者に対してなら間違いなく交渉に応じる。たしかに言いたいことはわかるけど……」

「お前は南部の反乱は自分の責任と言える立場にある。名誉挽回《ばんかい》のチャンスをと父上に訴え出て、この役目を勝ち取れる。もちろんお前にやる気があるならだけどな」

「そこを問題視はしてないよ。僕自身はこの策には大賛成さ。上手くいけばまさに最善だ」

そうだ。敵本拠地への潜入からの奇襲。決まればまさに一撃必殺。ゴードンの企《たくら》みを完全に阻止できるし、南部の民を無駄に苦しめることもなくなる。

ただ、課題も多い。まず一つ目は護衛部隊だ。

「護衛についてくる少数部隊。これは精鋭じゃないと上手くいかない。セバスを連れていくにしても、かなり戦える部隊を連れていく必要がある」

「だけど近衛《このえ》騎士隊は駄目だよ。明らかに警戒されちゃうからね」

「そうだ。その部隊探しをしなくちゃいけない。だが、問題はそれだけじゃない」

そして二つ目。成功率をあげて皇帝である父上に許可させること。

「父上が許可するとは思えないかな」

「明らかに危険だし、人質にされれば今後にも響くからな。軍隊を投入したほうが色々と考えないで済む。だから納得できるだけの材料をそろえる必要がある」

「どうやって成功率を上げるの？」

「とりあえず精鋭部隊をそろえる。あとは相手を油断させる。この二点をまずは徹底して突き詰めなきゃだろうな」

レオが使者として赴くにもかかわらず、近衛騎士隊を使わない。

それで敵の油断は誘えるといえば誘えるが不十分だ。もっと敵を油断させる方法を考え、近衛隊に次ぐぐらいの精鋭部隊を引っ張ってくる必要がある。

「大変だね」

「ま、活路が見えないよりはずっとマシだ。被害を最小限に抑えて内乱を止める。ハードルは高いが、やるだけの価値はある」

こうして俺たちの作戦会議は始まったのだった。

13

次の日。俺はさっそく今回の作戦について専門家に聞くことにした。

「アルらしい作戦ね」

「そう思うか？　なかなかナイスな作戦だろ？」

「ええ、平気でだまし討ちを考えるあたりアルらしいわ」

専門家、エルナの正直な感想に俺は顔をしかめる。たしかに俺は騎士道精神とは無縁の男だ。使者と偽って奇襲部隊を送り込むってのはある意味卑怯《ひきょう》の極みだろう。

だが、それで犠牲が少なくなるならやるべきだ。

「でも効果的だろ？」

「そうね。けど、今のままじゃ絶対に成功しないと思うわ」

そうエルナは断言する。エルナは近衛騎士として各地に赴いた経験がある。その仕事の中で南部最大の都市にしてクリューガー公爵の本拠地であるヴュンメに行ったこともあるだろう。

そのエルナが成功しないということは、それだけヴュンメが堅牢《けんろう》だってことだ。

「ヴュンメは堅牢か？」

「城塞都市としての外壁は使者として潜入できるから問題ないと思うわ。問題なのは内部にある城よ。大きい上に内部が入り組んでいるわ。複雑な構造だから上に行くのも大変よ」

「内部の地図が必要か……」

「そうね。それがなきゃ話にならないわ。それで、その地図があったとしての話だけど……」

エルナは少し言葉を切ってから俺の方を見てくる。

翠色《みどり》の瞳が意味深に光り、そして自分自身を指さしてニッコリと笑った。

「私が行けば確実よ？」

「お前がいると知って開門する城なんて大陸のどこにもないだろうが……」

「なんか考えなさいよ。変装とか」

「変装程度で誤魔化せるか。魔法薬でも使えばもしかしたら行けるかもしれないが……今はお前なしで考えてくれ」

「聖剣で城を潰せば一撃なのに」

「勇爵家が使者のフリしてだまし討ちって評判としては最悪だろうが……」

勇爵家の力はあくまで帝国の外に使われるべきだ。そうでなければ恐れが帝国中に伝染してしまう。そしてそれはやがて巨大な確執に繋《つな》がりかねん。

使わないで済むなら勇爵家は使わないほうがいい。

「それにお前が南部に行くってことは、いざというときに国境に派遣できないってことだ」

「他国への牽制《けんせい》に残れっていうの？」

「内乱の気運が高まれば動く国もあるだろうさ」

「まぁアルがそう言うなら私なしで考えてあげるわ」

そう言ってエルナはしばし顎に手をあてて考え込む。

そして何度か頷《うなず》き、指を二本立てた。

「この作戦を成功させられる可能性がある部隊は二つだけよ」

「なんとなく一つは想像つくよ」

「でしょうね。ご存知《ぞんじ》、近衛騎士団よ。けど、これは却下でしょ？」

「クリューガー公爵は第五妃の兄だ。帝都には何度も訪れている。近衛騎士団の面々をよく知っている。見知った顔があれば受け入れないだろうさ」

「私もそう思うわ。となると残る一つだけど……」

　エルナが渋い顔を見せる。

　なんだろう。できれば言いたくないといった感じだろうか。エルナにしては珍しい表情だな。

「どうした？」

「正直あんまりおすすめしないわ」

「それでも聞かせてくれ」

「はぁ……元々、アルがゴードン殿下なんかに手紙を奪われるのが悪いのに、なんで私が心配しなきゃいけないのよ……」

　恨めしそうにエルナが俺を睨んできた。いきなり飛び出てきた愚痴に俺は目を何度も瞬《まばた》かせる。

　どうしたんだよ、いったい。

「怒ってるのか？」

「怒ってないわ。呆《あき》れてるの……いつもいつも厄介ごとに巻き込まれて。怪我《けが》したらどうするのよ？」

「悪かった。けど、帝位を争っているんだ。仕方ないだろ？」

「まったく……これからは私も協力する。それを了承して」

「協力って……」

「もちろん迷惑がかからない範囲でよ。やっぱり家でジッとしてるのは性に合わないわ」

そう告げたエルナは俺を真っすぐ見つめてきた。エルナは強力だ。しかしシルバー同様に制限が多い。まぁそこらへんは本人も承知の上だろうし、頷くしかないか。

「問題にならない範囲でだぞ？」

「もちろんよ。じゃあ決まりね」

そう言ってエルナは嬉しそうに笑う。

こういう提案をしてきたってことは、エルナなりに手伝えることがある。もしくは手伝える相手がいるってことだろうな。

しかし近衛隊以外の部隊は皆目見当がつかない。それだけ目立たない部隊ということだ。そのほうが好都合だが、それだけ優秀で目立たないってことは何かあるってことでもある。

「近衛騎士団には劣るけど、たぶん潜入という点じゃ近衛騎士たちより得意な人たちよ。名前だけならアルも聞いたことあるんじゃないかしら？　帝国軍で唯一の騎士団。〝ネルベ・リッター〟」

「!?　傷跡の騎士たちか……！」

もちろん名前は知っている。

ネルベ・リッター。帝国軍内において唯一騎士団と認知されている独立部隊。

彼らはすべて元騎士によって構成されている。

なぜ元騎士たちが帝国軍にいるかというと、彼らの過去に関係している。

「様々な理由によって自らの主君を告発したり、時には斬ったりした騎士たち。彼らは忠誠より正義を選び、それゆえに居場所を失った人たちよ。仕えた主君の家紋に傷をつけて持ち歩く彼らは、傷跡の騎士と呼ばれるわ」

「主君の不正を正し、正義をなしたが、一度主君を裏切った騎士を拾う貴族は少ない。そんな彼らの受け皿になるために作られた部隊だって聞いてるが」

正義の騎士だと褒めることはあっても、実際自分の傍《そば》に置こうとする者はいない。というか、そこまで自分に自信がある貴族はごく少数だ。清廉潔白な者は少ないし、そういう立派な人でも時には主義に反することをしなければならないこともある。

だが、彼らを受け入れればその主義に反した瞬間に斬られるかもしれない。あくまで可能性だ。彼らだって融通が利かないわけじゃない。しかし、可能性があるというだけで引き取れない。

「ええ、その認識で間違ってないわ。一度彼らに剣術の稽古をつけに行ったことがあるのだけど、すごい訓練してたわ。練度も高いし、手練《てだ》れも多かった。たぶん帝国軍内じゃ三指に入る精鋭よ。加えていえばどの陣営にも属してないわ」

エルナの出した答えは満点に近い。

だが、それでもエルナがおすすめしないって言ったのは彼らの過去のせいだろうな。

「敵地への潜入任務。しかも皇子の護衛を任せるには危険って言いたいのか？」

「まぁそれも少しあるけど……敵地で任務をする以上、仲間がしっかりと信用できないと辛《つら》いわ。彼らは我が強い。よほど信頼を勝ち取らないと自分たちのやり方でやると思うわ」

「連携の問題か」

「もちろん命令が下れば護衛にはついてくれると思うけど、彼ら自身が進んで任務に取り組んでくれないならこの策は難しいと思うわ」

命令されて動くのではなく、彼ら自身の意思での参加が理想ってわけか。

難しい話だ。そもそも危険すぎる任務だしな。信頼関係を作るのが最重要か。

「レオに説得させにいくか……」

「うーん、それは微妙だと思うわ。レオは純粋な騎士ならすごく魅力的に映るけど、彼らにはそうとは限らないわ」

「そうなるとどうする？」

「レオにできないことはアルがするんでしょ？」

当然でしょと言わんばかりにエルナがそう言ってきた。

おいおい、嘘《うそ》だろ。俺が説得？　明らかに扱いづらそうな元騎士たちを？

「いや、それはきついんじゃないか……」

「大丈夫よ。私もついていってあげるし、これは私の考えだけどアルのほうが信用を勝ち取れると思う。アルが信用を勝ち取って、弟を守ってくれって言えば彼らはきっと協力してくれるわよ」

簡単そうにエルナは笑顔で告げた。俺は頰《ほお》を引きつらせながら問う。

「その根拠は？」

「あら？　知らないの？　私も元騎士なのよ？　その私がアルの方がいいって思う。それが根拠よ」

大した根拠だなぁと思いつつ、俺は深くため息を吐《つ》くよりほかなかった。

# 第三章　反撃の一手

Episode 3

1

数日後。ようやく重臣会議の開催が知らされた。ほぼゴードンが動くことは間違いないため、俺は父上に参加を希望し、それは許可された。

「なんとか準備は間に合ったね」

「まぁ大仕事が残ってるけどな」

大体の準備は整った。しかし、ネルベ・リッターとの交渉だけは済んでいない。彼らが秘密裏に演習でどこかに行っていたからだ。

このあと、俺はエルナと彼らに助力を乞いにいく。ただ、その前に重臣会議だ。どうせ、重臣会議で南部貴族の不正が表に出たって、クリューガー公爵が動くのは数日後。まだ時間はある。

「それは兄さんに任せるよ」

「レオのほうが適任だと思うんだけどな……。だって俺は一緒についていかないんだぞ？」

「それでもエルナが兄さんが適任と思ったんでしょ？　ならきっと兄さんが適任なんだよ」

ときたまエルナの考えることはよくわからない。

だが、エルナの直感は当てになる。

「やるだけやるけどさ……期待するなよ？」

「いやいや期待してるよ」

「するなって」

そんなやり取りをしているうちに、俺たちは玉座の間にたどり着いたのだった。

■■■

「皆、ご苦労。よく集まってくれた。忙しいところ、すまんな」

帝国の重臣たちが集まる重臣会議。各大臣に加え、要職につく者たちも顔を出す。そこに俺がいるのは場違いもいいところだが、誰も気にはしない。レオの付き添い程度にしか思ってないからだろう。

「お忙しいのは陛下でしょう。ここ最近、帝国では多くの問題が発生して陛下のお手を幾度も煩わせています。すべて臣下たる我々の力が至らないゆえのこと。お許しください」

重臣たちを代表してエリクがそう父上に伝える。その後に続いて、全員がお許しくださいと頭を下げた。実際、過労で倒れたのに父上の仕事量は減っていない。

手が空いていれば手紙の一件に介入しただろうが、そんな暇はなかった。モンスターの大発生で各地は乱れ、東部はいまだに復興中。南部では悪魔が出現し、シッターハイム伯爵家が消滅した。

皇帝としてやるべきことが山ほどある状況だったのだ。だからこそ、俺たちに手紙のことも任せたんだろう。息子として少しは楽をさせてやりたかったが、それは叶《かな》わなかった。

まぁだからといって怒る父上でもないだろう。怒るエネルギーを対策に向かわせるはずだ。南部が反乱したとしても、帝国が終わるわけじゃない。他国からの介入もありえるし、危険は危険だが、それでガタガタと崩れるほど帝国は弱くない。

ただ、ゴードンの思い通りに運ぶのは気に食わんって顔はするだろうが。なにせ、俺の父親だ。

そんなことを思っていると重臣会議は始まった。まずはクリスタの誘拐事件が話題に上がり、東部と南部の復興具合について触れられる。各大臣ができることをやっているが、一気に復興というわけにはいかない。

民の生活を立て直すには時間がかかる。

「ふむ……良い策があるか？　フランツ」

「これぱかりは地道にやるしかありません。できる支援はしております。各地の領主たちも精一杯やっているでしょうし」

「失礼します」

フランツの言葉を遮るようにして、鎧姿《よろい》のゴードンが玉座の間に入ってきた。後ろには部下も引き連れている。

重臣たちが何事かと眉を顰《ひそ》め、小声で周りと話し始める。表情が変わっていないのはエリクくらいか。さすがに状況は把握していたみたいだな。

ふと、エリクと目が合う。するとエリクはフッと笑みを浮かべた。こちらのお手並み拝見といわんばかりの笑みだ。

高みの見物か。それが一番だとわかっているんだろうが、その余裕がいつまで持つかな？

今回の一件が終わればレオの評価はさらに上がる。

俺がお前の隣にレオを並ばせる。そのときにその余裕な笑みを消し飛ばしてやるから覚悟しておけ。

「今は重臣会議中だぞ？　ゴードン。将軍といえど許可なく入れば罪となる」

「はっ！　重々承知の上で、緊急のご報告に参りました」

そう言ってゴードンは膝をついた状態で一枚の手紙を出す。血で汚れたその手紙は、シッターハイム伯爵がレベッカに託したものだろう。

「それはなんだ？」

「南部最大の貴族、クリューガー公爵を中心とした南部貴族の不正について書かれた手紙です。書いた人物はシッターハイム伯爵。南部での騒動の際、騎士に託したものかと」

「シッターハイム伯爵の手紙か……読む気にならんな」

そう言って父上は手紙をフランツに渡す。ここで読み上げる必要性は父上にはない。後回しにするのはよくあることだ。しかし、それに対してゴードンは立ち上がった。

「非礼をお許しを。陛下、その手紙の中身は確認してあります。内容はシッターハイム伯爵の告発です。南部最大の貴族であるクリューガー公爵を中心として、南部貴族は人攫《ひとさら》い組織と繋《つな》がり、多くの不正に手を染めていた。そういう内容です」

「……なぜワシに渡す前にお前が確認した？」

「部下からの情報で、そういう手紙があることは聞いていました。しかし、見つけたのは偶然です。クリューガー公爵と繋がっていたとみられる犯罪組織の拠点を制圧したときに発見しました。陛下に関係ない手紙を渡すわけにもいかず、自分が確認しました。出過ぎた真似《まね》だったと反省しています」

スラスラと言葉が出てくるあたり、想定の範囲内ということだろう。かすかに父上が顔をしかめるが、すぐに表情を取り繕う。

「そういうことならば見ないわけにはいかんな。魔法の血印付きか」

父上はそう呟《つぶや》き、手紙の中身を見た。大まかなことは聞いていただろうが、詳細は知らない。だからだろう、父上は露骨に顔をしかめ、低い声で呟いた。

「……クリューガー公爵め」

それだけで重臣たちはゴードンの言っていたことが本当だと察した。そうなると重臣会議の内容も変わってくる。

「陛下！　事実なら放置はできません！」

「そうです！　帝国の公爵が人攫い組織と繋がるなど……人攫い？」

当然の疑問に重臣たちはたどり着く。最近、この城で人攫いが起きたばかりだからだ。

「まさか……クリスタ殿下の誘拐も!?」

「ふざけおって！　人質にでもするつもりだったか！」

「陛下！　どうなさいますか!?」

重臣たちの中で南部貴族許すまじという雰囲気が広まる。それを見てゴードンがほくそ笑んだ。こうなると父上も引き下がれない。してやったりといったところだろうな。

「これを見逃せば、他の貴族もつけあがることでしょう。断固たる措置をとるべきです」

「……この手紙が本物かどうかはわからん」

「魔法の血印が施されていますし、運んでいた騎士はレオナルトが保護したと聞いています。確認してはいかがです？」

「そうだな。皆、一時下がれ。レオナルト、その騎士を連れてこい」

「はい」

そう言って父上は重臣たちを下がらせてレベッカを呼んだのだった。

「騎士レベッカ。その手紙は本当にシッターハイム伯爵の書いたものか？」

「間違いありません……伯爵が書いたものです」

父上の前に跪《ひざまず》いたレベッカは、その手紙を見ながらそう告げる。その目には一筋の涙が伝っている。そんなレベッカから手紙を再度受け取った父上は、フランツにその手紙を渡した。

これでクリューガー公爵の罪は確定した。しかし、それはシッターハイム伯爵も同様だった。脅されたとはいえ、やったことには変わりない。

それでも正そうとした。その勇気は称《たた》えるべきだろう。

「さて、本物と決まったわけだが……どう処分するべきだ？　この一件」

「シッターハイム伯爵に関しては皇帝陛下の命である流民保護を守らなかったゆえの自業自得とも取れますが……」

「そうだな。不正に手を貸した事実は消えない。シッターハイム伯爵の伯爵位をはく奪する」

そりゃあそうだろうな。勇気は称えるべきだ。しかし、その前の罪は消えたりしない。

チラリと俺はレベッカを見る。レベッカは顔を真っ青に染めていた。

覚悟はしていただろう。シッターハイム伯爵は名誉を捨てて、道を正すことを選んだ。今更、名誉回復はありえない。だが、それではあまりにレベッカが不憫《ふびん》だろう。

そんなことを思っているとレオが声を発した。

「陛下。一つよろしいでしょうか?」

「なんだ?」

「騎士レベッカに褒賞をお願いいたします。手紙を陛下の下に届けることができたのは彼女の功績です。奪われたのは我々の救援が遅かったゆえ。彼女の失態ではありません」

「そうか……お前がそう言うならば仕方ないな」

そう言って父上は頷く。

レオは騎士にシッターハイム伯爵家の名誉回復を約束したらしいが、すんなりとはいかない。

とはいえ、方法がないわけじゃない。

「では第八皇子レオナルト・レークス・アードラーが騎士レベッカを貴族位に推薦いたします。彼女に爵位をお与えください」

「……よいだろう」

レオが言わんとしている意味がわかったんだろうな。

父上が深く頷く。そして父上の目がレベッカを捉えた。

「騎士レベッカ。どの爵位が欲しい?」

「こ、皇帝陛下……しゃ、爵位はいりません……そ、そのかわり」

「皆まで言うな。デニスは罪を犯した。理由はどうあれ罰は与えなければならん」

「そ、それではあんまりです！　領主様は帝国貴族として誇りを見せたのです！　あまりにも報われません！」

「不正をした者が最後に善行をしたとして、それを褒めることはできん。その前にある不正は消えんのだ」

そう父上に言われて、レベッカの目から大粒の涙が零《こぼ》れ落ちる。

そんなレベッカを見て、父上は一言告げた。

「騎士レベッカ。お前に貴族位を授ける」

「……はい」

「——騎士レベッカにシッターハイム子爵の貴族位を授ける。そしてシッターハイム子爵に帝国銅十字勲章を贈ろう。〝よくやった〟」

帝国銅十字勲章は帝国に多大な貢献をした者にしか贈られない。

銀十字、金十字と上はあるが、銅十字でも贈られることは珍しい。それは父上からの感謝の印だ。不正を犯したシッターハイム伯爵をそのまま褒めることはできない。だからレベッカにシッターハイムの名を移し、その上で褒めた。

レオが貴族に推薦したのはそのためだ。過去、こういう例はいくつかある。

皇帝という立場ゆえに直接褒められない場合、こういう変則的な手が使われる。

「レベッカ・フォン・シッターハイム子爵。陛下にお礼を」

「……っ、謹んで受け取らせていただきます……感謝いたします」

こぼれる涙の意味が変わった。

最後のよくやったというのはレベッカに向けた言葉であり、同時にシッターハイム伯爵への言葉だ。

それはレベッカも感じたんだろう。しばらくレベッカは静かに涙を流し続けた。

「……南部の問題は根深い。こうなった以上、ワシは奴《やつ》らを許さん。フランツ、わかったな？」

「強硬な態度に出れば向こうも同じように出てきますが？」

「臣下に舐《な》められたままでいられるか。この国の皇帝はワシだ。この国の民も貴族も我が一部。好きにできるのはワシだけだ。南部はワシ自らが捜査する。その旨を南部すべての貴族に告げよ」

そう言って父上は態度を表明した。

それは内乱も辞さないということである。たとえ国が弱体化するとしても、臣下の横暴は見逃さない。それをすべての臣下に見せつける気だ。

事態はゴードンが思ったとおりに進んでいく。だが、思い通りにはさせない。

「それと第五妃ズーザンとザンドラは部屋に謹慎させておけ。関わっていようといまいと、関係はない。クリューガーの関係者だ」

指示を聞き、フランツは一礼して動き始めた。

その後、重臣たちには会議は後日ということが言い渡され、事態は急激に動き始めたのだった。

## 2

「父上はザンドラ姉上と第五妃に謹慎処分を下したぞ。本人たちは南部貴族の不正について関与を否定したらしいけどな」

帝都からネルベ・リッターの駐屯地に向かう途中、馬車の中で俺はエルナにそう説明する。

ザンドラと第五妃にはエルナはいい思い出もないだろうし、清々するかと思ったが反応はあんまりだった。

「そう。あの人たちならそう言うでしょうね」

「どうでもいいって反応だな？」

「どうでもいいもの。ただ……自分の兄や伯父が陛下に疑われたのに、まず関与を否定するあたりは納得できるわ。あの人たちらしいなって思う。納得はできても理解はできないけれど」

家族という概念があの二人にあるのかどうか。

あの二人にとっての家族という概念は俺たちとは違うことは確定的だ。

エルナにとっては確かに理解できないだろうな。俺も理解はできない。

「南部はザンドラの大切な支持基盤だ。失えばザンドラは実質的に帝位争いから脱落する。だから父上はザンドラをすぐに謹慎させた。南部に流れてザンドラが帝位を主張すれば厄介なことになるからだ」

「陛下も大変ね。帝国の運営をしながら帝位争いの行方も見守らなきゃいけないなんて」

「それが帝位争いだろ。聞いてたとおり碌《ろく》なもんじゃない」

「……お父様が最近、不思議なことを言ってたわ」

エルナが馬車の窓から外を見ながら呟く。

エルナから勇爵の話題が出てくるのは珍しいな。あちこちを飛び回ってる人だ。そもそも会う機会が少ない。

「勇爵はなんて言ってたんだ？」

「今回の帝位争いはおかしいらしいわ」

「おかしい？」

「正確には最近らしいけど。お父様から見て行き過ぎてるって」

「行き過ぎてる？」

どういう意味だ？

エルナもあんまりピンと来てないらしい。首を傾げながら俺の質問に答える。

「ザンドラ殿下やゴードン殿下はとても変わったって言っていたわ」

「今まで取り繕ってただけだ。最近になって本性が現れただけだろ」

「私もそう言ったわ。ただお父様的には納得がいかないみたい。たとえ本性がそうであっても、それを取り繕えるだけの器があったはずだって」

「勇爵は子供の頃から知ってるからな。変貌が信じられないんだろうさ」

昔は良い子だったなんてよくある話だ。何がきっかけで人が変わるかなんてわかったもんじゃない。

ただ、そんなことは俺なんかよりも勇爵のほうが承知してるはずだ。

そう言うってことはやっぱり何か気になったんだろうな。

「私もそう思うけど……最近は帝国の利益を尊重しなくなってるって言ってた。たしかに今まではそんなことしなかったわ、どの候補者も。自分が帝位についたときに帝国が弱体化していたら目もあてられないものね」

「そうだな。そう言われてみると確かに変かもな」

帝位争いの毒気にやられたと言われればそれまでだろうが……。

今度、爺《じい》さんに聞いてみるか。俺たちの周りで一番帝位争いを見てきた人だ。何かわかるかもしれない。まぁ真面目に答えてくれるか怪しいところだけど。

「とりあえずそれはおいておこう。あいつらの変化について考察してるほど俺たちに余裕はない」

「それもそうね……すでに見られてるわ」

そう言ってエルナが周囲に鋭い視線を投げる。

今、走っているのは森の中にある一本道。

森の中からもう監視されているのか。大した部隊だな。

「俺に説得できるか？」

「自信持ちなさい。アルなら大丈夫よ」

「って言われてもな……相手は正義の元騎士たちだぞ？」

「だから大丈夫よ。私がついてるから。いざってときは私が全員叩きのめしてあげるわ」

「それじゃあ破談だろうし、俺が来た意味ないだろうが……」

エルナの言葉にため息を吐《つ》いていると馬車が止まった。

どうやら着いたらしい。

帝国軍唯一の騎士団。ネルベ・リッターの駐屯地に。

■■■

まさに軍事基地といった様子の駐屯地。そこに俺は足を踏み入れた。

「事前に通達したはずなんだがな……」

「案内はまだみたいね」

駐屯地にいるネルベ・リッターの兵士たちは俺たちを遠巻きに見るだけで、近づいてきたりはしないし、声をかけにくる様子もない。

ジロジロと値踏みされるように多数の兵士に見られるのはさすがに居心地が悪い。

「感じ悪いわね」

「行くぞ」

「まだ案内役来てないわよ？」

「案内はないんだろうさ」

見たきゃ勝手に見ろ。探したきゃ勝手に探せ。そう受け取った俺は駐屯地を歩き始める。

なかなか設備はいい。元々皇帝が作らせた特殊な部隊なだけあって割と金がかかってるんだろうな。そんなことを思っていると、後ろから声をかけられた。

「見ろよ。噂《うわさ》の出涸《でが》らし皇子だぜ」

「社会見学か何かか？」

「勇爵家のお嬢様を引き連れてこないと社会見学もできないってあたり、情けないぜ」

二人の兵士が俺を指さして笑っていた。その瞬間、俺はすぐにエルナの腕を摑《つか》む。

エルナの右手はすでに剣にかかっていた。

「放して」

「気にしないから平気だ」

「私が気にするの……いいから放して」

「どうしても抜きたきゃ振り払えばいいだろ？」

そう言うとエルナは悲しみと怒りがない交ぜになった表情を浮かべ、ゆっくりと剣から手を離した。ここで抜かれたら大騒ぎだし、交渉どころじゃない。

しかし、大したもんだ。怒ったエルナを見て平然としている。エルナの実力がわかっているだろうに、それでも平気でいられる胆力はさすがだ。

自らの主君を正してきた元騎士たちだけはある。

「どうかされましたかー？　皇子殿下？　勇爵家のお嬢様に守っていただかなくてもよいんですかね？」

「俺の騎士が失礼した。彼女は本物の騎士だから俺を馬鹿にされると怒ってしまうんだ。どこその忠義知らずとは違うんでね」

そう大声で挑発すると駐屯地の雰囲気がガラリと変わった。

今まではどこか揶揄《からか》い試す雰囲気だったが、一気にその空気が張り詰めた。

どう考えても禁句を口にしたが、まぁいいだろう。最初にちょっかいをかけてきたのは向こうだ。

「挑発してどうするのよ？」

「別に平気だろ。先に試してきたのは向こうだ」

「だったらなんで私を止めたのよ？」

「試されてるのは俺だからな」

言ってる間にぞろぞろと兵士たちが集まってくる。全員が屈強な男たちだ。よく鍛えられた彼らなら魔法なしの俺程度、武器も使わずに殺すことができるだろう。

「どうした？　怒ったか？」

「取り消していただこう。皇子殿下」

「忠義知らずって言葉か？　主君の家紋に傷をつけた傷跡の騎士たち。お前らには相応《ふさわ》しい言葉だと思うが？」

嘲笑《あざわら》うように言うと我慢できないといった様子で兵士たちが距離をつめてきた。

完全に周りを囲まれた。皇族相手にこういう態度に出られるあたり、一人一人の我の強さが垣間見《かいまみ》える。彼らは自分の納得できないことには決して首を縦には振らない。そういう精神を持っている。面白い奴らだ。

「皇子殿下……最後の忠告です。取り消していただこう」

「取り消してほしければ違うところを見せてみろ。先に仕掛けてきたのはお前たちだ。まさか栄光あるネルベ・リッターの面々は殴られる覚悟もなく、他者を馬鹿にするのか？」

ギリッと歯ぎしりが聞こえてきた。

そして若い騎士が一歩前に出る。その瞬間、声が飛んできた。

「騎士団長が通られる！　道を開けろ！」

そう聞こえた瞬間、すべての兵士が脇に下がってその場で直立不動の姿勢をとった。

大した豹変《ひょうへん》ぶりだ。しかし、ここの騎士団長は完全にこいつらを掌握してるみたいだな。

さきほどまで覇気に満《み》ち溢《あふ》れていた兵士たちが緊張している。

そして兵士たちが作った道を一人の男が歩いてくる。年は三十代中盤くらいか。大人の色気に包まれた美丈夫がそこにはいた。まるで芸術家が作った石像のような男だ。

不敵な笑みを浮かべたその男は俺を見て、面白そうに笑う。

「気まぐれで来た皇子なら部下の脅しで帰るかと思い、止めませんでした。お許しを」

そう言って男は敬礼する。

それにならってすべての兵士が俺に向かって敬礼した。

「ネルベ・リッターの騎士団長を務めるラース・ヴァイグル大佐であります。部下が失礼を、アルノルト殿下」

「いや、なかなか面白い演出だったよ。大佐。エルナがいなきゃ逃げ帰ってたところだ」

「ご冗談を。臆していたかどうかは目を見ればわかります。こちらへ。お話をお伺いします」

こうして俺は傷跡の騎士たちを率いる男と出会ったのだった。

3

「部下の御無礼《ごぶれい》は改めて謝罪いたします。申し訳ありませんでした」

「別に気にしてないさ」

「そのようですね。どちらかといえばエルナ嬢のほうが気にしておられるようだ」

「……前に来た時はもう少し紳士的だったはずよ？」

エルナの問いにラースは歩きながら苦笑する。

そして大したことないかのように告げた。

「部下たちはアルノルト皇子のようなタイプが嫌いなのです」

「嫌い……？」

ピクリとエルナの眉が上がる。それに対してラースは普通に頷《うなず》いた。

思わず笑ってしまった。包まない人だ。

「はは、そりゃそうだな。あなた方の過去を考えれば俺は嫌いなタイプだろうな」

「ええ、位に胡坐《あぐら》をかく者は我々は好まない。もちろん私もです」

ラースは真っすぐ俺の方を見てくる。

女性ならこうも見つめられたらときめくんだろうが、あいにく俺は男だし、このラースという男がいまだ俺のことを測っているのもわかっている。

俺は肩をすくめて対応すると、ラースも曖昧に笑ってその場は流れた。そしてラースの案内で俺たちは駐屯地の部屋に入った。

そこには盾にバツ印のついた紋章が飾られていた。ネルベ・リッターの隊章だ。

「どうぞ、お座りください」

「失礼する」

そう言って俺はどっかりと椅子に腰かける。エルナも俺の隣に腰かけるが、視線は厳しい。

どう見てもネルベ・リッターは俺を歓迎していないからだ。

「さて、此度《こたび》はどのようなご用件で皇子殿下がご足労されたのですかな？」

「頼みを聞いてほしくて来たんだが……ちょっと無理そうだな」

俺はラースの横に控える兵士を見て苦笑した。

エルナに向ける視線と俺に向ける視線は明らかに違う。エルナには敬意を払っているが、俺には敬意がない。慣れてはいるが、どうもいつもとは違う気がする。

なんだか彼らと俺との間には深い溝があるような気がする。

「無理かどうかは話してみなければわかりません。部下が不快なら外させますが？」

「いや、結構だ。それよりそちらの話が聞きたい」

「こちらの話ですか？」

「ああ。あなた方は忠義より正義を選んだ元騎士たち。そう聞いていたが、どうも聞いていた話と少々違うようだ」

そう言って俺が笑うとラースも笑う。少々どころじゃない。世間一般に知られているイメージとは真逆といってもいい。本当に元騎士なのか疑わしいほど、彼らは粗野だった。

そこにはきっと理由があるはずだ。それがわからない限り、彼らの協力は得られない。

「正義ですか……」

ラースはポツリと呟《つぶや》く。

そして椅子に座り直し、俺のほうに射抜くような視線を向けてきた。心の弱い者ならそれだけで怖気《おじけ》づいてしまうような視線だ。いくつものヤバい一線をこえてきた強者の視線。

そんな視線を向けながらラースは言った。

「多くの者が思うほど、我々はその言葉が好きではありません」

「ほう」

エルナに視線を向ける。そして小声で問いかける。

「これがおすすめしない理由か？」

「そうね。でも私が思ってたよりもっと深刻かも」

エルナがレオではなく、俺向きだと言ったのは彼らが一癖も二癖もあるからだろう。

正義が好きではないというなら、たしかにレオよりは俺向きなんだろうが……。

「皇子殿下。我々は全員、一度不忠をした者たちです。主を裏切ったと言われれば否定はできません」

「しかし、問題は主のほうにあった」

「その通りです。だから我々は不忠を覚悟で主を裏切った。それが国のため、民のためと思ったからです。しかし、待っていたのは居場所のない地獄でした。誰もが我々を称賛しますが、しかし我々に手を差し伸べたりはしない。そしてここに流れ着いた」

「正義の代償として居場所を失った。だから荒《すさ》んでると？」

「まぁそんなところです。皇帝陛下にとって我々のような者がいなくなるのは困ります。しかし、一度裏切った者は信用できない。かといって、そのままにすれば次の我々がいなくなる。だからこの部隊は作られました。我々は正義を為《な》したがゆえに厄介者扱いを受けたのです。国のため、民のために動いたにもかかわらずです」

言い分はごもっともだ。ネルベ・リッターのような者たちがいれば、貴族たちも勝手はできなくなる。まぁその効果は微々たるものだろうけど、それでもいないよりはいたほうがいい。

だが、厚遇はできない。組織の中で個人の正義を優先した者は扱いづらいことこの上ないからだ。

たとえそれが国のため、民のためであろうと。あくまで動いたのは個人。皇帝の命令で動いたわけではない。

「だが、あなた方はエルナが認めるほどの練度を保っている。なぜだ？」

「荒み、腐っていても仕方ないでしょう？　自分たちの価値は自分たちで作るものです。強さは単純です。強ければ価値が出てきます」

なるほど。大体わかってきたぞ。彼らは元騎士であると同時に元正義の人って感じだな。

理想とか正義とか、そういうのを過去に置いてきた者たち。その結果、現実主義者になり、性質的には騎士から軍人へと変わっていったか。

でも人の本質はそう簡単には変わらない。

「あなた方は主を裏切ったと言われているが、あなた方からすれば国や民が裏切ったというほうが正しいんだろうな。それでもあなた方は自分たちを鍛える。それは国や民への忠義は残っているからか？」

「我々は軍人です。国に仕え、民に奉仕するのが務めです。そこに個人的な感情が介入する余地はありません」

「取り繕うな、大佐。はっきり言ったらどうだ？　あなた方は活躍の場をまだ求めている。必要とされることを欲している。違うか？」

「だとしたら？」

ラースがこちらを試すようにそう返してきた。

彼らのことはわかった。あとは説得するだけだ。

命令だからという言い訳をさせないように。彼らのほうから舞台に上がってもらうように。

「俺が用意してやる。あなた方に相応しい場所を」

「伺いましょう。あなたが用意する場所とは？」

「南部の情勢は？」

「それなりには把握しています。おそらく内乱となるでしょう」

「それを阻止する。精鋭部隊による奇襲で本拠地を叩き、クリューガー公爵を討つ。戦争が始まる前に終わらせる」

「……成功するとは思えませんな」

「レオナルトが使者に扮《ふん》して向かう。その護衛に精鋭部隊を当てる。近衛《このえ》騎士団だと警戒されるから、それに匹敵する部隊が必要だ。その役目を頼みに来た」

俺の話にラースの部下たちが眉を顰《ひそ》めた。あまりにも危険すぎると彼らはすぐに察したのだ。

それはラースも同じだろう。

「それはあなたの弟を守るための壁になれということですかな？」

「そうだな。そういう受け取り方もできるだろうな」

「……正式な命令ならば受けましょう。それが役目です」

「それでは駄目だ。命令で嫌々参加するような奴《やつ》らはいらない。悪いが、喜んで命を捨ててほしい」

　勝手な申し出だ。彼らは国や民に失望している。それなのにそれに対して命を捨てろと言っている。しかもその場に向かわない俺が、だ。

「難しいですな。我々は駒ではないのです」

「知っている。それを承知で頼んでいる」

「多くの民のためですか？　内乱が起きれば多くの民が苦しむ。その尊い大義のために我々に死地へ赴けと？」

「違うな。その大義を掲げるのはレオであって俺じゃない。俺はもっと個人的な感情で頼んでいる」

「それはどんな感情ですかな？」

「弟が大切だ。死んでほしくない。だから守ってやってくれ」

　ラースは思わず目を見開く。まさかここでそんな言葉が出てくるとは思ってなかったんだろう。

　俺はニヤリと笑うと、ラースの視線に対して真っすぐ応じた。

「帝位争いだとか、国のためだとか、民の犠牲だとか。そんなことはどうでもいい。弟を死地に送る以上、できるだけ強力な味方をつけてやりたい。俺の真意はそれだ。あなた方は強い。あなた方が進んでレオを守ってくれるなら安心できる」

「……予想外の回答です。しかし、私個人としては好ましい回答でした」

ラースは笑いながらそう言って立ち上がる。

そしてゆっくりと頭を下げた。

「私個人としてはあなたのために命を賭けるのはやぶさかではありません。ですが、私の部下は違うでしょう。あなたが望む展開は私たち全員が進んで任務に進むことのはず。部下を説得できますかな？」

「場を設けてくれるか？」

「よいでしょう。しかし、それなりのものを見せねば部下は命を捧《ささ》げないはずです。その自信はありますか？」

ラースの問いかけに俺は首を横に振る。するとラースは笑みを深めた。

そして部屋の扉まで行くと、扉を開けて告げた。

「部下を集めます。あなたがどんな風に説得するのか、見物ですな」

「期待するな。俺は出涸《でが》らし皇子だからな。大したことはできない」

「この人のためなら命を賭けてもいいと思える人間は二通りいると思います。一つは多くのものを持っており、とても魅力的でついていきたいと思う人。もう一つは多くのことに欠けていて、助けてあげたいと思う人。しかしあなたは不思議だ。後者のようにも思えますが、私には前者にも映る」

「褒めてるか？」

「絶賛です」

そんなやり取りのあと、俺はネルベ・リッターの前に立つのだった。

## 4

ネルベ・リッターは約千人ほどの規模を持つ。独立大隊といったところか。

そんな彼らがラースの一声で俺の前に集まった。

「皇子殿下より皆に話があるそうだ」

そう言ってラースは用意された台を俺に譲る。そこに登ると千人の団員たちの顔が見て取れた。

全員、険しい表情で俺を見ている。

そんな彼らに俺は回りくどい言い方をせずに切り出した。

「南部に争いの兆しがある。内乱となれば大規模なものとなるだろう。俺と弟であるレオナルトはそれを止めるため、奇襲作戦を考えた。それには精鋭部隊が必要だ。今日はそのことを話しにきた」

さらっと説明したあとに一拍置く。

予想通りという表情がほとんどだ。それだけ南部の動きは活発ということだ。武器や食料。流れを追えば不自然さにたどり着く。何をしようとしているのか、軍人ならすぐにわかるだろう。

「作戦はレオが使者として赴き、本拠地に潜入。そして敵の首魁《しゆかい》であるクリューガー公爵を討つ。命令が下ればあなた方はレオの護衛につくだろう。だが、危険であり、難易度の高い任務になる。命令で嫌々従う者に弟を任せたくはない。俺はあなた方に志願してほしい」

言葉の後にしばし沈黙が走る。

馬鹿げた提案に驚いている者。明らかに軽蔑している者。色々と表情はあれど、好意的なものは一つもない。

そりゃあそうだろうな。言ってる俺だっていい加減なことを言ってると思うんだから。

「南部との内乱が起きれば多くの民が苦しむ。帝国も弱体化する。だからレオは危険を承知で南部に向かう。兄としての贔屓目《ひいきめ》なしで立派だと思う。掲げる大義も素晴らしいものだ。しかし、俺はレオとは違う。たとえどれだけ綺麗事《きれいごと》を並べても本心は変えられない。弟に死んでほしくないから、俺はあなた方に命懸けで弟を守ってほしい。これはひどく個人的な頼みだ」

貴族は身勝手だ。それ以上に皇族は身勝手だ。大抵のことは許されるし、皇族の命はほかの者と等価ではない。生まれたときから守られており、その生まれによってその後も守られ続ける。

俺やトラウ兄さんのようにわりといい加減に生きても、止められることはない。働かなくても飢えることもない。せいぜい馬鹿にされたり、苦言を受けたりするだけだ。

そんな皇族の言葉はネルべ・リッターの団員たちにとっては聞き捨てならないものだろう。

「皇子殿下。質問をよろしいですか？」

「どうぞ」

一人の若い兵士が挙手して俺に質問してきた。その目はとても真っすぐだった。きっと同じような目をしながらかつての主を正そうとしたんだろうな。

そんなことを思っていると、兵士が言葉を発した。

「皇子殿下はその奇襲作戦に参加は？」

「しない」

「なるほど。ではご自分は何一つ賭けずに我々へ死地へ赴けと仰《おつしや》るわけですね」

団員たちの顔に侮蔑の色が浮かんだ。安全圏から何を言っても人には届かない。

リスクを分け合うこともせず、責任も取らない。そんな人間に誰かが応えるわけがない。

上の者が下の者を動かすのに必要なのは、強い覚悟なのだから。

「いいや。俺だってちゃんと賭けるさ」

「なにを賭けるんです？　お金ですか？　それとも立場ですか？」

「そんなちっぽけなモノでネルベ・リッターが動くとは思っちゃいない。俺は命を賭けよう」

一瞬、団員たちがポカンとした。そしてすぐに薄い笑いが起きた。この皇子は何を言ってるんだと。そんな笑いだ。

命の重さも死ぬ覚悟も知らない若者の戯言《たわごと》。命と言っておけばいいと思っているんだろう。

そんな気持ちが透けて見えた。

そんな彼らの前で俺は持っていた短剣を抜いた。

「誰もが俺を出涸らし皇子と呼ぶ。それは間違っちゃいない。俺は母親の腹の中で多くの物をレオに吸い取られた。それでも俺には何もないわけじゃない」

そう言って俺は右手に握った短剣を左手に向ける。

〝血の誓約〟という儀式が皇族にはある。本来、血を流すことのない立場である皇族が自らを傷つけ、その血と痛みに誓う儀式だ。

もはや寂れた儀式でもある。記録だけ見ればここ百年は誰もやってない。意味がないからだ。魔法で強制力を持たせた誓約ではなく、ただ本人の自己満足。その覚悟を相手が信じるときだけ成立する誓約だ。かつて時の皇帝はこの誓約で敵国との和睦に成功したが、それは相手の国の王も賢王だったからだ。そんなものと鼻で笑われれば意味がない。

痛みと傷が残るだけだ。それでも皇族にとって最高級の儀礼であることに変わりはない。

「どれだけいい加減に生きようと誰も俺を責めない。笑うだけだ。だから好きに生きてきた。だが、そんな俺でも果たすべき責任はある。それは兄としての責任だ。先に生まれて俺は兄になった。その時点で俺は兄としての責任を持った。それは出涸らしの俺に僅かに残された大事な責任だ」

俺はチラリとエルナを見る。

エルナは顔を青くしながら首を横に振る。だが、俺は視線を逸《そ》らさずに告げた。

「エルナ・フォン・アムスベルグ。誓約の証人となれ」

「……アル」

「できないか？」

問いかけるとしばしエルナは黙ったあと、ゆっくりと跪《ひざまず》いた。

そして。

「……お引き受けいたします」

「よろしい。よく聞け。これは出涸らしの誓約だ。帝国中の笑い者が見せる誓約だ。よく見ておけ」

そう言うと俺は短剣で左手を突き刺した。

深々と短剣は突き刺さり、がっつりと貫通した。

「っっっっ!?!?」

衝撃的な痛みと熱さが体中に駆け巡る。いますぐ痛いと叫んで転げまわりたい。

だが、それをするわけにはいかない。痛みに負けず、誓わなければいけない。

「第七皇子……アルノルト・レークス・アードラーが誓う。俺は南部での作戦が失敗した場合……この命でもって責任を取ることを誓おう……この痛み、この血に誓って二言はない。エルナ・フォン・アムスベルグ……証人となり、誓約が果たされぬ場合は……お前が俺を斬れ」

「……承知いたしました」

エルナは泣きそうな顔で頷く。それを見ると俺は左手から短剣を引き抜く。

大量の血が流れ出て、赤黒い傷が目に入ってくる。もはや痛みよりは、熱さのほうが上回っている。意識が少しだけ遠のきそうになる。それを堪えて、俺はその傷を団員たちに見せつけた。

「この傷は……！　俺が弟のためにすべてを賭けた勲章だ……！　たとえあなた方が応じなくとも、それは決して変わらない！　誇るべき傷だ！　あなた方とてそうだったはず！　主の家紋に傷をつけたとき、あなた方は見返りを望んだわけじゃないはず！　近衛騎士《このえ》になりたくて動いたわけじゃない！　貴族になりたくて動いたわけじゃない！　このまま放置はできぬと思ったから、自分の信念に従って動いたんだろう！」

見返りを求めるなとは言わない。

ただ見返りがないからといって、何かが変わるわけじゃない。

「本質は決して変わらない……国と民のために立ち上がった。それが正しいと信じて！　家紋につけば他者の評価で揺らぐな！　見返りがなければ尊くないなどと俺が言わせない！　ならた傷はあなた方の誇りのはずだ！　裏切りの象徴と言われても、胸に一本ブレない芯があるなら気にするな！　あなた方が刻んだ傷は俺の傷と変わらない……。誰かのため、何かのために刻んだ傷を自ら貶《おとし》めるのはやめろ！」

正しさは不変じゃない。立場によって変わってしまう曖昧なもの。見え方だって人それぞれだ。

それでも彼らが動いたとき、それは正しいと信じて行われた。そして変わらぬ事実として、彼らの主は裁かれた。その後、彼らは認められなかったかもしれない。厚遇されなかったかもしれない。

だが、そんなものはちっぽけだ。

「傷を背負ってでもあなた方は自分の誇りを守った。信念を貫いた。それは尊いことだ。それをあなた方がわかってさえいれば、ほかの者の声に耳を傾ける必要はない……。傷の価値は自分で決めろ！　問おう！　傷跡の騎士たち！　敵は南部貴族の首魁、クリューガー公爵！　敵地への侵入という非常に危険な任務だ！　俺の弟と共にそこへ向かうことを望む者はいるか⁉　死ぬかもしれない任務に、自分の誇りと信念に従って進んで前に出られる者だけを俺は求めている！」

時間が経《た》つごとに痛みと熱さは増していく。それでも俺は左手を掲げることはやめない。腕を伝ってどんどん血が垂れていく。流れていくなら流れればいい。この血でレオの味方を買えるなら安い買い物だ。

静寂がその場を包む。そんな中で、俺に質問してきた若い兵士がカチリという音と共にペンダントを開けた。その中にはきっとかつての主の家紋が入っている。自らが傷をつけた家紋だ。

そして若い兵士は顔を上げると右手で敬礼して声を発した。

「ベルント・レルナー少尉であります。謹んで――任務に志願いたします」

それはきっととても勇気がいる一歩だった。

それでもレルナーの顔は晴れ晴れとしていた。

「弟を頼む。レルナー少尉」

「はっ！　アルノルト殿下の傷に恥じない戦いを！」

それを皮切りに多くの者が敬礼し、志願を口にした。

あっという間に全員が直立不動で敬礼していた。

そして、横にいたラースが一歩前に出て敬礼する。

「ネルベ・リッターはアルノルト殿下の作戦に全員志願いたします」

「感謝する。大佐」

「感謝はこちらがするべきでしょう。我々の傷の価値をあなたは理解してくださった。ゆえに我々もあなたの傷の価値を理解します。あなたの傷に誓いましょう。レオナルト殿下は必ず守り切ると。そしてあなたを死なせはしないと」

「それはありがたいな。では準備を頼む。弟が待っているのでな」

「了解いたしました。総員出撃準備！　帝都に向かう！」

ラースの号令を受けて全員がテキパキと動き始める。

それを見ながら、俺はクラリと眩暈《めまい》がしてよろけた。しかし、倒れることはなかった。

傍《そば》で支えてくれる騎士がいたからだ。

「馬鹿ね……」

「いつも悪いな……証人を立てないと彼らは納得しないと思ったんだ……」

エルナは俺をその場に座らせると、包帯で俺の傷を治療する。

深々と刺したし、傷跡はしっかりと残るかもな。

「帝都で腕のいい治癒魔導師に見せればすぐに塞がるわ。あなたが望めばだけど」

「別にいいさ。傷跡が残るのも悪くない。勲章だ」

「馬鹿ね……言っておくけど、私は誇りも名誉も捨てて約束を破る女よ？　アルのことを斬るなんて絶対にしないわ」

誓約した直後に何を言ってるのやら。

しかし、勝手なことを言うなとは言えない。元々勝手をしたのは俺だ。

「ますます失敗が許されなくなったな」

「平気よ。彼らはきっといつも以上の力を出して戦うわ。自分たちが出涸《でが》らし皇子と馬鹿にしていた人間が、あそこまでの覚悟を見せたのだから。すべてを賭けて戦ってくれる」

「なら安心だな。はぁ……悪かったって。だからそんな顔するなって」

怒りと悲しみがごっちゃになったエルナの顔を見て、俺はそう苦笑する。

だが、笑ったのが気に入らなかったのか、エルナは包帯を結ぶときにかなり力を入れてきた。

「痛っ!?」

「次はないから！　次に無茶《むちゃ》して私を心配させたらその時は私がすべてを斬るから！　もう心配するのはごめんだわ！」

そう言ってエルナは後ろを振り向き、俺に顔を見せない。

エルナらしい忠告だ。本当に次があったらエルナは自分で帝国を破壊してしまうかもしれない。

そうならないように気をつけないとな。だが、その心配はあまりしなくていいだろう。

準備は整った。あとは気づかれないように侵入するだけ。そうすればザンドラは脱落し、ゴードンの思惑も打ち砕ける。

ここからは反撃の時間だ。

5

アルたちが帝都に戻っている最中。

帝都では大臣や皇子、主要な貴族たちが皇帝によって呼び出されていた。

「南部はワシの捜査を断った」

集められた者たちの前で皇帝ヨハネスはそう短く告げる。

帝国において皇帝は絶対。その捜査を断るということは反乱以外の何物でもない。

誰もがついにという思いだった。

「クリューガー公爵を中心として、南部の貴族は南部連合を設立。これには南部の大半の貴族、都市が加わっています。そしてこちらに対して門を閉じ、抗戦の構えを見せています」

宰相であるフランツの報告に誰もが憤りの感情を見せた。

好き勝手やるということは、それだけ中央を軽んじているということ。

舐《な》められているということだからだ。

「軍を向かわせるべきです！」

誰かがそう言ったのをキッカケに、多くの者が軍の出動を提案した。

それに対してフランツはあくまで冷静な意見を述べる。

「南部連合の目的はおそらく陛下の譲歩。許してもらえるならば、内乱には発展しないでしょう」

「そのような前例を作ればより反乱を招く！」

「そうだ！　毅然《きぜん》とした対応をせねば！」

フランツは軟弱だと非難に晒《さら》されるが、どこ吹く風という態度で参加者たちを観察する。

この会議の目的は効果的な対応の模索。軍を出すなどというありきたりな答えをフランツは求めていなかった。そしてそれは皇帝も同じだった。

「最終的に軍を出すことになるやもしれん。だが、その前にできることがあるだろうか？　皆の意見を聞かせてほしい」

「陛下！　お言葉ですが、もはやその時期は過ぎました！　向こうが武器を構えたのです！こちらも構えねば！」

そうだ、その通りだという声が続く。

皇帝は小さくため息を吐《つ》く。貴族や大臣たちに影響力を持つエリクは今回の会議には参加していない。前回の重臣会議のあと、外務大臣として他国を牽制《けんせい》しに行っているからだ。そのせいか、貴族や大臣たちの意見は片方に寄っていた。

「皇帝陛下」

参加者たちがヒートアップする中で、ゴードンが声を発する。

そしてゴードンはヨハネスの前に進み出ると威風堂々とした様子でヨハネスを真っすぐ見た。

「なんだ？　ゴードン」

「中央軍を俺にお与えください。南部の反乱などすぐに打ち破ってみせます」

その言葉に貴族や大臣たちが歓喜した。ゴードンはリーゼほどではないが、戦場にて武功をあげ続けた将軍だ。国境での守備を嫌い、ここ最近は戦場に出る機会はなかったが、帝都にいる将軍の中では頭一つ抜けた存在であるといえる。そのゴードンが軍を率いれば、その言葉通り、南部の反乱はすぐに打ち破られることになるだろう。

だが、もちろんそれに反対する者もいた。

「お待ちを。ゴードン殿下。財務大臣として賛成はできませせぬ」

長く財務大臣を務める老人がそう待ったをかけた。

その老大臣をゴードンは睨《にら》みつける。

「なんだと？」

「現在、帝国の財政は良いとは言えませせぬ。モンスターの大量発生に始まり、前回の南部での異変。物流は滞り、民は苦しんでいるのです。そこに大規模な内戦などしようものなら帝国は経済に打撃を受けます」

「すぐに終わらせる。長引くことはない」

「断じて賛成はできませせぬ。早く終わるからという問題ではないのです」

老大臣の言葉を聞き、ゴードンは怒りを露《あら》わにして一歩詰めよるが、そこに至って今まで黙っていたレオが言葉を発した。

「皇帝陛下」

その場の全員がレオに視線を集中させる。

レオはゴードンの隣に並ぶと膝をついて一言告げた。

「南部の反乱は僕の失態です。挽回《ばんかい》のチャンスをいただけないでしょうか」

「挽回のチャンス？　将軍として出陣したいというのか？」

レオの発言に期待した一部の大臣たちは一瞬、落胆の表情を浮かべたが、レオは頭を振って答える。

「いえ、策があります」

「ほう？　この状況をどうにかする策があるのか？」

「あります」

「では聞かせてもらおう」

「はい。僕をクリューガー公爵に対する使者に任じてください。彼の本拠地に使者として入り込み、そこで奇襲を仕掛けます。戦争が始まる前に彼を捕らえるか、討つことができれば南部連合は瓦解します」

その策にヨハネスは身を乗り出す。

軍を動員しての強硬手段しか出てこなかった中で、レオの策はとても魅力的に映ったのだ。

「自ら言い出したということは、その危険も重々承知の上か？」

「はい。自らの失態は自らの手で償います」

そう答えたレオは横にいるゴードンをチラリと窺《うかが》う。すると鋭く睨みつけるゴードンと目が合った。それに対してレオは軽い笑みを向けた。

ゴードンとしてもまずい流れだとわかっているのだろう。忌々しいと言わんばかりの視線をレオにぶつけるが、レオは気にした素振りを見せない。

しかし、そんなレオの余裕は意外な人物によってかき消された。

「なかなか良い策だと思うが？　どう思う、フランツ」

「良い策であることは間違いありませんが……私は反対です」

「宰相？　なぜですか？」

「レオナルト皇子は文武に優れ、民の評判も素晴らしいものです。使者として申し分ありませんが……同時に南部の異変を解決した英雄。クリューガー公爵の警戒はおそらく解けないでしょう」

「ではレオナルト以外ならばどうだ？」

「ゴードン殿下では武が勝ちすぎます。皇子の中で最も油断させられるのはアルノルト殿下でしょうが、使者として潜入したあとに難がありますし、この大任を任せてしまうこと自体が警戒を呼びます」

フランツの言葉にヨハネスはふむと考え込む。

策自体はいいが、それを行う人間に少し問題がある。

何か一工夫でよりよくなる予感がして、ヨハネスはフランツに訊《たず》ねる。

「適任者はいるか？」

「使者にはそれなりの格が求められます。皇帝陛下の名代を務められるだけの格です。皇族の方々が望ましいですが、それに匹敵する人物でも問題はありません」

「だから誰だ？」

「あまり言いたくはありませんな」

そう言ってフランツは言葉を濁す。それにヨハネスは顔をしかめるが、フランツは気にせず口を閉じる。そんな中で玉座の間に新たな人物が入ってきた。

全員の視線が集まる。

「失礼いたします。皇帝陛下」

「フィーネ……どうした？　何かあったのか？」

「何か手伝えることがあるかと思い、この場に足を運びました。そしてそれは間違ってはいなかったようですね」

そう言ってフィーネは笑みを浮かべてフランツを見た。

フランツは微《かす》かに視線を伏せる。

それだけでヨハネスはフランツが言葉を濁した理由を察した。

「フランツ……まさかフィーネを使者に立てるというのか⁉」

「適任ではあります。レオナルト殿下が助言者という形を取れば、今回の策はおそらく上手《うま》くいきます。クリューガー公爵もまさか陛下が蒼鷗姫《ブラウ・メーヴェ》を危険に晒すとは思いますまい」

「当たり前だ！　フィーネは軍人でもなければ騎士でもない！　国の役職についているわけでもない少女だぞ！　クライネルト公爵領の問題ならいざ知らず、南部の問題に命を賭けさせるというのか!?」

「髪飾りを贈られたその時から、ある意味役職についているのと変わりはありません」

「屁理屈《へりくつ》を言うな！　戦う術《すべ》を持たぬ少女を敵地に送り込めと!?　万が一にでも失敗したらどうする!?」

「失敗の場合、危険に晒されるのはレオナルト殿下も同じです」

「レオナルトは皇子だ！　南部の問題には巡察使としてかかわっている！　フィーネとは比べ物にならん責任がある！」

ヨハネスはフランツを強く睨みつけると、今度はフィーネのほうへ視線を向けた。

そして。

「下がれ、フィーネ。別の手を考える」

「いえ、陛下。どうかお任せください」

「ならん！」

「……陛下。貴族の起こした問題で民が苦しんでおります。領地が違えど、貴族が負うべき責任に変わりはないはずです。帝国の民を守るのが貴族の役目。内乱を起こさせないことで、多くの民が救われます。南部の民が死ぬこともなく、ほかの場所にいる民が飢えに苦しむこともありません。私はフィーネ・フォン・クライネルト。公爵の娘です。危険を冒す理由はそれだけで十分です。民の危機に立ち上がれないならば、貴族などいる価値はないのですから」

ここにフィーネが来たのは偶然であり、必然だった。誰もが必死に動いている中で、自分にできることはなにか。そう真剣に考えてフィーネはこの場にやってきた。

アルやレオに何か言われたわけではない。二人はフィーネを計算には入れていなかったからだ。

だが、フィーネはフィーネなりに自分の強みを理解していた。

皇帝に髪飾りを贈られたこと。皇帝に大切にされていること。この二点は相手を油断させる最大の武器になる。それをフィーネはよく理解していた。

「フィーネ……」

「行かせてください、陛下。南部の貴族たちは一枚岩ではありません。きっと仕方なく従っている方々も大勢います。貴族に仕える騎士や兵士たちなら猶更《なおさら》でしょう。しかし、一度刃《やいば》を交えれば憎しみが生まれます。それはやがて帝国の災禍となりかねません。それを止めるお手伝いがしたいのです」

「……」

「陛下。国のためです」

「……近衛《このえ》騎士たちを連れていけ」

ヨハネスは苦渋に満ちた表情で告げる。

だが、それをフィーネは断る。

「近衛騎士たちがついてくれれば敵の警戒が強まります。それでは意味がありません」

そう言ってフィーネは微笑《ほほえ》む。

アルとエルナがネルベ・リッターの説得に向かった時点で、フィーネは失敗することなど欠片《かけら》も考えていなかった。

名乗り出ることに恐怖を感じないのも、アルへの信頼からだった。アルが達成できると選んだ部隊が護衛につく。それならば何の問題もない。

唯一心配なのは勝手なことをして、アルに怒られてしまわないかどうか。

そんな小さな心配をフィーネはしていた。

敵の本拠地に乗り込む役目に立候補したわりには悠長なものだった。

「近衛騎士以外には任せられん！」

「しかし陛下。近衛騎士が警戒を強めるというのは事実です」

「ではどうする⁉」

皇帝の怒号が玉座の間に響き渡る。そして残ったのは静寂だった。

誰もが言葉を失う。そのタイミングでひょっこりと顔を出す皇子がいた。

「あの～……父上」

「……アルノルト……お前はこの一大事にどこに行っていた⁉」

「いや、ちょっと用事がありまして」

叱られたアルは顔をしかめながら玉座の間に入る。

一瞬、フィーネと視線が合う。申し訳なさそうなフィーネを見て、アルは仕方ないなと言わんばかりの笑みを浮かべる。

そして次の言葉が飛んでくる前に素早く用事を済ませることにした。

「護衛部隊についてですが、推薦したい部隊があります」

「なに?」

「入ってくれ」

そうアルが言うと軍服姿のラースが玉座の間に入る。

その胸にはネルベ・リッターの団章がつけられていた。

「ラース・ヴァイグル……どうしてここに?」

「アルノルト皇子に詳細を伺いました。ネルベ・リッターは今回の作戦に志願いたします」

そう言ってラースは敬礼する。それはあり得ない光景だった。

ネルベ・リッターはこれまで何度も任務についてきた。しかし、そのどれもが命令されたからであり、自発的に何かすることはなかった。

そのネルベ・リッターが志願する。異常事態に一人の貴族が声を発した。

「ま、待て! 貴様らにレオナルト皇子とフィーネ嬢を任せろというのか!?」

「ご安心を。必ず守り抜きます」

「ふざけるな！　主君を裏切った者たちに任せられるか！」

「……我々はたしかに主を裏切りました。主の不正を見過ごせませんでした。しかし、ご安心を。そんな我々ですから不正を行った南部貴族に寝返ることはありません。我々は傷跡の騎士。不正は我々の敵です」

ラースの言葉に貴族は押し黙る。経緯を考えれば、ラースの言うことはもっともだったからだ。

しかし、その場にいる者たちの表情は芳《かんば》しくない。

だが、最も奥に座るヨハネスがラースに質問する。

「これまで幾度もそういう機会はあったはずだ。しかし、お前たちは動かなかった。なのになぜ今立ち上がる？」

「……弟を守ってほしいと大声で頼まれました。あれに応じないのは……僅かに残った騎士の誇りに背くことになります」

そう言ってラースはアルを見る。ヨハネスもアルを見て、その手に包帯が巻かれていることに気づく。何をしたのか大体察しがついたヨハネスは深くため息を吐《つ》いて、命令を下した。

「ネルベ・リッターにレオナルトとフィーネの護衛を任せる。この一件はレオナルトに一任する。詳細は各々で詰めろ」

「陛下。そのような不確かな手を使わず、俺と軍にお任せを！」

「不確かな手ではあるが、試す価値はある。だが、お前も準備はしておけ。軍の集結は許す。

しかし手を出すことは認めん」

「……わかりました」

そう言ってゴードンは引き下がる。

その目に暗い光を宿しながら。

6

「まったく、無茶《むちゃ》をする」

「申し訳ありません……」

会議が終わり、部屋に戻ると俺はフィーネにそう告げた。フィーネのほうも申し訳なさそうにしている。できれば危険な目に遭わせたくはなかったんだがな。

「ま、立候補してしまった以上は仕方ない。宰相の言う通り、君が適任であることは事実だ。できるだけ安全を確保するとしよう」

「ご迷惑をおかけします……」

「いいさ。君の行動も理解できる」

この状況で何かしたいと思うのは、とてもフィーネらしいといえた。

そして今回はそのフィーネの気持ちと多くのメリットが合致しただけのこと。

責めるようなことじゃない。

「アルノルト様」

そう言って音もなくセバスが現れる。

セバスには俺が帝都を離れている間に情報収集を頼んでおいたが、今回の登場は少し目的が違うようだ。

「どうした？　セバス」

「良いタイミングで心強い方々がお越しです」

そう言ってセバスが扉を開ける。するとそこには見覚えのある顔が二つあった。

「お久しぶりです。アルノルト殿下」

「ラインフェルト公爵！　それに……」

そこにいたのはユルゲンだった。

いつも通り、人に心を許させる笑みを浮かべて部屋に入ってくる。

その後ろから静かに入ってくるのは少年のような恰好《かっこう》をした茶色の髪の少女。

「リンフィア」

「リーゼロッテ様が妹たちのことを任せろと言ってくださったので。これよりは御恩に報いようと、両殿下のために剣を振るう所存です」

「相変わらずだな。でも、戻ってきてくれてありがたい。ちょうど手練《てだ》れが必要だったんだ」

「詳細はセバスさんから聞きました。フィーネ様も向かわれるとか」

「はい。私にもできることがあると思ったので」

フィーネをジッと見つめたリンフィアはふっと柔らかく微笑む。

そして力強く告げた。

「フィーネ様らしいと思います。ご安心を。微力ながら私も力をお貸しします」

「はい！」

「これで戦力はだいぶ整ったな」

セバスに加えてリンフィア。ラースを始めとするネルべ・リッターの精鋭たち。

それをレオが率いる。無事に敵の懐に潜り込めればかなり成功する確率は上がった。

「しかし、使者を装ってというのはレオナルト殿下の発案ではありますまい。アルノルト殿下の案ですかな？」

「ええ、性格が悪いとエルナには言われました」

「はっはっは、騎士からはそう見えるでしょうね。しかし、レオナルト殿下のイメージダウンに繋《つな》がりかねませんが？」

「そこも考えてあります」

使者としてフィーネが赴き、レオがその護衛団を率いる。南部はこの使者をほぼ間違いなく受け入れる。なにせ皇帝の勅使だからだ。拒絶すれば今後、一切の交渉がなくなる。それは南部の貴族たちからは受け入れられないだろう。

南部が力を合わせたところで戦力比は圧倒的に帝国有利だ。譲歩を引き出すならば、今回は受け入れるほかない。

「南部連合に対して陛下は使者を出す。しかし、その内容はクリューガー公爵への最後通告です。膝を折らねば処断する。そういう内容をフィーネが伝える。これでご破算になって、向こうが攻撃を仕掛けてきたら非は向こうにあるという寸法です」

「しかし、行くまでに交渉内容の確認があると思いますが？」

「書状を二枚用意しておき、直前にすり替える。この書状を拒否するなら、懲罰の対象となる。使者を使ってのだまし討ちから、臣下への懲罰へと早変わりです。他国が批難するのは筋違いだし、帝国の信用もレオの信用も保たれるってわけです」

そもそも皇帝と南部貴族との間柄は主君と臣下。対等な交渉ができる立場じゃない。あくまで一方的に命令される側だ。

南部貴族は蜂起し、皇帝が同じテーブルについたと勘違いするだろうが、皇帝は譲歩などする気はなく、フィーネを送ったのもクリューガー公爵に最後通告をするため。

こういうシナリオになる。対等な立場となる外国との交渉ではなく、どちらが上かはっきりしている今回だからこそ使える手ともいえる。

まぁ諸外国の一部の勢力には多少の不信感は抱かれるかもしれないが、国家の総意として問題視する国はいないだろう。

「なるほど。アルノルト殿下らしい言い分ですね」

「できればもうちょっと正攻法でいきたかったんですが、これしか手がありませんでした」

「後手に回ればそうでしょう。しかし、今回のことで先手を取れた。主導権を奪い返したのです。それが最も大切なことです。ですが、その主導権は些細《ささい》なことで誰かの手に渡ります。情報統制は問題ありませんか？」

ユルゲンらしい質問だ。

それに対して俺はしっかりと頷《うなず》く。

「帝都守備隊が帝都の出入りを念入りにチェックしてます」

「それだけですか？」

「いいえ、南部へのルートの封鎖を勇爵家にお願いしました。勇爵家の騎士たちがあちこちにいる中じゃ、手練れの隠密《おんみつ》でも突破は不可能です」

南部との内乱に限っていえば、帝位争いの要素は薄い。すでに皇帝が俺たちの作戦を採用した以上、情報を南部に渡さないようにするのを勇爵家が手伝っても問題にはならない。

情報が漏れる可能性はかなり低い。

気がかりはあるが、それも対処は考える。

「準備はされておられるのですね。では僕からは何も言うことはありません。何かお力になれますか？」

「そうですね。しばらく帝都におられるつもりですか？」

「ええ、そのつもりです」

「では公爵の伝手《つて》を使って、商人を動かしていただけませんか？」

「それは構いませんが、どのように動かすのですか？」

「たとえ一時的でも南部は帝国に敵対しました。治安の悪化が懸念されますし、そうなれば食料の問題も出てくるでしょう。それに備えていただきたいんです」

「なるほど。それは僕好みの仕事ですね。承りました」

そう言ってユルゲンは爽やかな笑みを浮かべる。

ユルゲンと亜人商会が動けば、それなりの人手は確保できる。冒険者たちを雇い、護衛につかせれば多少なりとも金が回る。いざとなればシルバーとして稼いだ金を使うのもやぶさかじゃない。

クリューガー公爵を倒せば終わりというほど簡単じゃない。むしろその後のほうが大変なんだ。

「そうだ、フィーネ様。これを」

リンフィアは思い出したかのように一本の笛をフィーネに手渡した。

見ただけでわかる。かなり高ランクの魔導具だ。

「これは？」

「迷子になっていたドワーフのお爺《じい》さんから貰《もら》ったものです。笛を吹けば味方に届くそうです」

「それはとてもすごい物なのでは？」

「私よりはフィーネ様のほうが必要でしょう」

そう言ってリンフィアはフィーネにその笛を持たせた。フィーネが困ったようにこちらを見てくるが、俺は静かに頷く。

フィーネが笛を吹くということは確実に切羽詰まっている状況だ。その状況ならシルバーとして向かっても問題はないだろうし、たとえ問題があったとしても見過ごせない。

俺はきっとすべてを投げ捨ててでも行くだろう。

「俺としてもフィーネが持っていたほうが安心できる」

「……わかりました。今回はお預かりしますね」

そう言ってフィーネは丁寧にリンフィアから笛を受け取った。

しかし、迷子のドワーフ。しかも老人か。一瞬、とある人物を思い浮かべたが、すぐに思い直す。

帝国にいるなんて聞いてないし、いるわけがない。

まぁ万が一にでもいたとしても、南部の貴族たちに協力するはずないし、今回は表には出てこないだろう。ただ少し頭に入れておくか。帝国にいるだけで大事件になる人物だからな。

「では、僕はさっそく動くとします」

「私もレオ様のところへ行きますね」

ユルゲンはすぐに動き出し、フィーネはリンフィアと共にレオの下へ向かう。

残ったのはセバスと俺だけだ。

「報告か？」

「はい。どうやらソニア殿は人質を取られているようです。あくまで話を盗み聞きしただけですが、養父が元は天才参謀と呼ばれた軍人だったそうです」

「そうか。それならあの動きは理解できるな」

冷静な状況分析から、有利を決して崩さない立ち回り。そして保った有利を生かして、自分たちの望む状況を作り出す。ソニアは大局を操った。並大抵のことじゃない。

「ソニアの件は一度おいておく。そこまでの余裕は俺たちにはない」

「承知いたしました。では、私はレオナルト様の傍《そば》につきます。アルノルト様は今後、どう動くおつもりですか？」

「情報はほぼ遮断した。しかし、情報を漏らしそうな奴《やつ》が帝都の外に出ることになる」

「なるほど……ゴードン殿下ですか」

「ああ、俺はあいつを監視する。何をするかわからないからな。悪いが、レオのことは任せた。いざとなれば飛んでいくが、たぶんこっちはこっちでひと悶着《もんちゃく》起きるぞ」

そんなことを思いながら俺はすでにゴードンがどういった動きに出るのか、そのことを考え始めていた。

７

出発の日が来た。

部屋には俺とフィーネだけがいる。

「いよいよですね」

「そうだな。まぁ準備は万全だ。よほど予想外なことがないかぎりは大丈夫だろ」

「はい、不安はありません」

そう言ってフィーネはこちらを安心させるように笑う。

それを見て、俺は少し黙り込む。

予想外なことなんてこれまで何度も起きてきた。今回もそれがないとは言えない。

フィーネは矢面に立つ。これまでとは比べ物にならない危険だ。

「……正直に言おう。できれば行ってほしくない」

「申し訳ありません」

「君は……強いな」

フィーネは静かに頭を下げ、そして上げた。その顔にはたしかに不安は見えない。

周りへの信用がそうさせている。それくらい人を信用できるというのは確かな強みだろう。

「強くはありません。毎日、自分が無力なのだと思い知らされています」

「君が？」

「意外ですか？　私はいつだってアル様の力になりたいと思っているんですよ？」

「ありがたいが、今でも十分力になってくれてる」

「いえ、不十分です。私はあなたの秘密の共有者。あなたの負担を軽くするためにいます。けれど……私は何の力にもなれず、あなたは傷ついていく」

フィーネの視線が俺の左手に向けられる。

まだ完治していないため、包帯の巻かれている左手は少々痛々しく映るだろう。

だが、この傷のおかげでネルベ・リッターは全力を尽くしてくれる。

「このくらい大したことないさ」

「……小さな傷も積み重ねれば大きな傷へと変わります。私の役目はあなたが大きく傷つかないようにすることです。そう自負しています」

フィーネに真っすぐ見据えられて、俺は苦笑する。

するとフィーネが少しムッとしたような表情を見せた。

「わ、私は真剣に話してます！」

「ああ、わかってる。君のそういう真剣な顔は意外だなって思っただけだ」

「ば、馬鹿にしてますね⁉」

「してないさ。君がちゃんと俺のことを考えてくれているのはよくわかった。だから言っておこう。俺も君のことをちゃんと考えている。君は優しく、常に正道を行く。俺にとっては大事な指針だ。いてもらわなきゃ困る」

帝位争いを経て、三人の兄姉《きょうだい》は変わった。

俺がそうならないとは限らない。だからフィーネが傍に必要だ。どれだけ邪《よこしま》な手を使っても、外道にはならないように。フィーネが本気で難色を示す手は使わないようにしてきた。

彼女が本気で難色を示す手はきっとレオも好まない。そんな手を使ってしまえば、俺も帝位争いの闇に堕《お》ちる。

そうならないように。灯火《ともしび》としてフィーネは常に傍にいてほしい。

「だから……何かあればすぐに笛を吹くんだ。俺は俺のために君を絶対に助けにいこう。何をしていても、誰といても。君を優先して助けにいく」

「そのようなことを言われると困ります……アル様にはもっと大切なことがあるはずです」

「いや、君が最優先だ。もちろんできる限り、他の用事も終わらせるけどな」

「そうですか……それではもしもの時はよろしくお願いします」

「ああ、任せておけ」

そう言って俺は不敵に笑う。

できるだけフィーネが安心できるように。何の心配もいらないと思えるように。

「そろそろ時間ですね」

「もうそんな時間か……」

時計を見て俺は立ち上がる。この後、フィーネはレオたちと合流して帝都を立つ。俺もその後、ゴードンの監視に動くだろう。そうなれば易々《やすやす》とは会えない。そんな暇はない。

だから俺は何か話し足りないことはないか考える。

しかし、俺の頭は何も思いつかなかった。

そうしている間にフィーネが部屋の扉を開ける。

「行きましょう」

「あ、ああ」

バツが悪くなり、頭をかく。そんなことをしていると、フィーネがクスリと笑う。

そして。

「アル様。アル様は初めて会ったときから私を助けてくださっています。いつでもどこでも私はアル様を信頼しております。ですから不安はありません。何が来ても怖くはありません。安心して送り出してください」

「……そこまで俺は君を助けた覚えはないけどな」

「アル様はいつも無意識に人を助けているんです。私がその証拠です」

「クライネルト公爵領でのことはただの打算だぞ？」

そう俺が言うとフィーネは楽し気に笑う。

その笑みの真意が読めず、困惑している間にフィーネは先へと行ってしまう。

あの笑みはどういう意味なんだろうか。

また新たな謎を抱えながら、俺はフィーネの後を追うのだった。

■■■

「気をつけて行け」

「もちろん」

そう言って俺とレオは別れの挨拶をする。フィーネはもちろん危険だが、レオだって危険だ。

しかしレオはレオで気負いはなさそうだ。肝が据わっているというか、なんというか。

これから行く南部はほぼクリューガー公爵の影響圏なんだがな。

「兄さんは何だか心配そうだね」

「当たり前だ」

「安心してよ。兄さんがくれた強力な護衛がいるからさ」

そう言ってレオは整列しているネルベ・リッターを見る。

ラースを先頭に、こちらの視線に気づいた一同は一斉に敬礼した。

「アルノルト殿下。送り出すときはもっと胸を張ってください。こちらの士気に影響します」

「無茶《むちゃ》を言うな……」

「我々は信用できませんかな？」

護衛につくのはネルベリッターの精鋭三百名。ほかの面々は帝都の情報封鎖に当たっている。

つまりレオは三百名で城を落とすことになるのだ。

どれだけ強かろうと不安になるのは仕方ないだろう。

「信用していなければ弟を任せたりはしないさ」

「では胸を張ってください。我々は自信に満ちたあなたを見たいのです。示してください。我々への信頼を」

そう言われて俺は仕方なく顔をあげて胸を張る。

そして三百名に向けて一言告げる。

く。

「――任せた」

彼らは答えの代わりに敬礼を返してくる。そしてラースは部下たちと共に配置へと移ってい

そろそろ出発か。そんな風に思っているとリンフィアがやってきた。

「行ってまいります。アルノルト殿下」

「ああ、頼むよ。しかし、リンフィアのその呼び方はもう少しなんとかならないのか？」

「お嫌ですか？」

「距離を置かれているような気がする」

「そうですか……では帰ってきたら呼び方は変えてみましょう」

「そうか。それは楽しみだ」

楽しみに待っていてくださいと言って、リンフィアは一礼して下がっていく。向かうのはフィーネが乗り込む馬車だ。リンフィアはフィーネの近衛《このえ》として様々な面でサポートする。

一瞬、フィーネと目が合う。フィーネはニコニコと笑いながらこちらに手を振っている。

「暢気《のんき》だなぁ」

「緊張するよりはよいかと」

「それもそうだな」

そんな会話をしたあと、セバスが一礼して去っていく。

そして俺とレオだけが残された。

「頼もしいものはないよ」

「兄さんが全力で集めてくれた戦力だからね。これほど頼もしいものはないよ」

「そうか？」

そう言ってレオは俺に向かって右手を拳の状態で突き出して来る。

俺はそれを見て同じように拳を突き出す。

コツンと拳をぶつけ合うとレオは覇気に満ちた表情で告げる。

「止めてくるよ。戦争を」

「ああ、頼んだ」

そんな会話のあとレオは馬車に乗り込んでいく。

こうして使節団は旅立った。帝都を出た彼らを追って、俺は城壁に登って見えなくなるまで見送っていく。

「行かれましたね」

「ええ、行ってしまいましたね」

俺と同じように見送っていたユルゲンが呟《つぶや》く。

そして俺は踵《きびす》を返す。

「どちらへ？」

「少しやることがあるので帝都を離れます。俺について何か聞かれたら適当に誤魔化《ごまか》しておいてください」

「それは構いませんが……ゴードン殿下と噂《うわさ》の軍師を監視するためですか？」

「よくわかりましたね」

「さすがにわかります。御無理は禁物ですよ？　あなたの身に何かあれば僕はリーゼロッテ様に合わす顔がありません」

「なるほど。それは気をつけなきゃいけませんね。ご安心を。遠くから様子を窺《うかが》うだけです」

「それならいいですが……護衛は？」

「用意してあります」

俺がそう言うとユルゲンは何度か頷《うなず》いて、笑いながらお気をつけてと送り出してくれた。

これで帝都を少しの間、不在にしても問題はないだろう。今回はセバスがいないからな。ユルゲンにその代わりをしてもらう。

俺がいきなりどっか行くのはよくあることだし、誰も不思議には思わないだろう。

「ここから先は好きにはできると思うなよ、ゴードン」

小さく呟き、俺はどんどん歩みを速める。帝都を離れたなら好都合。

ここからは暗躍の時間だ。

# 第四章　南部決戦

Episode 4

1

レオたちが帝都を出発した頃。

軍の集結を命じられたゴードンも動き出していた。

「ソニア。二つ目の献策はあるか？」

集結地点へ馬で移動しながら、ゴードンはソニアに問いかけた。レオたちの行動はゴードンはもちろん、ソニアにとっても予想外だった。レオが使節のフリをしてだまし討ちをするという大胆な策を考え付くとは思わなかったのだ。

十中八九、レオの発案ではない。考え付いたのはもっと他人を疑い、他人の心の内を見透かす人物。言うならば性格の悪い人物だ。

きっとその人物はレオの後ろでほくそ笑んでいる。そしてその人物が誰なのか。ソニアには心当たりがあった。

しかしわかったところでどうしようもない。

「皇帝陛下が認可した作戦を妨害するのは良くありません。ここは待機するべきでしょう。レオナルト殿下の作戦は妙案ですが、きっと簡単にはいかない。戦場では前線の判断が尊重されます。異常を察知したとして進軍することもできます。今は機を待ちましょう」

「消極的だな。気に食わん」

「ここでレオナルト殿下が手柄をあげたとしても、帝位争いの姿は変わりません。ザンドラ殿下の代わりにレオナルト殿下が浮上するだけ。ゴードン殿下に痛手はありません」

「俺は痛手を受けても手柄を欲している。そのためにお前の策に従ってきたのだ。ここまでやって手柄をあげられませんでは、部下に示しもつかん」

「ですが、妨害すれば皇帝陛下に睨《にら》まれ、最悪罪に問われます」

「すでに睨まれている。リスクをとって主導権を我々の下に戻すべきだ」

ソニアの進言に対して、ゴードンは真っ向から意見をぶつける。その意見は間違ってはいなかった。ソニアとて考えた。

しかし、失敗したときに起こることを考えると、機を待つべきだという結論に達したのだ。

「ここで大人しくしておけば、皇帝を尊重していると捉えてもらえます。皇子としての分をわきまえていると思われれば、評価は下がりません。しかし、ここで強硬策に出れば皇帝を尊重していないと見なされます。そうなれば帝位争いで勝ち抜くのは難しくなります。結局、皇太子を決めるのは皇帝陛下だからです」

「ふん……くだらんな」

「……どういう意味です？」

「……俺は父上の力で皇帝になるつもりはない。自らの力で皇帝になる。そして帝国軍を率いて、大陸を統一する。歴史に俺の武を刻むのだ」

「大志を抱くのは悪いことじゃありませんが、力押しだけでは勝てませんよ？　特にエリク殿下には」

「帝位争いならば、な」

そう言ってゴードンは馬を進めて先へと進む。

その発言と瞳の奥に何か不吉なものを感じたソニアは、その後、何度もゴードンに進言しようとしたが、ゴードンは取り合うことはなかったのだった。

■■■

帝都の南。そこからさらに進んだ平原。ゴードンはそこに帝国中央軍を集めていた。

その数は三万。順調にいけばその倍まで膨れ上がる予定だ。

「ゴードン殿下！　このまま指をくわえて見ているのですか!?」

本営の天幕にてゴードンにそう訴えたのは髭面《ひげづら》の中年だった。

ガタイはいいがその分、腹も出ている。背はそこまで高くなく、見る者に樽《たる》を連想させるその男の名はアダム・ガルバー。

帝都に駐留している将軍の一人で、今回、ゴードン率いる部隊の副将を務めている。そしてゴードンの熱烈な支持者でもある。

「皇帝陛下の命令は集合だ。攻撃ではない」

「しかし！」

ガルバーはゴードンへ食い下がる。わざわざ内乱になるように仕向けたのはゴードンの陣営だ。しかし、その策はレオたちによって打ち砕かれようとしている。

それを知っているガルバーはここで黙って、レオたちの報告を待つ気にはなれなかったのだ。

「まぁ落ち着け、ガルバー。俺は全軍が揃うまではここを動けん。そこでお前に偵察を頼みたい」

「偵察など不要です！　敵は烏合《うごう》の衆！　我らが攻め入れば一気に前線に穴をあけ、敵地深くまで攻め込めます！」

それはガルバーだけではなく、多くの軍関係者の総意だった。

南部の、特に前線に位置する都市たちは士気が低く、大した兵力も持ち合わせていなかった。攻め入れば即降参するだろう都市たちに対して、攻め込むこともしないのに偵察などガルバーには苦痛でしかない仕事といえた。

しかし。

「そう言うな。ガルバー、お前に一万を与える。最前線となるゲルスの街を偵察してこい」

それは異例ともいえる命令だった。

偵察に現在集まっている兵力の三分の一を使うなど、ありえない。

一瞬、ガルバーも何事かと耳を疑ったが、すぐにゴードンの顔に笑みが浮かんでいることに気づく。

「なにか策があるのですね⁉」

ガルバーの顔が期待に満ちた。それに対してゴードンは何も答えずにただ頷くのみだった。

そんなゴードンに対してガルバーは何度も返事をした。

「わかりました！　わかりましたとも！　私が一万を率いて偵察に参ります！」

「頼んだぞ。補佐として二人つけよう」

そう言ってゴードンは本営の天幕に二人の人物を呼んだ。

一人はゴードンの軍師であるソニア。

もう一人は灰色の髪の長身の軍人。その姿を見てガルバーはニヤリと笑う。

「これはレッツ大佐。貴官が補佐してくれるなら心強い」

「自分もガルバー将軍の補佐ができて光栄であります」

レッツは感情を消した様子で敬礼する。レッツはゴードンの支持者の一人であり、騎兵を率いる指揮官だ。その実力は折り紙つきで、大佐でありながらゴードンの腹心の一人となっている。

ガルバーからすれば目障りな男であり、そんなレッツが自分の補佐につくというのはガルバーにとっては小気味いいことだった。

そんな二人の軍人のやり取りを見ながら、ソニアはゴードンを真っすぐ見据える。

「一万で偵察なんて何を言われるかわかりませんよ？」

「偵察だ。用心に越したことはないからな」

「……何か策を考えているならやめたほうがいいでしょう。下手に動けば痛手を被るだけです。待機していればチャンスにならずともピンチにはなりません」

「だから偵察と言っている」

ソニアの言葉を受け流しながらゴードンは答える。

自分の言葉を聞く気がないとソニアにはわかっていた。ゴードンはここに来るまで、ソニアの進言を聞くことはせず、作戦会議にもソニアを呼ばなくなっていた。

自分の望む策を提示できない軍師はいらない。そう判断したのだ。

「お前はガルバーを補佐しろ。それがお前とお前の父たちのためだ」

「……軍師として使う気がないなら家族を解放してくれませんか？　あなたにはボクの考えが合わないかもしれないけれど、ボクにもあなたの考えが合わない。共倒れはごめんです」

「軍師として必要としている。だから任務も与えている。文句を言う暇があるなら仕事をちゃんとやることだな」

そう言ってゴードンはソニアとガルバーを下がらせる。

残ったのはレッツのみ。そのレッツにゴードンは静かに告げる。

「予定通りに事は運んでいるか？」

「はっ！　すべてご指示どおり手配いたしました！」

レッツは敬礼しながら答える。ゴードンは信頼する部下の仕事ぶりに満足そうに頷く。

そして南を向いてニヤリと笑う。

「これでレオナルトたちは終わりだな」

「しかし、この作戦が成功すれば次の作戦はいらないのでは？」

「万が一がある。今回は向こうに勇爵家もついているからな。クリューガーに作戦を伝えられなかった場合にも備えて、次の作戦も決行する。任せたぞ」

「了解いたしました。見事にやり切ってみせます」

「頼んだ。ゲルスの街を落とせば、そこからは進むだけだ。進めるところまで進め。俺もあとから追う」

「はっ！　殿下の道は私が切り開いてみせます！」

レッツは自信満々に宣言する。その様子を見て、ゴードンは笑みを深める。集めた軍の指揮官はほとんどゴードンの陣営に属している。何があろうとゴードンに従うだろう。

「南部では必ず戦争を起こす。そして完膚なきまでに南部を叩きつぶし……次は帝都だ」

「いよいよですね」

「ああ、これでチマチマとしたややこしい勢力争いは終わりだ。俺が皇帝となり……帝国は大陸統一に向かう。大陸の制圧を終えたあとは海の向こうだ。この世のすべてを帝国の名の下に一つにするぞ」

「お供いたします！」

ゴードンとレッツは自分たちの未来に思いをはせる。

しかし、二人の未来はすでに狂い始めていた。

■■■

ゴードンがレベッカ捜索のために動かした隠密《おんみつ》部隊。

非公式ゆえに限られた者しか知らないこの部隊は、帝国軍の中でも屈指の練度を誇る。

優秀な兵士が集められ、これまで厳しい訓練を潜《くぐ》り抜けてきた。

ゴードンに協力したのも自分たちがよりよく輝くために、軍出身の皇帝が必要だと思ったからだ。しかし、その部隊は南部に向かう途中で足止めを喰《く》らっていた。

「くそっ！　どうなっている⁉」

部隊の指揮官である少佐は自分たちに起きている出来事が信じられなかった。

ゴードンはクリューガーの下に情報を届けるために、隠密部隊を南部に放った。その情報はもちろんレオの作戦内容だ。

彼らは百人規模で動いていた。しかし、その部隊はすでに部隊として機能していなかった。

「こんな霧は聞いてないぞ⁉」

その原因は突然発生した霧だった。

この霧によって傍《そば》にいる者すら認識できなくなり、隠密部隊は散り散りになってしまっていた。

それでも精鋭である彼らは微かな手がかりを探りながら進んでいく。

「明らかに自然発生のものではないな……」

そう感じて少佐は気配を消して慎重に進んでいく。

自然発生ではない場合、真っ先に疑うのはモンスターの仕業というものだった。

霧を出してその中で獲物を狩るモンスター。聞いたことはないが、いないとも言い切れない。

大声は出さず、少佐はひたすら静かに進んでいく。どれだけ霧が濃かろうが、ただ進むだけなら隠密部隊の者にとっては造作もない。はぐれた者たちも問題なく進んでいる。

そう判断して少佐は先に進む。その判断は正しくもあり、間違ってもいた。

ただの霧であれば、彼は迷うことなく進めただろう。しかし、彼らが見ている霧は本物の霧ではなかった。

「幻影の霧の味はどうだ？　少佐？」

空の上に浮いていたのは銀の仮面と黒いローブを身に着けた魔導師。シルバーだ。

その視線の先では少佐が夢遊病者のような歩き方で山の中へと入っていっていた。

彼らは深い霧という幻影を見せられ、方向感覚を麻痺《まひ》させられた状態になっていた。どれだけ鍛えられていても、それを麻痺させられてしまえば意味がない。

あちこちで悲鳴が聞こえてくる。モンスターに襲われたり、山から転げ落ちたり。

すべての隠密部隊の隊員が完全な足止めを受けていた。

「残念だったな、ゴードン。お前の部隊は全滅だ」

そう言ってシルバーはその場から姿を消す。

幻影に囚《とら》われた隠密部隊は数日はその場で足止めを受ける。その後、どうにか正気に戻ったところでクリューガーの下へたどり着くことはできない。

彼らがどれほど速かろうと、その頃にはレオたちがクリューガーの下へたどり着いているからだ。

数日の遅れは取り戻せない。

こうしてシルバーはゴードンの第一の作戦を難なく潰したのだった。

2

ゲルスの街は南部前線にある都市の中では最大級といえる。しかし、それでも帝国全体で見れば中規模程度の都市であり、騎士の数は五百程度。戦える男たちを加えても千程度しか戦力はいない。

そんなゲルスの街をガルバーは一万の軍で威圧していた。

「フハハハハ!!　軟弱な南部の騎士たちは震えあがっていることだろうな！」

そう言ってガルバーは上機嫌でゲルスを見渡す。

それなりに高い城壁に、そこそこの規模の門。それなりの戦力が集結していれば厄介な城《じょう》砦《さい》都市となっただろうが、ガルバーはゲルスの街の戦力が千程度と摑《つか》んでいた。

ゴードンの策が始まり、戦闘が開始すれば一日とかからず落ちることはほぼ確定といえた。

「レッツ大佐。ゴードン殿下から何か聞いているか？」

「いえ、何も聞いてはいません。ただよく偵察をしろとだけ」

「なるほど。我々とは関係ない場所で動いているというわけか」

「おそらくは。なので今は指示に従いましょう。さらに先に丘があります。そこからなら戦場を一望できます」

「よろしい。案内しろ」

ゴードンが皇帝になれば側近たちも昇格する。そのときに元帥を与えられる側近はごくわずか。ガルバーにとってレッツはそのライバルであった。

だが、今はそのレッツが自分の傍に控えている。ゴードンが明確にガルバーのほうが上だと認めたということだ。ガルバーには元帥の地位につく自分の姿は見えていた。そんな未来の自分の姿に浸っていると、傍にいたソニアがそれを邪魔する。

「将軍。あの丘はゲルスに近すぎます。もう少し離れた場所で見渡すべきかと」

「ふん！　近いからなんだというのだ？　向こうからこちらに攻撃してくると？　バカバカしい」

「狙撃となれば防げません。指揮官ならば慎重に行動するべきです」

「近いといっても都市からはそれなりに離れている。そこから狙撃できるような者がゲルスにいれば、私の耳に入る」

「いるかもしれないというのが問題です」

「これだからハーフエルフの小娘は……臆病すぎて話にならん」

ソニアの慎重論を却下して、ガルバーはどしどしと丘を登っていく。

その後ろにはレッツが続く。

ソニアはため息を吐いてその後に続く。だが、前を歩いていたレッツが一瞬、歩みを緩めた。

周りの護衛もそれに合わせる。

そのせいでガルバーだけが頂上に一人だけすぐにたどり着いてしまう。

そして独特の風切り音がソニアの耳へ届く。それはすぐに何かが突き刺さる音へと変わった。

「あ……」

丘の頂上。ガルバーの眉間に矢が突き刺さっていた。

どさりと倒れたガルバーがゆっくりと丘を下ってくる。

それをレッツは慌てた様子で受け止めて、ガルバーの安否を確かめる。

「将軍!?　ガルバー将軍!?」

確実に頭を貫かれたガルバーは即死だった。

それを確認したレッツはその場にいた全員に指示を出す。

「全軍警戒態勢！　将軍が狙撃された！　ゲルスには抗戦の意思があるぞ！」

その指示を聞き、ソニアはまさかと言わんばかりにレッツの表情を確認する。

その顔には作戦が上手《うま》くいったという笑みが浮かんでいた。

「味方を狙撃させたの……？」

「狙撃したのは敵だ」

言いながらレッツはテキパキとガルバーの遺体を片付けていく。

そして宣言する。

「これよりは私が指揮を執る。軍師ソニア。ゲルスを攻略する策を練れ」

「そこまでして……戦争がしたいの⁉　わざわざ味方を犠牲にしてまで戦争を行えと命令する人物を主君と崇《あが》めているの⁉」

「こちらは望んでいなかった。仕掛けてきたのは向こうだ。しかも将軍暗殺。これは異常事態だ。これよりは現場の判断で行動する。現場の判断は尊重されるのでな」

そう言ってレッツは悲しむ様子も見せずに歩いていく。

予定通りと言わんばかりの歩みに、ソニアは確信を強める。ソニアの進言を間違った形で利用して、ゴードンは自分のために内乱を起こそうとしている。

だが、今のソニアには止める力がなかった。そのまま睨《にら》むようにゲルスの街を見つめた。

「なんてことを……」

ゲルスの街に狙撃手を送り込んだのか、もしくはゲルスの街の誰かが狙撃手を用意したのか。

どちらにせよ、最前線で最大ともいえるゲルスの街が落ちれば、ほかの街も降伏するか、微々たる抵抗を見せるのみ。そうなればゴードンの軍はたやすく敵の本拠地へと向かえる。

敵の本拠地にいるレオたちも無事では済まない。

落とせば泥沼の戦争となる。厄介なことにソニアが何もせずともゲルスの街を落とす戦力が揃《そろ》っている。

「どうすれば……」

主導権を握るのはゴードンであり、ソニアにはほとんど権限はなかった。将軍付きの軍師の肩書きなどないも同然で、ソニアは蚊帳の外に置かれている。

だが、それでも。

「やらなくちゃ」

何かできることがあるはずだとソニアは自らを鼓舞したのだった。

■■■

混乱があったのは狙撃を行ったゲルス側も同様だった。

「どういうことですか!?　叔父上!!」

ゲルスを治める領主、アロイス・フォン・ジンメル伯爵はまだ十二歳の少年だった。明るい茶髪に同じ色の瞳。同年代に比べて小柄なことを気にする普通の少年である。

前年に父が他界し、母と叔父の補佐を受けながら領主となった。

そんなアロイスの前には護衛を引きつれた叔父がいた。

「どういうこととは？」

「とぼけないでください！　敵への狙撃は叔父上の指示のはず！」

「知らんな」

「叔父上！　意図を説明してください！」

「意図？　まだわからんとは愚かだな。アロイス。私は帝国軍についたのだ」

「帝国軍につく……？　それならばなぜ狙撃など!?」

アロイスには叔父の言っていることが理解不能だった。大半の南部貴族はクリューガーによって親族を人質に取られている。アロイスの母も人質となっていた。

それゆえに降伏はできなかったが、だからといって積極的に事を構えることもしたくなかった。絶対に負けるとわかっているからだ。

クリューガーが全軍を率いてくれれば勝ち目があるかもしれないが、一都市の抵抗などたかが知れている。ゆえに慎重な対応が求められるのに、叔父は帝国軍についたと言いながら帝国軍の将軍を狙撃した。アロイスは叔父が正気を失ったのではと本気で疑いそうになった。

「理由は戦争だ。帝国軍の総大将であるゴードン殿下は戦争を求めている。将軍を狙撃したことで、その理由が生まれた。彼らは怒りに駆られてこの都市を落とすだろう。そして大きな内戦となる」

「馬鹿げてる……そんなことして何の意味があるんです⁉」

「ゴードン殿下は手柄をあげ、掌握した軍で帝位につく。その後、私はどこかの領主に任じられるだろう。今よりはずっとマシだ」

そう言ってアロイスの叔父は笑う。その野心的な笑みを見て、アロイスは何を言っても無駄だと悟った。もはや取り返しはつかない。

「いずれ帝国軍が攻め込んでくる。それまでアロイス。お前は何もするな」

「何もするな……？　この地は先祖代々受け継いだ土地であり、守ってきた民がいます！」

「私の民じゃない」

そう言い切った叔父を見て、アロイスは力なく項垂《うなだ》れる。

抵抗など不可能。子供にいったい何ができるのか。

そう自嘲しながらアロイスはふと領主の椅子に備え付けられた剣を見た。父が最後に託してくれた剣だ。まだアロイスには大きく、一度も抜いたことはなかった。

それでもそれを見てアロイスは決意に満ちた表情を浮かべた。

そしてアロイスは剣を抜いた。

「何のつもりだ？」

「僕はジンメル伯爵。この地の領主だ……民を守る責務がある！」

「皇帝に反旗を翻していて何を言う。お前の責務などその時に消えているわ！」

「それでも……受け継いだ誇りがある！　何もかも思い通りにいくと思うな！」

大きな剣を何とか構えながらアロイスは叔父を見据える。

子供ながらに覚悟を決めた目に気圧《けお》された叔父は護衛に指示を出した。

「ちっ……捕まえろ！」

だが、護衛たちに反応はない。不審に思い叔父は振り返る。

すると護衛たちはその場で眠っていた。

そんな馬鹿なと思っていると、叔父も眠気に襲われて瞼《まぶた》が重くなってきた。

「これは……魔法……？」

「いかにも。しばし眠っていてもらおう。そこの少年領主に話があるのでな」

そう声が聞こえ、叔父はその場でしゃがむようにして眠りに落ちた。

そしてアロイスの前には一人の男だけが残った。

「あなたは……？」

「SS級冒険者のシルバーという。もしも君にこの状況をどうにかしたいという意志があるなら手を貸そう」

「シルバー⁉　帝都の守護者がどうして……」

「冒険者としては無用な戦争でモンスターを刺激し、治安を悪化させないでほしいのだよ。仕事が増えるという者もいるだろうが、仕事が増えれば犠牲も増える。なんだかんだ平和が一番だ」

そう言いながらシルバーはゆっくりとアロイスに近づいていく。

そしてシルバーの姿が一瞬で変化する。

灰色のローブを頭まで被った謎の人物。フードの中の顔は見えず、見るからに怪しい。

「とはいえ、帝国内部の問題に冒険者であるシルバーが大々的にかかわるわけにはいかない。身分を偽らせてもらうが、それでいいならこの局面を乗り切るまでは俺は君の臣下となろう」

「……本気ですか？　あなたほどの人がそこまでする理由はなんです？」

「現在、皇帝の勅使がクリューガー公爵の下へ向かっている。公爵を奇襲し、最小限の被害でこの問題を終えるためだ。帝国軍が戦争を起こしたがっているのは、それを阻止したいというのもある。そして阻止したいと思う者もいれば、その作戦を守りたい者もいる」

「その守りたい者から依頼されたと……？」

「そう受け取ってもらって構わない。どうだ？　いるか？　いらないか？」

単純な二択を突き付けられたアロイスは少しだけ迷う。

だが、すぐに決断した。

「力をお借りします」

「よろしい。では作戦会議といこう。俺は……流れの軍師。そう紹介してくれ。名前はそうだな……　〝グラウ〟とでも呼んでもらおうか」

「灰色ですか……そのままですね」

「名前はシンプルなほうがいい」

そう言ってシルバーはグラウとなって、アロイスの臣下となったのだった。

## 3

流れの軍師グラウとしてゲルスに入った俺は、少年領主であるアロイスに経緯の説明を求めた。

「とりあえずどうしてここまで緊張が高まっているのか教えてもらえるか?」

「ご存知《ぞんじ》ないのですか?」

「軍が放った隠密《おんみつ》部隊に嫌がらせをしていてな。その後に飛んで来たらかなり慌ただしい状況だった。事情を訊《き》きに来たら、先ほどの場面だったというわけだ」

「なるほど……簡単にいえば敵軍の将軍をこちら側の誰かが狙撃し、暗殺しました」

二段構えの作戦か。ゴードンにしては小癪《こしやく》だし、ソニアにしては雑だ。ゴードンが側近と考えたってところか。何のために軍師を傍《そば》に置いたのやら。

しかし強引に開戦に持ち込もうとするあたり、ゴードンは本格的に父上からの印象を度外視し始めたな。

南部との戦争が終わったあとにどういう行動に出ようとしているのか。今回のでだいぶ透けたな。

「面白い状況だな。狙撃手を用意したのは叔父上かな?」

「おそらく」

そうなると非はこちらにある。

将軍を暗殺されたため、反撃に出る。まぁなかなかに無理やりだが、現場の判断と言われればそこまでだ。それにその行動でこの都市が突破されれば南部とは全面戦争になる。

そうなれば後戻りはできない。本腰を入れて南部を叩《たた》く以外に手はなくなる。

ゴードンとしては最高のシナリオだろうな。

ただし、この都市が落ちないならば話は別だ。ここで戦闘が起きたところで小競り合い。クリューガーの本拠地まで情報が届くのは少し後だ。それまでにおそらくレオたちはたどり着き、決着をつける。

数日持ちこたえて、戦闘をこの場だけに収めればどうにかなる。

ゴードンとしても帝都に知らせれば即座に中止を言い渡されるから、帝都に情報はいかない。こちらも情報を漏らしたくないように、向こうも情報を漏らしたくない状況ということだ。

「軍の動きはスムーズだった。予想通りだからだろうな。もう戦闘は避けられない。ここの兵力は？」

「騎士が五百に、兵士が五百。合わせて一千です。ただ……兵士は訓練されたわけではなく……」

「急造兵か。まぁいないよりはマシだが……敵軍は精鋭一万に対して、こっちは急造の一千。数の差は十倍だが、戦力差はそれ以上だろうな」

数日持ちこたえれば勝ちといっても、その数日持ちこたえるのすら辛《つら》い絶望的な戦力差だ。

まともにやれば一日で落とされる。

「勝てますか……？」

アロイスが不安げに訊《たず》ねてくる。

そんなアロイスを安心させるように俺は頭をポンと叩く。

「勝算はある。もちろん君にもやってもらうことはたくさんあるが」

「だ、大丈夫です！　やってみせます！」

「よろしい。ではまずはほかの家臣に俺を紹介してくれ。そして家臣たちの説得から開始だ」

「はい！」

元気のいい返事と共に俺とアロイスは歩き出した。

■■■

「状況は理解いたしました」

そう答えたのは年老いた騎士だった。

とはいえ、その目はいまだに鋭いし、動きにも老人っぽさは見られない。

古強者《ふるつわもの》といった雰囲気を発しているのはジンメル伯爵家の騎士団長であるフォクトだ。

「あの狙撃がジンメル伯爵家の者の手によるならば、弁明は不可能でしょう。アロイス様がいくら関係ないと言おうと、軍は納得いたしません。母上のため、南部の多くの者のために戦うのはご立派です。しかし、そのような得体のしれぬ男を傍に置くのはいかがでしょうか」

フォクトはそう言って俺を睨《にら》む。

ほかの者も同様だ。集められたのは古参の家臣たち。

アロイスの叔父とは通じておらず、城壁にて警戒に当たっていた者たちだ。

彼らにとってアロイスと共に戦うのは当然のことだ。しかし、その場に俺のような者がいることは納得できないのだろう。

「グラウは僕を助けてくれた。信頼してもいい」

「たとえ助けたとしても、信頼できるかどうかは別物です」

ふむ、やはりこうなるか。

一丸となって戦わなきゃ駄目な状況で内輪もめをしている暇はない。

「フォクト騎士団長。少しよろしいか？」

「なんだ？　流れの軍師」

「今の状況をあなたはどう捉えている？」

「ジンメル伯爵家の存亡の秋《とき》だ」

「ふっ……甘い。甘すぎる認識だ」

「なにぃ？」

フォクトにそう言うと俺は作戦会議のために広げられた地図を指さす。このゲルスは南部の最前線。ここを抜かれるということは、前線地帯に戦火が飛び火するということだ。

「ここが抜かれれば帝国軍は一気に南部に侵攻する。その戦火は各地に広がり、帝国をおおいに弱体化させるだろう。その引き金を引いたのは？　他ならぬジンメル伯爵家と記憶され、たとえこの戦で命が助かったとしても、皇帝は必ず一族を処刑するだろう」

「そ、それは……」

「かといって今更降参もできない。将軍暗殺の罪で処刑だ。ジンメル伯爵家はすでに滅亡一歩手前だ。しかも兵士たちはなぜ帝国軍と戦わなければいけないのか？　と疑問を抱くだろう。領主の母親が人質になっていても、それは領主の問題だ。彼らを納得させるのは一苦労だぞ？　抱える戦力は脆弱《ぜいじゃく》で、相手は精強。問題は山積み、それが現実だ。その中にあって協力を申し出る者がどれほど貴重かわからないあなたでもあるまい？」

「……それでもすぐに信頼はできぬ」

「ならあなたが監視すればいい。帝国軍はすぐに攻めてくるぞ？」

「……よかろう。そこまで絶望的だとわかっておりながら、こちらにつくのだ。勝算があるのだろうな？」

フォクトの言葉に俺は頷《うなず》く。

そしてその場の全員へ視線を移す。

「絶体絶命という言葉がこれほどピッタリな状況はない。しかし、希望もある。帝国は極秘作戦を展開中だ。数日以内にクリューガー公爵は奇襲を受けるだろう。つまりそれまで耐えればいい」

「そのような話は聞いていないぞ？」

「極秘だからな。話を戻すぞ？　絶体絶命のジンメル伯爵家だが、ここで耐えきれば状況が変わる。一万対一千で耐えきり、内乱の激化を避けた。これは皇帝から見れば称賛に値する行動だ。しかも母親を人質に取られて仕方なくという理由もある。加えて、今回のことは帝都で行われている帝位争いが色々と絡んでいる。この難局さえ乗り切れば風向きは変わる」

「……正直、もはやジンメル伯爵家の存続については二の次だと思っている。それよりもこの内戦を激化させてはいけない。そう僕は思っている。グラウが信じられず、言うことも信ぴょう性がないことは承知だ。しかし、僕らはもう彼を信じて協力してもらうしかない。どうせ普通に戦っても負けるのだから」

　アロイスの言葉に家臣たちは一瞬、渋い顔を見せるがやがては諦めたように頭《こうべ》を垂れた。

　それを見てアロイスが俺に視線を移す。

「では作戦を聞かせてください」

「わかった。帝国軍はこの手の城塞都市を攻めるとき、まず初めに正門を集中攻撃し、手薄になった門に奇襲を仕掛けるのが常套手段《じょうとうしゅだん》だ。予定通りに事が運んだと思っている以上、この常套手段を使ってくるだろう」

「では四方の門に戦力を分散させるんですか？」

「いや、元々十倍の兵数差がある。正門の攻撃に耐えようとすればこちらも相応の戦力を割かなければいけない」

本来は囮《おとり》である正門への攻撃だが、そもそも軍としての規模が違いすぎる。囮が本命になりかねんし、正門から戦力を移動させるのは賢明じゃない。

俺の言葉にフォクトが目を細める。

「では奇襲部隊は策で倒すということか？」

「いかにも。敵軍は数も多く、正規軍だ。対してこちらは数が少なく、正規軍でもない。向こうは間違いなく油断する。気を引き締めていても、それは避けられない。だからこそ罠《わな》にはまる」

奇襲部隊がどれだけ警戒しようと、所詮は田舎都市という認識は変わらない。戦力差が絶対的である以上、石橋を叩いて渡るようなことはしない。

彼らにはこの都市をいち早く突破し、南部前線を制圧するという目的があるからだ。

そうなってしまえば皇帝とて止められない。間違いなく軍は常套手段で一気に落としに来る。

「アロイス殿。兵士を百名貸してもらえるか？」

「百名で……奇襲部隊を倒せるのですか？」

「軍が狙うのは手薄な門。三方向の門を守るわけではないし、百名いれば十分だ。それともう一つ」

「何でも言ってください。すぐに用意させます」

「別に大したものじゃない。防衛用に油を用意しているはず。それを少しもらえるか？」

「火攻めか。しかし、単純な火攻めでは奇襲部隊を倒せんぞ？」

「そこは考えてある。ご安心を」

そう言って俺は薄く笑う。顔は見えないが雰囲気で伝わったのだろう。

ゾワッと何かを感じてフォクトが一歩後ずさる。

こうして俺は帝国軍との戦いに参戦することになったのだった。

## 4

これから配置につくというとき。

アロイスは騎士と兵士の前に姿を現した。

騎士たちはそこまでではないが、兵士たちの士気は明らかに低い。

そりゃあそうだろうと思う。彼らからすれば領主の母が人質に取られているのは他人事だし、南部連合とか言われても帰属意識が湧くわけがない。彼らは帝国の民であり、その意識は今も変わっていない。

だからこの戦いに乗り気にはなれないのだ。そしてそんな彼らを戦いに向かわせることができるのは一人だけ。

アロイスのみだ。

「集まってもらって申し訳ない。正直に言わなければいけないことがある……帝国軍の将軍を暗殺したのは叔父上だ。僕は知らなかったことだが、それを軍が信じることはないと思う」

「そんな……じゃあ正面から戦うんですか⁉」

「状況が変わるまでは静観するって言ってたじゃないですか！」

「相手は一万もいるんですよ！　勝てるわけがないですよ！」

兵士たちからは不満と不安の声が上がってくる。

それをしっかりと受け止めてアロイスは大きく頷いた。

「僕は戦うことに決めた。けど、それは南部連合のためでも、帝国のためでもない。僕は先祖代々受け継いできた責任のために戦う。ジンメル伯爵家はこの地の領主だ。民を守る義務がある。降伏したとしても、軍は南部侵攻のために多くの物を奪うだろう。そして帝国に反旗を翻し、しかも降伏した都市としてこの地は批判を受ける。それはきっとこの地の衰退に繋《つな》がってしまう。その未来だけは……避けなければいけない」

本音を言えばきっと母親のために戦いたいだろう。父を失った十二歳の少年にとって、母がどれほど大切か。それでもアロイスは気丈に振る舞う。自らが領主だからだ。

「皇帝陛下はクリューガー公爵に勅使を発した。その勅使が到着し、交渉次第では戦争は起こらない。しかし、僕らがここで軍を通せば勅使との交渉はなくなる。数日だ！　数日だけ持ちこたえれば色んな状況が変わる！　勅使の交渉が不調に終わったとしたなら南部連合は僕らを助けるしかない。一方、皇帝陛下も大規模な内乱は望まない。抵抗の激しい都市には調略の手を伸ばす。その時に降伏すれば被害は最小限に抑えられる。だから……僕は今、戦う」

そう言ってアロイスは父から受け継いだ剣を抜き放つ。

そして騎士と兵士たちに問いかけた。

「去る者を罰したりはしない。共に命を賭けられない者は去ってくれ。不甲斐《ふがい》ない領主ですまない……」

そう言われて一瞬シーンと静まり返る。

そんな中で槍《やり》を担いだ兵士が声をあげた。

「ごちゃごちゃと理屈を並べるなよ。母親を助けたいから手を貸してくれって言えばそれでいいじゃねぇか」

粗野な男だ。四十代くらいだろうか。

素人臭い兵士たちの中で一人だけそれなりの立ち振る舞いをしている。元冒険者ってところか。

周りからも一目置かれているんだろう。その男に自然と注目が集まる。

「ヨルダンさん……」

「領主様よ。本音を言いな。どうしたいんだ？」

「……僕は母を守りたい……それと同時にこの街を守りたい……」

「俺たちは先代様からずっと世話になった……そのガキが力を貸してほしいとよ！　子供にここまで言わせて黙ってられるか！　帝国軍なんか俺たちが跳ね返してやるよ！」

ヨルダンと呼ばれた男の言葉で兵士たちの目に力がこもった。

後ろ向きだった気持ちが前を向く。彼らは今、兵士になった。

「そうだ！　やってやる！」

「任せておいてくれ！」

ジンメル伯爵家の信頼が彼らを兵士にした。兵士たちの士気が一気に上がる。騎士たちが圧倒されるほどだ。アロイスが嬉しそうにこっちを見た。

よし、これで戦える。

「それでは作戦を説明する！」

フォクトが流れに乗ってそう大きな声で告げた。

それを聞いて士気はさらに上がった。

■■■

「うぉぉぉぉぉ!!!!」

正門からは怒号が聞こえてくる。

帝国軍の第一陣が正門を破ろうと攻めてきているからだ。先遣隊は大がかりな攻城兵器を持ってきていない。あくまで偶発的な戦闘を装う必要があったからだろう。

ゆえに攻め方は弓矢での牽制《けんせい》から、破城槌《はじょうつい》による城門破壊と梯子《はしご》による城壁への侵入という古典的な戦法だ。

戦力の大半は正門に集めてある。基本的に籠って戦う場合は守り側が有利。いくら帝国軍が精鋭だろうと一騎当千の猛者が何人もいるわけじゃないし、最新兵器のほとんどは国境軍に優先して回される。

　状況を打開できる画期的な兵器は向こうにはない。ゆえに向こうは数に頼る。

「軍師様よぉ本当に東門に来るのか？」

　俺の配下に回された百人の兵士の一人、ヨルダンがそう言って東門の先を見る。

　東門は地形的に変わっている。門に続く道が一本の坂道になっているのだ。

　本来ならもっとも攻めにくい門だ。だからこそ、ここを狙うと予想がつく。

「外れたら即移動するだけです。まぁ外れはしませんが」

「どこからそんな自信が来るんだ？」

「帝国軍の定石です。正門を攻め、別の場所から奇襲する。心理的な側面からもっとも難所と思われる場所から奇襲するのが有効。彼らはそう学んでいるんです」

　そう俺が言った瞬間、東門の先に敵が現れた。

　数は一千に届くかどうか。騎馬兵は数名で、残りは歩兵。こちらに一直線に向かってきている。

「来たか。弓矢を放て」

「本当に来たぜ……驚いたな……」

　俺の指示を受け、数人が弓矢を放つ。なぜ数人かといえば弓矢を精確に放てるのが数人しかいなかったからだ。もちろんそれで敵が止まるわけもない。

さすがに見張りがいないなどと向こうも思っていない。

数人が弓矢を放つことで、その確信は強まる。矢は爆走する奇襲部隊の中に吸い込まれ、一人に当たって転倒させ、その後ろにいた何人かも巻き込ませる。

だが彼らは止まらない。

「行けぇぇぇぇ!!」

先頭で馬に乗る指揮官らしき男が声を張り上げる。

それに城壁の上にいた弓兵たちが怯《ひる》むが、俺は静かに告げる。

「気にするな。撃ち続けろ」

「は、はい！」

「下の準備を」

「おうよ」

ヨルダンに指示を出すと、下で控えていた兵士たちが門を押さえ始める。

そしてすぐに門のところまでたどり着いた先頭の兵たちが破城槌をもって門を破ろうとしてくる。梯子もかけようとするが、それは弓兵が何とか阻止したり、ほかの兵士が倒したりして防いでいく。しかし、破城槌で攻撃されている門はそうはいかない。

「行け！　早く破壊せよ！」

「うわぁ!!　もう持たない！」

門に取り付けられた閂《かんぬき》がどんどん軋《きし》みをあげていく。なんとか兵士たちが門を押さえるが、明らかに攻撃のほうが強い。しかしそんなことは百も承知。

頃合いを見て俺はヨルダンに合図を送る。

ヨルダンは心得たとばかりに兵士たちを門から撤退させた。

「もう持たない！　下がれ！　逃げろ!!」

「うわぁぁぁ!!」

「逃げろぉぉぉ!!」

撤退は演技ではない。詳細なことは一部の者しか知らない。今の悲鳴は本物だ。

だからこそ敵はさらに信じ込む。奇襲が成功したのだと。

「よし！　一息にいけ！」

破城槌がついに門をこじ開ける。その瞬間、後ろで準備をしていたヨルダンたちが投槍《とうそう》を放つ。

一気に門を突破しようとしていた兵士たちが串刺しになるが、彼らは怯まない。

「ええい！　小癪《こしゃく》な！　怯むな！　突撃!!」

指揮官の檄《げき》が飛んで奇襲部隊は一気に東門を突破し、中になだれ込んでくる。

だが、彼らは注意力が足りなかった。門の手前には大量の油が撒《ま》かれており、勢いよく突っ込んできた彼らはそれによって足を取られてしまう。

「な、なんだ!?」

「うわぁ!!」

不幸にも勢いよく突撃したため、あとからあとから兵士が入ってきては油の罠《わな》にはまっていく。

すぐに阿鼻叫喚《あびきようかん》の光景が門の前で繰り広げられる。

「油だ!? 油です!!」

そんな中でヨルダンが火のついた棒を持ってきて俺の方に近づいてくる。

「おい！ 軍師様よ！ やっていいのか!?」

「ええ、どうぞ」

「どうぞって風は今、西に吹いてるんだぞ!? 下手したら街に燃え移る！」

「問題ありませんから。今日、この時……風は東に吹きます」

「本当か!? もう知らねぇぞ!!」

そう言ってヨルダンは油まみれの奇襲部隊に火の棒を投げ込んだ。

その瞬間。風向きが突如、東に変わった。そして火の棒が油に接触し、爆発が起きる。

大きな爆発と炎が巻き起こるが、突風が東側へと吹いたことで被害は街には及ばない。

その代わり、坂道で縦に並んでいた残りの奇襲部隊に炎が襲い掛かる。

まるで門から竜のブレスが放たれたかのような光景だった。

炎は奇襲部隊を燃やしていき、なんとか無事なのは後ろにいた者たちくらいだ。

その彼らも火傷《やけど》を負っていたり、怪我《けが》をした者の救助で忙しい。

もはやこちらに攻撃する余裕はない。

「生き残った兵士よ！　よく聞け！　このゲルスの街には流れの軍師、グラウがついた！　諸君らがこの街に入ることはないだろう！　指揮官にはそう伝えておけ！」

そう言って俺は撤退していく奇襲部隊を笑いながら見送る。

そんな中、驚いた顔を浮かべてヨルダンが近づいてきた。

「あんた……魔導師か？」

「いいえ、あれは計算です」

「マジかよ……」

そう言いながら俺はフードの中で舌を出す。もちろんあれは魔法だ。

あんなにタイミングよく風向きが変わるわけがない。しかし、魔法を使う軍師よりは神算鬼謀の軍師のほうが恐ろしい。魔法は使ったとバレなきゃいいし、大抵のことは計算と言っておけばどうにでもなる。敵を騙すにはまず味方から。いずれ敵にも噂《うわさ》が広がり、勝手に俺を恐れるだろう。

これで帝国軍は対策を考えなきゃいけなくなる。そしてそれは時間を稼ぐことに繋がるし、帝国軍を焦らせることにもなる。彼らには時間がない。

「ではこの後は予定どおりに」

「ああ、わかったぜ。任せておけ」

そう言ってヨルダンは自分の部下たちをまとめる。すでに彼らの次の行動は決まっている。

先手先手でこちらも手を打つ必要があるからだ。

「ささて、向こうはどんな手で来るかな?」

そんなことを言いながら俺は帝国軍の方を見つめたのだった。

5

次の日、帝国軍は奇襲作戦を諦めて正攻法による強攻に出た。それは帝国軍の指揮官であれば誰もが選ぶベターな選択だったといえる。

四方に分かれ、包囲して四つの城門を攻めた。敵は少数をさらに分けなければいけなくなるので、どこかは突破できる――はずだった。

しかし結果は違った。

「うおぉぉぉぉ!!」

「落とせ落とせ!!」

士気高く城壁を守るゲルスの騎士と兵士たち。

矢が降り注ぎ、石が落とされる。想定されている攻撃ではあった。だが、そのことごとくが帝国軍の兵士に当たってしまった。

原因はいくつもある。前日に作戦を的確に読まれ、精鋭一千がほぼ壊滅したこと。その攻撃に火が使われたこと。その攻撃を指揮したのは謎の軍師だということ。

これらの噂で帝国軍の兵士たちの心に、警戒と不安が生まれていた。城門近くでは何かがある。火を使われたら何かが起きる。そんな警戒と不安が動きと判断を鈍らせた。

「城門に取り付け！」

「了解！」

指揮官の指示を受け、一人の兵士が前に出る。しかし、城門の姿が見えた瞬間。

昨日、運び込まれてきた多くの火傷を負った兵士の姿がチラつき、城門の正面ではなく横から回り込むような動きを見せてしまう。

しかし、そんな余計な動きをしている間に兵士は弓矢の餌食になった。

それはすべての城門に共通していた。ただし、その程度であれば精鋭が一般兵に変わる程度。ここまでやられることはない。

根本的な原因はゲルス側にあった。彼らは迷いを見せた兵士を見逃さず、指揮官の声も聞き逃さない。抜群の集中力を見せて最善の行動をとり続けている。

どちらが訓練された兵士なのかわからなくなるほどだった。

そんな相手に強攻を続けるのだ。各城門ともに犠牲は増え続け、やがて突破の見込みがないことを悟って暫定指揮官であるレッツは一時撤退を指示したのだった。

■■■

「敵の軍師は化け物か!?」

天幕の中でレッツは机をたたいて怒鳴り声を出した。叫びたい気持ちはその場に集まった指揮官たちも同じだった。彼らは各門攻めの指揮官であり、やれることはやった。結果は惨敗だった。貴重な時間を失い、兵も失った。

途中までは上手《うま》くいっていた。しかし、途中からすべてが狂ってしまった。

たった一人の男のせいだ。

「まるで魔法です……敵兵が昨日とは違いすぎます」

「素人を精鋭にする魔法など聞いたことはない……昨日の勝利で兵たちは自信を手に入れ、奮い立った。化けたのだ……」

「風の流れを読み、ただの火攻めを竜のブレスに変えた軍師……兵たちに恐れが広がっております」

指揮官たちの言葉にレッツは唇を嚙《か》み締《し》める。

当初の予定ではすでに占領を終えて、先に進んでいる頃だった。しかし、実際は一歩も先には進めておらず、多くの兵を失っている。狙撃兵の仲介をしたジンメル伯爵家の者は音沙汰なく、内側からかき回すことも不可能。レッツに打てる手はほとんどなくなりつつあった。

このままゲルスを突破できなければゴードンの計画が台無しになるばかりか、レッツの身も危うくなる。いくら将軍が暗殺されたとはいえ、戦闘は皇帝の望むところではない。それを破って戦端を開いたのだから何らかの罰が下される。

さらにゴードン勢力内の力関係も変わるだろう。

レッツには多くのものが懸かっていた。だからこそ、すぐにレッツは的確な判断を下した。

「ソニアを呼べ……軍師には軍師だ」

「あのハーフエルフを信用されるのですか？」

「こちらを全滅に追い込みかねません！」

「それはない。人質がいるかぎり、ソニアはこちらに従うしかない」

「ですが……」

「くどい……決めたことだ。とにかく連れてこい」

レッツの指示に従い、一人の兵士がソニアを呼びにいく。これまでレッツはソニアを使うことはなかった。攻略する策を練れと言いつつ、自分に近づけなかったのだ。

ソニアがゴードンはもちろん、自分に疑念を抱いているとわかっていたからだ。そして中規模程度の都市くらい自分一人で落とせるという自負もあった。だが、それはすでに崩れ去った。

崩れ去ったプライドに縋《すが》り付けば、破滅するのみ。自分の未来のためにレッツはソニアに頼るという選択を取ったのだった。

しばらくして不満顔のソニアが天幕に入ってきた。

「お呼びだそうですね？」

「敵に軍師がいる。攻略の策を聞きたい」

「すでに提案したと思いますが？」

「持久策では意味がないのだ！」

戦いが始まる前、ソニアは包囲で敵を弱らせる策を提案していた。

ゴードン陣営からすれば数日で落とさなければいけないため、その策はもちろん採用されなかった。しかしソニアにはそれが上策だったのだ。

「初日に一千を失い、今日も同じくらいの兵を失いましたが？　残るは八千。強攻したところで結果は見えています。昨日失敗した時点であなた方の計画は頓挫したんです。すでに敵は一致団結し、士気高く街を守っています。ボクなら攻め込みません」

「攻め落とさねばならんのだ！　軍師を名乗るなら策を出せ！　人質がどうなってもいいのか⁉」

「……どれだけ言われようと答えは変わりません。あなた方が戦略目標を達成したいなら、初日にゲルスを落とすしかなかった。もしくは包囲から入り、敵に団結の機会を与えないか。ボクは出来る限りの助力はしたつもりです」

策は提案した。採用しなかったのはそちらだろうとソニアは暗に告げる。とはいえ、絶対に採用しないだろうなと思いながらソニアはその策を提示していた。

奇襲作戦は成功する確率が高かった。ソニアの目から見てもだ。

敵は素人。そのはずだった。しかし一人の軍師が変えてしまった。

「言葉巧みに領主の下に団結させ、効果的な迎撃策を使ってくる軍師です。もはやゲルスは当初の落としやすい街ではない。無理に攻めれば手痛い反撃を受けます」

「その無理攻めをしなければいかんのだ！　いいから策を出せ！」

レッツに促され、ソニアはため息を吐《つ》く。攻城兵器の無い城攻めはただでさえ犠牲が増える。魔導師部隊でもあれば別だろうが、ただの偵察にそんな部隊がついてくるわけもない。

考えうるかぎり、即座に効果のある手はない。しかし策を出さなければ、人質がどんな目に遭うかわからない。ソニアの脳裏にゴードンの瞳が蘇《よみがえ》る。何か薄暗い光が瞳の奥にはあり、それはとても破滅的なモノにソニアには思えた。

人質を取られている以上、できることは限られている。しかし、瞳の奥にあんな光を抱く男に戦争を起こさせたら何をするかわからない。

自分はとんでもなく愚かなことをしたのではとソニアは後悔する。決して手を貸してはいけない男に手を貸してしまった。その証拠に、味方を殺してまで戦争に突き進もうとしている。

帝位争いを勝ち抜くために一度だけ内乱を起こすならまだしも、その先に進んでも戦争を求めるだろうという、確信がソニアにはあった。きっと皇帝になっても同じ手を使うだろう。待っているのは際限ない戦火だ。

それは避けなければいけない。だが、ソニアには様々な事情があった。

人質は解放したい。だが、ゴードンが皇帝になれば帝国は戦争三昧となり、国は荒れるだろう。そうなれば苦しむのは民であり、ソニアたちだ。かといって、ここで献策をやめれば人質は解放されない。

ソニアがゴードンに献策してきたのは、自らが調略対象となるためだ。ゴードンに重用されているからこそ、それは効果を発揮する。今のように遠ざけられた者のために、ゴードンが隠している人質の救出をする帝位候補者はいない。

　ふと、そこでアルの顔が思い浮かぶ。アルならばもしかしたら助けてくれるかもしれない。そんな思いがよぎるが、すぐにそれが無理だとわかってしまう。なにせ、今のソニアはアルが考えたであろう作戦を潰す側だ。敵であるし、そもそも作戦を潰されたらアルはソニアに構っている暇がない。

　ソニアはしばし悩み、質問する。

「残された猶予は？」

「おそらく長くて二日。それを過ぎれば勅使がクリューガーの下へ到着してしまう」

　ゲルスを何とか突破しても敵の頭が潰れてしまえば戦争どころではない。

　帝国軍が真に戦わなければいけないのはゲルスではなく、時間なのだ。

　だからこそ、ソニアは一つの策を提示することにした。

「では一日で即興の攻城兵器を作りましょう」

「時間がないと言っているだろ⁉　この期に及んで時間を浪費するのか⁉　早ければ明日には勅使がたどり着く可能性があるのだぞ⁉」

「あくまで可能性でしょう。こちらはその可能性にかけるしかありません。最大で二日の猶予があるならば、それを利用します。言葉を返しますが、この期に及んで敵をまだ過小評価しているんですか？」

　ソニアの返しにレッツはぐうの音も出なかった。木を切り、いくつか即興の攻城兵器を作る。

それをすれば時間も稼げるうえに、ゲルス攻略の可能性が出てくる。唯一の難点は帝国軍が突破してしまうかもしれないという一点だったが、ソニアは敵の軍師を信用することにした。

普通ならば一日攻撃しなければ油断するが、流れの軍師、グラウならばそのような愚は犯さないだろう。対策を練るはず。

この状況でゲルスについた以上、数日稼げばどうにかなるという目論見《もくろみ》があるはず。

ソニアはグラウの考えを読み、五分五分の策を提示した。

どちらにも可能性のある策だ。ソニアにとって最良なのは接戦となり、ゲルスを突破しても間に合わないという展開だ。ソニアの策は有効だったが、レッツが無能だったということになる。内乱もレオたちさえ上手くやれば起きることはないし、このゲルスでの戦いで皇帝に睨《にら》まれるゴードンは安易に手駒であるソニアを切り捨てることができなくなる。

だが、同時に帝国軍にとっては唯一の勝ち筋でもある。上手く行き過ぎてしまえば、ゲルスは陥落し、内乱が勃発する。

すべては敵次第。ソニアにとってそれは賭けだった。

「よし……すぐに取り掛かれ！　今から攻城兵器を作る！」

そう言ってレッツは指示を出し始める。それを見てソニアは天幕から出て、ゆっくりと歩き始めた。

目指すはガルバーが狙撃されたあの丘。そこに登ってゲルスの様子を見る。

詳しくはわからないが、活気があるのはわかる。手強《てごわ》い相手の特徴だ。

時間があればそれを挫《くじ》く策も使えるだろうが、その時間もない。そんな考えをしている自分に気づき、ソニアは苦笑する。いつの間にか敵の軍師に勝つために策を練っていたのだ。

「君はどんな人間なのかな？　グラウ。優しいのか、それとも冷酷なのか」

聞こえるはずのない問いかけをして、ソニアはゲルスを注視する。すると、城壁に一人の男が上がってきた。灰色のローブで頭まで覆った男だ。その男はソニアがいる方向を見る。そして優雅に一礼してみせた。

まさかの行動に呆気《あっけ》に取られているとその男は大きな声を出した。

「敵情視察とは余裕だな！　敵側の軍師よ！　帝位候補者たちを出し抜いたゴードン皇子のハーフエルフの軍師！　その噂《うわさ》は聞いている！　この状況、どうするのかお手並み拝見といこう！」

「……そんなことまで知っているなんて情報通なようだね！」

「ああ、色々知っている！　人質を取られて無理やり戦っているのだろう？　難儀なことだな！　仕える主を選べないというのは同情する！」

「っっ⁉」

驚きの言葉にソニアは目を見開く。

そんなソニアを見て、グラウは軽く笑い声をあげる。そしてスッと佇《たたず》まいを直して告げた。

「人質のことだけ考えて動け！　全力で仕掛けてくるといい！　すべて灰燼《かいじん》に帰してやろう！」

「……そうさせてもらう！」

ソニアはグラウの言葉を聞き、前を見る。

あれは挑発だ。人質を言い訳にせず、全力を出してみろ。それでも勝てはしないという。

それならお言葉に甘えて本気でやってやる。

そう思ってソニアは軍の天幕に入ると、攻城兵器の設計図を描いていた兵士を退《ど》かす。

「貸して。ボクがやる」

あれほど挑発するならば相応の備えがある。半端な攻城兵器では太刀打ちできない。

策が有効だったと思わせるにはゲルスに致命的な攻撃を加える必要がある。つまり、グラウの自信を打ち砕く必要があるということだ。

ソニアはグラウの忠告通り全力で攻城兵器作りに当たったのだった。

6

アルがグラウとしてゲルスにて防衛戦を行っている頃。

レオたちはゴードンたちの予想以上の速度でクリューガーの本拠地であるヴュンメに到着していた。

その理由はここまで通りかかった南部の都市たちにあった。

「まさかあっさり通してくれるとはね」

多少の妨害は予想していたレオは、そんなことを呟《つぶや》きながらヴュンメの城門を潜っていた。

そんなレオの傍《そば》にいたセバスは周囲を観察しながら答える。

「本心からクリューガー公爵に付き従っている者は少ないのでしょうな。民の顔にも活気がありません。反乱は南部の総意にあらずといったところでしょう」

「それなら僕らが来た意味があるね」

「来ただけでは意味はありません。殿下」

レオの隣に馬を並べてそう言ったのはラースだった。フィーネが乗った馬車をネルベ・リッターの精鋭たちが護衛している。しかし、その護衛はいつまでも張り付いてはいられない。

「クリューガー公爵をどうにかしなければいけません」

「もちろん承知しているよ。大佐」

「では確認をしておきます。城の正門を潜ったあと、おそらく公爵が出迎えるでしょう。そこが狙い目です。そこより先に入ればおそらく武器を取り上げられてしまいますからね」

「しかし、そこで仕掛ければフィーネさんが危険に晒《さら》される」

「ご安心を。リンフィア殿や私がおります」

セバスがそう言ってレオを見る。視線で大丈夫なのかと問いかけるレオにセバスは静かに頷《うなず》く。

ネルベ・リッターがいくら護衛とはいえ、公爵と勅使が直に会うときに何人も傍にいれば疑われてしまう。

フィーネの護衛は執事として来ているセバスのように自然に傍にいられる者に委ねられる。

「……わかった。大佐、仕掛けるタイミングは任せるよ」

「かしこまりました。殿下は少し下がった位置に」

「僕に気を遣わなくて結構だよ。自分の身は自分で守る」

「……あなたの身に何かあればアルノルト殿下に合わせる顔がありません」

「大佐。僕はここに守られに来たんじゃない。クリューガー公爵を捕らえに来たんだ。失敗すればそれこそ兄さんに顔向けできない」

レオに真っすぐ見つめられたラースは軽く目を見開き、すぐに頭を下げ謝罪した。

「失礼いたしました。いらぬ気遣いでしたね」

「ラース大佐。そうですぞ。レオナルト様はアルノルト様とは違って、運動ができますからな」

「戦闘を運動ができる程度で片付けないでくれるかい？　セバス」

「大して変わりないでしょう。双子でこうまで運動能力に差があるというのも珍しいことです。本当にあの方は貧弱ですからな。剣をもって筋肉痛になるというのは、少々心配になるほどです」

「ゆっくり振ればいいのに、見栄《みえ》を張って思いっきり振るからね。兄さんは」

「格好つけたがりですからな」

「それは同感ですね。格好つけて、見栄を張る方なのでしょう。ですが、それで左手に短剣を刺したのです。あの方はあの方で傑物です」

ラースの評価を聞いてレオは笑みを浮かべる。帝位争いをして楽しいと思ったことは一度もないが、帝位争いをしていて良かったと思うことはいくつかあった。

その一つはアルを評価する者が増えたことだ。ぐうたらで物ぐさ。できるだけ動かなかったアルは帝位争いに参加することで動くようになった。その動きを見て、出涸《でが》らし皇子というのは偽りの姿なのだとわかる者が増えた。それはレオにとっては嬉《うれ》しい出来事だった。

「嬉しそうですな？」

「嬉しいよ。兄さんが評価されるのは嬉しい。それと……兄さんと何かできるのは嬉しい。兄さんが舞台を整えてくれた。最高の舞台だ。できるだけ犠牲を出したくないっていう僕の我儘《わがまま》に付き合って、色々と無理をして用意してくれた。そんな舞台に立てるのは嬉しい。兄弟で戦ってるって実感できる」

そう言ってレオは馬を先に進める。目の前にはクリューガー公爵の城の正門があった。

「僕は帝国第八皇子、レオナルト・レークス・アードラー！　皇帝陛下の勅使を護衛してきた！　開門を!!」

そんなレオの要請に応じて城の正門はゆっくりと音を立てて開いていく。

そこにレオは馬を進める。入れば最後。すべてが終わるまでは外には出られないという覚悟をもって。

■■■

馬を下りたレオたちは騎士によって案内を受けた。そこは城のバルコニーの下だった。

「ここは？」

「これはこれは、レオナルト皇子。お久しぶりです」

レオは声を聞き、微《かす》かに目を細める。バルコニーにクリューガー公爵が姿を現したからだ。

勅使を出迎えるにしてはあまりにも無礼といえた。

「お久しぶりです。クリューガー公爵。これはどういうことですか？」

「いえ、ちょっとした安全策です。あなた方を疑っているわけではないのですが、これでも命を狙われている身ですので。そこからは勅使殿が一人でこちらに来ていただきたいのです」

それは猛獣の巣に一人で入ることと同義だった。

レオは顔をしかめて抗議する。

「いささか無礼がすぎるかと。こちらに来て書状を確認していただきたい。すでに書状の内容はそちらの派遣した騎士が確認済みのはず」

「残念ながら。ここでしか私は正式な書状の確認には応じません。嫌だというならお帰りを」

「では僕も同行を」

「勅使殿お一人で」

クリューガーの提案にレオは思わず剣に手が伸びそうになる。あまりにも失礼すぎるからだ。

だが、書状の確認をするまでが一連の流れだ。それをクリューガーが断ることでレオたちは正当性を得られる。ここで仕掛ければ使者の名を騙《かた》った刺客になってしまう。

しかし、その提案をフィーネが即座に了承した。

「わかりました。私がそちらに参りましょう」

「フィーネさん……」

「構いません。クリューガー公爵も皇帝陛下の勅使に何かすることはないでしょう？」

「もちろんでございます。蒼鷗姫《ブラウ・メーヴェ》」

「では安心です。私の役目は皇帝陛下から預かった書状をクリューガー公爵にお渡しすること。クリューガー公爵がそこを好むというなら私がそちらに参りましょう」

そう言ってフィーネは騎士に目配《めくば》せして案内を頼む。

その騎士はこちらへと言ったあと、バルコニーまでつれていった。

「御機嫌よう。蒼鷗姫《ブラウ・メーヴェ》。近くで見るとよりお美しいですね」

「ありがとうございます。クリューガー公爵。こちらが陛下からの書状です」

「拝見いたします」

そう言ってクリューガーは自分の騎士たちに囲まれた状況で書状を開く。

そして眉一つ動かさずに書状を読んでいく。

「なるほど。これが皇帝陛下の答えですか」

「はい」

「なかなかどうして、残酷な方だ。ご自分が寵愛《ちょうあい》するあなたを宣戦布告に用いるとは」

「残念ながらそれは宣戦布告ではありませんわ、クリューガー公爵。皇帝陛下の名代として命じます。今すぐ膝をつき、南部の諸侯に武装解除を指示しなさい。従えないならば……あなたを罰します」

「はっはっは！　懲罰の対象だと？　この状況であなたに何ができるのです？　残念ながら私の答えはノーです。あなたを人質として再度交渉するとしましょう」

「皇帝陛下の命に逆らうと？」

「皇帝陛下、皇帝陛下。その威光など私には通じませんよ？　我がクリューガー家は元々は帝国に併合されるまでは一国の主だった。それを武力で制圧し、公爵という立場に封じたのが皇族です。それ以来、我が家はずっと恨みと憎しみを忘れたことはありません。あんな男を主と思ったことなど一度としてない！」

「なるほど……積年の恨みですか。それがどれほどのモノか私にはわかりません。ですが、一つ言えるのはこの地はかつてあなたの家が治めた国だったということ。たとえ帝国に併合されても、この地の民があなたの庇護《ひご》すべき対象であることに変わりはないはずです。その民たちをあなたは苦しめた。その時点であなたに王たる器はありません。いえ……貴族たる器すらありません！」

「あなたと王や貴族について論じる気はありません。ただ一つ言っておきましょう。強き者が王になるのです」

「ではあなたはやはり王の器ではありませんね。本当の王はあなたが思うよりずっと強く、多様な臣下を持つ者です。こんな風に」

その瞬間、音もなくセバスがフィーネの傍に現れて、周囲の騎士たちを一撃で殺していく。

その刃《やいば》はクリューガーにも迫るが、クリューガーは騎士たちを盾にしてその場を逃れた。しかし、下ではレオたちがすでに城の中に侵入していた。

「逃がさないぞ！　クリューガー！」

「くっ！　全員殺せ！」

クリューガーの指示を受けて騎士たちがレオたちの前に立ちはだかる。

だが、ラースを先頭とするネルベ・リッターがその騎士たちを蹴散らし、レオの道を切り開く。

「フィーネさん！」

「無事です！　そのままお進みを！」

「わかりました！　フィーネさんもお気をつけて！」

フィーネは数人のネルベ・リッター、そしてリンフィアと共にその場を離脱した。

こうしてヴュンメの城の中で小さな戦争が始まったのだった。

# 7

「逃がすな！」

レオの指示を受けてネルベ・リッターたちはクリューガーを追う。

しかし、彼らを阻む形で騎士の一団が間に割って入ってきた。騎士とネルベ・リッターの戦いの最中、レオとクリューガーの視線が交差する。

「あなたは絶対に逃がさない！」

「ふん！　この城にどれほどの騎士がいると思っている！　精鋭を連れてきたようだが、寡兵で城は落とせん！」

「舐《な》めないでいただこう」

そう言ってラースが二本の剣を振り回して、騎士たちを切り裂いていく。

その様子を見てクリューガーはすぐに背中を見せて逃げ始める。

レオたちは一部の小隊を残し、ラースが切り開いた道を通ってクリューガーの後を追った。

「目指しているのは上階ですね」

「なにかあるんだろうさ。なにせザンドラ姉上の伯父だからね」

そう言った瞬間、後ろから鋭い声が上がった。

「左から敵兵！」

「第三、第四小隊！　食い止めろ！」

「はっ！」

ラースの指示を受けて、また小隊が足止めに分かれていく。

足を止めれば数の暴力で進めなくなる。少数をさらに削りながらでも、先に進むしかレオたちにはないのだ。それでもレオは足止めに向かう兵士たちを心配そうに見送る。

そんなレオに対して一人の兵士が告げる。

「気遣いはご無用です。我々は何もかも覚悟してこの場にいますから」

「……君の名は？」

「ベルント・レルナー少尉です」

「その名前は聞いたことがある。兄さんが言ってた。一番早くに志願してくれた人だとか」

「はっ！　命を賭けてもよいと思いましたので。前だけ見ていてください。殿《しんがり》は我々が」

「……わかった。背中は任せる」

「お任せを」

「全員、気をつけて。何か嫌な予感がする」

「殿下の嫌な予感というのはゾッとしますね」

ラースは言いながら自分も同じような雰囲気を感じ取ったのか、全員に警戒を徹底させる。

速度よりも警戒を優先させる何かがそこにいる。そんな雰囲気をラースは感じ取ったのだ。

そしてそれは間違っていなかった。

レオたちがいる通路の隣から大きな音と振動が響いた。それはどんどん近づいてくる。

「散れ！」

ラースの指示を受け、全員がその場を離れる。

それから一拍置いて、通路の壁が破壊された。

「ヴォォォォォォォォ!!!!」

「なんだ⁉」

「気をつけろ！」

ネルベ・リッターの兵士たちが身構える。そして土煙の向こうからそれは現れた。

体長は二メートル半ばほど。横幅は広く、大きめの通路の半分ほどを塞いでしまっている。

驚くべきことにそれは人間だった。ただし、どう見てもモンスターにしか見えなかったが。

「化け物を飼っていたとは驚きですな」

ラースは言いながら、素早くその化け物の足元に滑り込み、足を斬りつける。それに合わせて、周りにいたネルベ・リッターの隊員が一斉に斬りかかった。

「ヴォ？」

「まったく効いてないぞ⁉」

無数の剣に刺されながら、その化け物は平然としていた。そして力任せに腕を振る。それだけで周りにいた隊員の何人かが吹き飛ばされる。

「痛みに鈍感な相手だ！　首を狙え！」

相手をすぐに分析し、レオがそう指示を出しながら前に出る。周りの隊員は止めようとするが、レオは構わず突っ込む。

再度、化け物は腕を振るが、レオはそれを高いジャンプで躱《かわ》す。そしてそのまま化け物の肩に飛び乗った。そこから首を狙おうとするが、させまいと腕が動く。

だが、その腕はラースによって斬り落とされた。

「さすがだ。大佐」

そう言いながらレオは化け物の首を飛ばす。一体、なんだったのかという疑問が浮かぶが、今は放置するしかなかった。

「怪我《けが》人は下がれ！　無事なものはついてこい！」

号令をかけながらレオは城の上階を目指したのだった。

■■■

レオたちが城に突入したあと、フィーネたちにも追手が来ていた。

しかし、リンフィアとネルベ・リッターの兵士に守られたフィーネには近づけずにいた。

「少しお下がりを」

「はい……」

フィーネはリンフィアの指示を受け、少しだけ下がる。するとフィーネを捕まえようとしていた騎士がリンフィアに斬られる瞬間が見えてしまった。

それを見て、フィーネは黙って悲痛な表情を浮かべる。命のやり取りをしている。それを見る覚悟をしてここに来た。戦えない自分の代わりに多くの人がその手を血で濡《ぬ》らしている。相手が可哀想《かわいそう》だからやめてほしいなどとは口が裂けても言えない。

それでも敵だからと割り切ることはできなかった。

「終わりました。フィーネ様？」

「……」

フィーネは傍《そば》に倒れた騎士の近くで静かにしゃがみ込む。

ネルベ・リッターの兵士が危険だからと止めようとするが、リンフィアがそれを制す。

「私はフィーネ・フォン・クライネルトです。何か言い残すことはありますか？」

「あ……わ、わたしは……タルナート家に仕える騎士です……」

「？　なぜここに？」

「あ、主が……人質に……あなたを捕らえねば……殺すと……」

「……私に願うことはありますか？」

「どうか……主を……」

そう言って騎士は手をフィーネに差し出す。それをフィーネが握ろうとするが、その前に騎士は力尽きる。フィーネは目を見開き、そしてゆっくりと騎士の手を握りしめる。

「わかりました……」

「フィーネ様。すぐに移動を」

ネルベ・リッターの兵士が焦《じ》れたように告げる。

それを受けてフィーネは小さく頷《うなず》く。そしてリンフィアのほうを見る。

リンフィアはフィーネの顔を見て、少し驚いたあとクスリと笑って一つ頷く。

「フィーネ様が思うがままに」

「リンフィアさん……」

「私はあなたを守るだけです。それにフィーネ様がなさろうとしていることは私も好ましく思います」

「……ごめんなさい。ありがとうございます」

そう言ってフィーネは自分の傍にいるネルベ・リッターの兵士たちを見る。

フィーネの護衛ということで、ネルベ・リッターの中でも特に腕の立つ者たちが選ばれている。彼らからすればこの状況で無駄なことをするフィーネの行動は理解できないものだった。

素早く安全な場所に移動させるのが彼らの仕事であり、立ち止まり、話すなど無駄でしかない。しかし、すぐに彼らはもっと理解できない言葉を投げかけられた。

「私は……人質を解放しにいきます」

「なっ⁉　正気ですか⁉」

「今はそんなことをしている余裕はありません！」

「考え直してください！」

兵士たちはすべて反対する。

だが、そんな兵士たちをスッと見据えてフィーネは告げた。

「危険は承知です。ですが、私は皇帝の勅使として南部の諸侯を救う義務があります」

「しかし！」

「あなた方が止める理由もわかります。たぶん……あなた方のほうが正しく、利口なのでしょう」

そう言ってフィーネはゆっくりと蒼《あお》い鷗《かもめ》の髪飾りに触れる。

この髪飾りを受け取ったときから、自分はただの公爵令嬢ではなくなった。

それが嫌で領地を出なかった。それでも領地を出て、アルに半ば無理やりついてきた。

それには特別な思いがあった。アルの役に立ちたい。恩返しをしたい。そんな思いだ。

かつて、髪飾りの主を決める催しの最中。不安ばかりが頭をめぐり、くらくらして倒れてしまいそうなフィーネに対し、気さくに声をかけて励ました少年がいた。

ベールで顔を隠していたフィーネに対して、その少年は適当な口調で皇帝は普通のおっさんだから緊張するだけ無駄だと語った。いい加減な話だ。フィーネがこれから立つ舞台から、面倒という理由で逃げ出してきた人間がフィーネを励ましたのだから。

おかげでフィーネは蒼い鷗の髪飾りを手に入れた。あの時助けてくれた少年、アルにフィーネは特別な思いを抱いてきた。それは今も変わらない。アルの力になりたいと思ったのだ。そのためなら何でもできる気がした。蒼鷗姫《ブラウ・メーヴェ》として振る舞うのも、アルに恥じない自分であるためだ。

髪飾りを触ればどんなことでもできる。いくらでも勇気が湧いてきた。

「ですが……正しいから利口だからと見て見ぬ振りをするのは私の主義に反します。私はここに人を救いに来たのです。あなた方もそうではありませんか？　アル様の言葉に心動かされたのでは？　一度でも騎士を名乗ったことのある者が……この惨状を見過ごすのですか？」

「……ですが！　あなたに何かあれば！」

「何もありません。私の傍には凄腕《すごうで》の騎士たちがついていますから」

「なにを……？」

「皇帝の勅使である私を守る以上、あなた方は今、近衛《このえ》騎士に相当します。それだけの力があると信じています。私はアル様がつけてくれた騎士を信じています……自信がないなどとは言わせません。あなた方はネルベ・リッター。帝国軍の最精鋭なのですから」

そう言われ、兵士たちは顔を見合わせる。そして観念したように頷いた。

フィーネを説得する言葉が見当たらなかったからだ。

彼らとて個人的な心情としては見過ごせないと思っていた。自信だってあった。何が来てもこの少女を守り抜く覚悟もあった。それでもできるだけ安全策を取りたかった。

彼らを奮い立たせた皇子に託されたからだ。

だが、その少女が行くというならもはや止められない。

「全力でお守りします。ですが、お命が危険と判断すれば、力ずくでも逃げていただきます」

「はい。頼りにしています」

そう言ってフィーネは笑う。

話がまとまったところでリンフィアが話を切り出す。

「では、どこを探しますか？　できるだけ早く見つけることができれば突入部隊の援護にも繋《つな》がります。急ぎたいところですが」

「それは平気でしょう。セバスさん」

フィーネは確信に満ちた声でセバスの名を呼んだ。

それを聞き、セバスがフィーネの後ろに現れる。

「ここに」

「人質がいそうな場所がわかりますか？」

「ざっと城を見渡しましたので、見当はつきますな」

「では案内していただけますか？」

「かしこまりました。しかし……アルノルト様に似てきましたな」

「そうですか？」

「ええ、とても」

フィーネは嬉《うれ》しそうに笑う。

それはフィーネにとって最上級の褒め言葉だったからだ。

8

ヴュンメの城の後方。

別館として用意されている場所があった。

その中にはクリューガーの人質となっている南部の諸侯たちがいた。

「トラウト侯爵！　我々をここから出せ！」

そう訴えるのは三十代前半の男。

貴族の当主としては若いその男はタルナート伯爵。

南部貴族の中では帝国よりの筆頭だった。

そのタルナート伯爵と対するのはでっぷりと太った男。クリューガーの同志ともいえるトラウト侯爵だった。

「まだそんなことを言っているのか、タルナート伯爵」

タルナート伯爵の言葉を鼻で笑い、トラウト侯爵はゆっくりと歩き始める。

傍には数人の騎士があり、武器を持たないタルナート伯爵たち人質が反抗しないように見張っている。

「皇帝は南部を敵と定めた。今は南部が一致団結して当たるときではないか？」

「貴様とクリューガー公爵が中心となって、犯罪組織を動かしていたからだ！　我々には関係ない！」

「これはこれは。その犯罪組織には南部貴族の三分の一以上が関わっているのだぞ？　同じ南部貴族として他人事と断じるのはあんまりではないかな？」

「世迷言《よまいごと》を言うな！　その大半は脅して無理やり協力させたのだろうが！　シッターハイム伯爵のように！」

怒りを露《あら》わにしてタルナート伯爵はトラウト侯爵に近づくが、それを騎士たちの槍《やり》が阻む。

タルナート伯爵は舌打ちをして、距離を取って話を続けた。

「その様子では返事は変わらないか？」

「当たり前だ！　我々は南部連合などには参加しない！　我々は帝国の貴族だ！」

「はっ！　立派なことだ。しかし、すでに貴様の領地を含め、すべての南部貴族が南部連合に参加しているぞ？」

「貴様らが我々を人質に取ったからだ！」

「その言葉を誰が信じる？　今、皇帝の勅使が城に来ている。南部全体の反乱に慌てた皇帝が交渉の席についたのだ。これで貴様らも我々と変わらん。すでに南部貴族は一蓮托生《いちれんたくしょう》なのだ」

勝ち誇ったようにトラウト侯爵は告げた。

それを聞き、タルナート伯爵は顔を歪《ゆが》める。

この場にいる多くの貴族はクリューガーの偽の誘いで呼ばれ、人質となった。南部の未来のために建設的な話をしたいと言われ、集められた結果、彼らは人質となったのだ。

誰もがそれに驚いた。本気で帝国に反旗を翻す気だとは思わなかったのだ。

「皇帝陛下が交渉の席についたという保証はどこにある？　宣戦布告ならば？」

「戦うまでだ。他国にはすでに連絡を入れてある」

「それを跳ね返す力が帝国にはある！　近衛騎士団が出陣してくれれば南部が焦土と化すぞ!?」

「その前に講和が結ばれる。私とクリューガー公爵の安全を保障するという約束でな」

そう言ってトラウト侯爵は下衆な笑みを浮かべる。

元々、トラウト侯爵はタルナート伯爵たちを駒としか見ていない。

戦争となればキリのいいところで帝国に売り渡し、自分の安全を勝ちとる。それまでの間、帝国と戦うのもほとんど人質を取られた貴族の騎士たちだ。

自分の手はまったく汚れない。その考えが見え透いており、タルナート伯爵は嫌悪感を露《あらわ》にする。

「貴様は……！　それでも貴族の端くれか!!」

「もちろん。由緒正しき貴族だ」

勝ち誇ったトラウト侯爵に対して、タルナート伯爵は食って掛かる。それを再度、騎士たちが止めるが、今度はほかの男性貴族たちが騎士たちに向かって突撃する。

その隙にタルナート伯爵は騎士の剣を奪った。

だが、その頃にはほかの騎士が部屋の隅にいた女性貴族たちに槍を向けていた。

「こ、小癪《こしやく》な真似《まね》をする……だが人質がどうなってもいいのか!?」

トラウト侯爵は脅すように腕を上げる。振り下ろせば騎士たちは容赦なく彼女たちを殺すだろう。タルナート伯爵は無念そうに視線を下ろす。

だが。

「タルナート伯爵。私たちを気にする必要はありません」

そう言ったのはタルナート伯爵よりやや年上の女性だった。芯を感じる視線でタルナート伯爵を見据える。槍を向けられているとは思えない度胸だった。

「ジンメル伯爵夫人……」

「帝国のためなどと言う気はありません……。ただ領地に残した家族の足かせになるくらいならば死を選びます」

「はっ！　ただの虚勢だな！」

「トラウト侯爵……自分のことが一番大事なあなたにはわからないでしょうね。子を想《おも》えば母はどこまでも強くなれます。殺すなら殺しなさい！」

そう言ってジンメル伯爵夫人はグッと騎士たちに詰め寄る。判断に困った騎士たちはトラウト侯爵を見る。

トラウト侯爵は顔を歪めながら頭を巡らせる。ここで殺せば、タルナート伯爵は真っ先に自分へ突撃してくる。

それは避けねばとトラウト侯爵は判断し、顎で指示を出してジンメル伯爵夫人を騎士に捕らえさせる。

「連れて来い！」

「放しなさい！」

「どうだ？　タルナート伯爵。これでもなお戦うか？」

トラウト侯爵は短剣を引き抜き、ジンメル伯爵夫人の首に突きつける。

タルナート伯爵の顔には明確な迷いが見えた。それを見て、ジンメル伯爵夫人は目を瞑って覚悟を決める。そして。

「タルナート伯爵……存分に」

「……承った」

二人の覚悟が固まる。それを見てトラウト侯爵は一歩後ずさる。

だが、トラウト侯爵はイラついた様子を見せながら笑う。

「は、はは、はっはっは!!　そんなに死にたいか!?　愚かだな！　人は生きてこそだ！　死ぬような者は馬鹿だ！　命をかけて何かを守る？　命を賭けたところで貴様らに守れるモノなどないわ！　帝国は貴様らを助けはしない！」

「いいえ、皇帝陛下は心ある貴族を見捨てません」

声が響く。それと同時に部屋全体に音が鳴る。

その音色を聞いて全員が顔をしかめ、何人かは膝をつく。突然の睡魔だった。抗《あらが》いがたいその魔力は騎士たちすら捕らえる。

「ぐっ……これは……？」

「失礼。調整が難しいもので」

そう言って部屋に入ってきた少女が振り回す槍で、騎士たちは手足を斬られて無力化されてしまう。少女が槍を振り回すのをやめると、睡魔を呼び起こす音色は止《や》んだ。

「ありがとうございます。リンフィアさん」

「いえ、これが仕事ですから」

いつもどおり淡々と答えながら、リンフィアは素早くトラウト侯爵からジンメル伯爵夫人を引き離す。

睡魔でふらつく夫人にリンフィアは申し訳なさそうに呟《つぶや》く。

「巻き込んでしまって申し訳ありません」

リンフィアの魔槍《まそう》形態は円を描くように振り回すことで眠りを誘う音色を発するが、部屋の中にいる数人だけをピンポイントで狙うほど精密な効果は期待できない。

せいぜい、前方に発するか一人に固定するか。さきほどのように部屋に密集している場合は、全員を対象にするしかないのだ。しかし、それによって騎士は無力化された。

まだ事態を把握できていないトラウト侯爵の前に一人の少女が立ちはだかる。

「くっ……何者だ……？」

「フィーネ・フォン・クライネルト。皇帝陛下の勅使として参りました」

「蒼鴎姫《ブラウ・メーヴェ》……？　なぜここに……？」

「人質を助けにきました」

「そんな馬鹿な……え、衛兵は⁉　早く来い！」

「彼らなら眠っております。杜撰《ずさん》な警備のせいで、当てが外れたかと思いましたが」

そう言ってフィーネの傍《そば》にセバスが現れる。この館の警備はすべてセバスが音もなく無力化してしまったのだ。そのせいでトラウト侯爵は接近にまったく気づかず、リンフィアの奇襲を受けることになった。

「う、嘘《うそ》だ……く、クリューガー公爵がそんなことを許すはずが！」

「クリューガー公爵ならばレオナルト皇子に追い詰められている頃でしょう。元々、そういう作戦ですから」

「し、使者を装って奇襲したのか⁉　卑怯《ひきょう》だぞ⁉」

「奇襲ではありません。皇帝陛下の命は〝膝をつけ〟というもの。クリューガー公爵が断ったため、懲罰しただけのこと。とはいえ、卑怯であることは否定はしません。たしかに卑怯でしょう。ですが、それで救われる命があるならいくらでも卑怯でありましょう。それに我々は卑怯ですが、あなたは卑劣です。批難される覚えはありません」

そうフィーネが言い切ると会話は終わりだとばかりにリンフィアが槍でトラウト侯爵を殴りつけ、気絶させる。

それを見てからフィーネはタルナート伯爵たちを見る。

「改めまして、皇帝陛下の勅使として参りました。フィーネ・フォン・クライネルトです。助けにくるのが遅くなり、申し訳ありません」

「へ、陛下は……我々を見捨てなかった……！」

「感謝申し上げます……」

奥にいた年配の貴族が感極まったように泣き始めた。

フィーネはそんな貴族たちを柔らかな笑みで見つめる。

そして彼らが落ち着くのを待ってから事情を説明し始める。

「皆さまにお願いがあります。この城には皆さまの臣下がおり、皆さまが人質となっていることで私たちに敵対しています。どうか彼らを説得していただきたいのです」

「もちろんでございます」

「……タルナート伯爵ですね？」

「はい」

「我々は……あなたの騎士を斬りました。事切れる間際、その騎士があなた方が人質になっていることを教えてくれました……よき臣下をお持ちですね」

フィーネは謝らない。謝ることをタルナート伯爵も死んだ騎士も望まないと思ったからだ。

タルナート伯爵は唇を嚙《か》み締《し》めたあと、静かに頷《うなず》く。

「ではすぐに移動を。目立つところに行き、城の騎士たちに無事を知らせましょう」

「それは構いませんが……他にも人質がおります」

「他にも？」

「ここにいるのは半数です。数日かけて何人もの貴族が城に連れていかれているのです」

タルナート伯爵の言葉にフィーネは不安そうな表情を浮かべ、リンフィアを見る。

リンフィアも似たような表情を浮かべていた。

単純に人質を移動させたというだけにはとても思えなかったのだ。

「何かありますな」

「……無事だといいのですが」

「今は確認のしようがありません。とにかく今はこの場の方たちの無事を知らせることが先決です。城の中の騎士たちが少しでも抵抗をやめれば、残りの方たちも探しやすくなります」

リンフィアが当面の目標を設定し、フィーネに説明する。

フィーネもそれに納得し、頷く。

だが不安感は消え去らない。何か嫌な予感がする。

そう感じてフィーネは髪飾りに触れる。前に進む勇気を貰《もら》うために。

9

「城にいる騎士の皆さん、私は皇帝陛下の勅使、フィーネ・フォン・クライネルトです」

フィーネは城の正門から城に向かってそう呼びかけた。

傍には拡声器が置かれている。本来、城から街に呼びかける用の物だが、フィーネたちが奪取して今は城への呼びかけに使われていた。

「私たちは現在、人質になっていた多くの貴族を救出しました。残る貴族の方々も救出します。どうか、この声が届いているならば剣を収めてください！　私たちが戦う理由はありません！」

それでもフィーネの呼びかけに応答はない。

フィーネは呼びかけを続ける。

「人質を取られ、戦っていたことはわかっています。皇帝陛下の勅使の権限により、あなた方を罰することはしません。どうか、声を聞いてください。誇りに反する戦いに身を捧《ささ》げてはいけません。あなた方が守るべきはクリューガー公爵ではないはずです！」

声を出せば居場所がバレる。ぞろぞろと騎士たちがフィーネたちのところへ集まってくる。

着ている鎧《よろい》はクリューガー公爵家のものだ。

リンフィアたちが剣を構えるが、そんな彼らにフィーネは告げた。

「戦うというなら止めません……ですが、相応の覚悟をもって挑んで来なさい。皇帝陛下の勅使に刃《やいば》を向けることの意味をよく考え、一歩を踏み出しなさい。私の騎士たちと戦う資格がある者は、己の正義に曇りがない者だけです」

覚悟と正義を問われた騎士たちが思わず立ち止まる。彼ら全員が悪人というわけではない。

ただ単純に騎士として仕えていたのがクリューガー公爵だったというだけの者が大半だ。

命令があったから戦っているだけで、自分で考えるようなことはしてこなかった。そのようなことを考えれば罰せられてしまうからだ。

しかし、目の前で改めて問われれば考えざるをえない。

そんな中、さらなる騎士の一団が駆け付けてくる。

「伯爵！　タルナート伯爵!!」

「おお！　お前たち！」

騎士の一団は人質となっていた貴族の騎士たちだった。

彼らは主の無事を確かめると涙を流し、その場で膝をつく。

何度も詫《わ》びる彼らを見て、クリューガー公爵家の騎士たちにも迷いが浮かぶ。

「今なら引き込めるかもしれません。フィーネ様」

「わかりました」

リンフィアがそうフィーネに囁《ささや》くと、フィーネは騎士たちに向かって説得を開始した。

「あなた方とて主の命令で戦っただけでしょう。今、剣を収めて私たちに協力するならば罪には問いません。しかし、ここで刃を向けるというならばあなた方の家族にまで累が及ぶでしょう。あなた方は今、帝国に刃を向けているのですから」

リンフィアは思った以上に強い口調のフィーネに驚いた。

説得だけでなく、効果的な脅しまで入れるのはフィーネらしくはないと言えた。

そこでリンフィアはさきほどのセバスの言葉を思い出す。

アルノルト様に似てきた。その言葉を思い出し、リンフィアは苦笑する。

「なるほど。たしかに似てきたかもしれませんね」

あの皇子ならば平気で脅しという手を使うだろう。それが一番効果的だからだ。

騎士たちとて好きで戦っているわけじゃない。自分の身や家族の身が大切だからクリューガーに付き従っている。だが、今、クリューガーは劣勢だ。そういう者は強い者に靡《なび》きやすい。

「ほ、本当に罪には問わないのですか!?」

「ええ、問いません。たとえあなた方がどれほどの悪事に手を染めていても、罪には問いません。ただし、それ相応の働きは求めますが」

騎士たちがフィーネの言葉に怯《ひる》む。

クリューガーが悪事を働いていることは騎士たちも知っている。もちろんその手伝いもしてきた。

それはフィーネも承知の上だった。それでもあえて罪には問わないと言ったのは、クリューガーの性格的には大事なことを下っ端の騎士に任せることはしないと思っていたからだ。

そしてしばらく無言を貫いていたクリューガー公爵家の騎士たちはその場で膝をつき始めた。

「──勅使様に従います」

「その勇気に感謝します。では人質となっているほかの貴族の方々の居場所を教えていただけますか？」

「それは……」

騎士たちが顔を見合わせる。この期に及んで情報を出し渋っているわけではない。

彼らも知らないのだ。

「我々が知っているのは城の地下に連れていかれたということだけです。城の地下には普通の騎士は近づけないので、詳細な居場所までは……」

「地下……」

嫌な単語にリンフィアが反応する。バッサウで捕らえられていた子供たちも地下にいた。しかも明らかに実験らしきこともされていた。

その事実を知るリンフィアは不快そうに顔を歪《ゆが》める。

なにせここはそれを指示した者の総本山だからだ。

「フィーネ様。心苦しいですが、地下への調査は少し待ったほうがよいかと」

「なぜですか？」

「城の騎士たちが相手ならば守り切れますが、最悪、悪魔が出現します。そうなれば戦力が足りません。城が制圧されるまでお待ちを」

「……バッサウと同じことが起きると？」

「可能性がないとは言い切れません。最悪、城が消し飛んでもおかしくありません。上の決着がつくまでは待つべきでしょう」

「それは私も賛成ですな。地下から何かが出てきた場合に備えるべきです。抑える者がいないなら、レオナルト様たちが撤退できませんからな」

戦略的な観点でセバスがそうアドバイスする。

フィーネは少し目を伏せる。すでに危険を冒し、我儘《わがまま》を通している。そんなフィーネの気持ちをくんで動いてくれる二人が慎重論を唱える以上、我儘を突き通すことはできない。

「わかりました。ここで騎士たちの説得を続けます」

方針を発表したフィーネはまた城に呼びかける。

一秒でも早く戦いが終わってほしいと願いながら。

■■■

「急げ！」

クリューガーは城の最上階まで逃げ切り、そこに立てこもっていた。

そんなクリューガーの頼みの綱はクリューガーがザンドラと共に開発した新型の薬だった。

その薬を自分が服用するため、クリューガーは研究者の老人を急《せ》かしていた。

「もう少しお待ちを！」

薬の精製には時間がかかる。しかもクリューガー自身、自分に使うとは思っていなかった。

その薬を作るために何度も失敗してきた。この新型の薬とて安全とは言えない。それでもクリューガーは手を伸ばす。生き延びるために。

しかし、そんなクリューガーに立ちふさがる者がいた。

「はぁぁぁぁっっっ!!!!」

塞いだ扉を斬り破り、レオが部屋の中に転がり込むようにして入ってくる。

そんなレオに向かって騎士たちが剣を向けるが、レオは彼らと剣を合わせることもなく瞬時に斬り伏せていく。

「殿下！　危険です！」

突出するレオに向かってラースがそう忠告するが、レオはそれを聞かない。

レオの直感が告げていた。クリューガーに薬を飲ませるのはまずいと。それを飲ませたら多くのことが無駄になると。その直感に従ってレオはさらに突出する。

単身で騎士たちの中に切り込み、すべてを自分の剣で斬り伏せていく。

「すげぇ……」

部屋の外で他の騎士と戦っていたネルベ・リッターの兵士が呟《つぶや》く。精鋭たるネルベ・リッターの兵士から見ても、今のレオは際立っていた。

単身で敵に突っ込み、すべてを薙《な》ぎ払う。まるで噂《うわさ》に聞く姫将軍ではないか。そんな感想を抱きつつも、ネルベ・リッターたちも部屋に侵入し、レオに近づく騎士を少しでも減らす。

一方、レオはクリューガーしか見ていなかった。

あちこちから迫る刃はすべて反応に任せて避ける。今までのレオならばそのような危険を冒さないし、そんな戦い方もしなかっただろう。安全に勝ちの方法を探っていたはず。直感に任せた行動など考えもつかない。

だが、そんなレオが直感に身を任せた。もちろん思考を放棄したわけではない。深くは考えていない。しかし冷静に次の動きを予測し、体の反応に身を任せて敵騎士を斬っていく。

それは最適の行動であり、最善の判断だった。多くの兵が入り乱れ、多数の敵と戦うための戦い方。リーゼが戦場の中で身に付けたそれを、レオも南部での一件で会得していたのだ。

突破を第一に置いたその戦い方は、クリューガーの想像をはるかに超えていた。

武に秀でているとはいえ、剣術に長《た》けているだけ。そういう認識がクリューガーにはあった。

しかし、今のレオには一騎当千の強者《つわもの》の雰囲気すらあった。

間に合わない。そう判断したクリューガーはいまだに精製中だった新型の薬を手に取る。

「まだ完成しておりません！」

「未完成でも良い！」

ここで捕まるぐらいならば化け物になって返り討ちにしたほうがマシ。

そう考えての行動だった。それは博打《ばくち》に近い行動であり、クリューガーなりの勇気ある決断だった。しかし、それを見たレオは直感に従い、更なる博打に打って出た。クリューガーが安全を捨てたように、レオも安全を捨て去った。

ここまでくるのに多くの苦労があった。多くの助力があった。それが無に帰すようなことがあれば、帝都に待つ人々に顔向けできない。

そう思ったレオは騎士に囲まれている状況で剣を構えると。

「させるかぁぁぁ!!!!」

その剣をクリューガーに向かって投擲《とうてき》した。真っすぐクリューガーに向かったその剣は、見事に薬を持つクリューガーの腕に命中し、その腕を斬り落とした。

「うわぁぁぁぁぁ!!!!」

悲鳴を上げるクリューガーだが、レオも無事ではない。周りは武装した騎士だらけ。丸腰の状態だ。剣が迫り、それを回避するが、受け止めるという選択肢がない以上は長くは続かない。

一本の剣がレオの胸に迫る。

まずいとレオも感じた。だが、その剣がレオに届くことはなかった。

「やれやれ、困ったお方だ」

そう言ってその剣を受け止めたのはラースだった。

レオを背中に庇《かば》い、ラースは瞬時にレオを囲んでいた騎士たちの首を飛ばす。

「ありがとう……大佐」

「いいえ、あなたを守るのが我々の仕事ですから」

そう言ってラースは笑う。そしていまだに悲鳴を上げているクリューガーを見た。

「捕らえろ。傷の手当も忘れるな」

「はっ！」

「なんとか間に合った……」

「殿下の活躍あればこそです。お見事でした」

「体が動いただけだよ」

そう言ってレオは謙遜する。だが、その顔は満ち足りていた。

今回の元凶ともいえるクリューガーは捕らえた。最後の手段も未然に防いだ。

「おい、貴様。この薬は何の薬だ？」

「ひっ⁉　お、お助けを……」

「いいから答えろ！」

「そ、それは吸血鬼《ヴァンパイア》化の薬です！　吸血鬼の血液を取り込み、人間を吸血鬼化させるものです！」

その言葉を聞き、レオは顔をしかめる。

吸血鬼という単語が出てくることを考えれば、東部での事件を連想しないわけにはいかないからだ。

「東部での事件もあなたが糸を引いていたのか」

「ううう……ふ、ははは……私は血液を提供されただけだ……憶測はやめてもらおうか……」

「ならそのルートを探れば、吸血鬼事件の犯人もわかるわけだな」

「そんな余裕があるかな……？」

「なに……？」

「この薬を開発する中で、奇妙な薬が出来上がった……その成果がそろそろ姿を現すぞ……」

そうクリューガーが告げた瞬間。

城の下から大量の叫び声が聞こえてきた。南部での戦いはまだ終わっていなかった。

# 10

「どのような魔法を使ったんですか？」

帝国軍の猛攻を退けた次の日。

一転して陣営に引き上げた帝国軍を城壁から見ていた俺にアロイスがそんなことを聞いてきた。

「いつの話かな？」

「昨日の話です。正直、持ちこたえられるとは思っていませんでした」

「ふっ……少年領主が自ら前にでて指示を出せば、誰だってやる気を出すさ」

「それもあなたの指示です。効果はあったと思いますが、それで一万の敵兵を食い止められるとは思えません」

「君はどうしても俺の魔法のおかげにしたいらしいな？」

「事実を知りたいだけです」

そう言われて俺は少し黙り込む。

言ってしまっても構わないが、タダで言うのはもったいない気がした。

「ふむ……ならば問題として出そう。君はどんな魔法を使ったと思う？」

「思いつくなら訊《き》きませんよ……」

「人に訊くのは大切だ。だが、その前に考えることも大切だ。頭を使ってみろ。我々は何が凄《すご》かった？」

生徒を諭すように告げる。するとアロイスは素直に頭を使い始める。記憶をたどり、昨日の勝因を探っているんだろう。そしてアロイスは少し自信なげに指を二本立てる。

「二つ……思い当たる要因があります」

「言ってみろ」

「一つは敵兵が思った以上に弱かったことです。もう一つはこちらの兵士が思った以上に強かったことでしょうか」

「つまり君の答えは味方の強化と敵の弱体化。この二つの魔法を使ったということでいいか？」

「はい……そうだと思います」

いまいち自信がないんだろう。とりあえず頷《うなず》いたアロイスに俺は種明かしを始めた。

「半分正解で半分不正解だな」

「つまりどちらかは合っていると？」

「ああ、俺は味方が戦いの熱気でおかしくならないように、魔法で心を正常に保たせた。これによって誰もが敵を前にしても冷静で、相手をよく見て倒し、指示をよく聞いてくれた。俺が使った魔法はこれだけだ」

冷静である。戦いにおいてこれは非常に大きなアドバンテージだ。普通はよほど自分に自信がなければ敵を前にして冷静ではいられない。一度も戦闘をしたことのない素人なら尚更《なおさら》だ。軍隊はよく兵士を訓練し、そういう状況でも冷静を保てるようにしている。

俺の魔法は素人の兵士を玄人の兵士に押し上げたというわけだ。

「それだけですか？　では敵兵が弱かったのは……？」

「前日に門から馬鹿でかい炎が発射されて、一千の精鋭が燃やされた。生き残った者の話や怪《け》我《が》を見れば恐れが生まれるのは必然だ。城門に近づけば何かあるかもしれない。作戦が今日も読まれているかもしれない。そういう迷いは冷静さを失わせる。帝国軍の兵士はよく訓練されているが、一騎当千の強者揃《ぞろ》いというわけじゃない。冷静さを失えば大した脅威ではないということだ」

「そんなことで……」

「命のやり取りはそんなことで決する。そもそも城攻めは守り側が有利だ。力攻めする側に迷いが生じれば、結果は目に見えている」

「それを狙って敵の奇襲部隊を策で破ったのですか？」

「まぁな。セオリーどおりに攻めてくるなら対策を立てるのは簡単だ。セオリーは簡単だが、それゆえに兵士からすれば恐怖が生まれる。一度読まれたセオリーにしがみ付けば、死ぬのは自分たちだからな。そして帝国の指揮官はセオリーどおりの指示を出した。迷いが生じ、冷静さが失われ、行動が稚拙になる。ここの兵士や騎士はその隙を見逃さなかった。それだけだ」

一日だけ耐え忍ぶならその程度でいい。そして耐え忍べば敵はこちらを難敵と判断する。

そうなると短期間で突破するにはあまり手がない。

「ではもう次の手は打ってあるということですね？」

「どうしてそう思う？」

「奇襲部隊を倒したことで敵に恐怖を植え付け、昨日の戦いを有利に運んだ。なら昨日の戦いでもあなたは布石を打ってるはずです」

「なかなか頭を使うじゃないか。だけどまだまだだな」

「どういうことですか？」

「布石を打ったのは昨日じゃない」

奇襲部隊を全滅に追い込んだ日。あそこでもう俺は次の手を打っていた。

「昨日以前にもう布石を打っていたのですか⁉」

驚くアロイスは俺にそれを訊こうとするが、すぐにハッとして自分で考え始める。

その素直な行動が微笑ましくて、俺はアロイスの頭に手を置く。

「昨日は必死だったから気づかなかっただろう。でも君はすでに見ているはずだ」

「見ている？」

「ああ、見ている。昨日の戦いで俺たちに欠けていたものを」

俺のヒントを聞いて、アロイスは必死に頭を巡らせる。何かが欠けていた。昨日の時点でだ。

普通なら気づくべき欠け。それが俺たちにはあった。

アロイスはうーんと首を傾《かし》げる。だが、あることに気づいて目を見開く。

気づいたかな。

「どうだ？」

「昨日……ヨルダンさんと一度も会っていません……」

その答えに俺は微笑《ほほえ》む。

そしてアロイスの頭に置いていた手でポンポンと頭を叩《たた》く。よくできたという意味をこめて。

「難敵と出会った以上、今までどおりではいられない。何か工夫を敵はしてくるだろう。そして全力でこちらを突破しにかかってくる。その時こそが最大の隙となる。そこを奇襲できれば大軍だって散らすことができる。だが、敵だって警戒する。すでに俺たちは監視されているだろう。別動隊を出発させればすぐにバレる」

「だから……敵の奇襲部隊を破ったときに外に出したんですか⁉　百人を⁉」

「フォクト騎士団長は優秀だ。ちゃんと気づかせないようにうまく立ち回ってくれた。千人が九百人になっても、敵からすれば大した差には見えない。戦力差も千人の部隊を全滅させたから変わってないしな」

「そんなことしてたんですか……じゃあ奇襲を？」

「ああ、奇襲はするが……ただの奇襲じゃない」

百人を都市の外に置いておけば万が一にでもバレてしまうかもしれない。

だから彼らには身を潜めるように指示してあった。その隠れ家に指定したのは周辺の村々だ。

顔の広いヨルダンはゲルス近くの村にも当然知り合いが大勢いた。

彼らの協力によって、百人はゲルス近くの村々に溶け込んだわけだ。

「敵はどうして静かだと思う？」

「こちらの攻略のために準備しているからです」

「そうだ。だが彼らには制約がある。一つは時間。一つは偵察隊という建前だ。これによって彼らは増援を依頼できないし、強力な魔導師も呼び寄せられない。これは短期戦がしたい敵からすると致命的だ。となると打てる手は奇策による攻略。もしくは兵器開発だ」

「兵器開発？　攻城兵器を作ると？」

「兵士を動員すればどうにかなる。簡易の攻城兵器があればそれだけで攻城戦はグッと楽になるし、俺たちの抵抗をみてこちらに魔導師がいないことも察しているはず。巨大な攻城兵器を作っても問題ない」

だが、それが盲点となる。急いで落としたいという気持ちのせいで、間違いなく悪手を使わざるをえない。

「そして巨大で複雑な攻城兵器を作ろうと思えば、人手はあったほうがいい。こういうとき、帝国軍は周辺の村々に金をばらまき人手を雇う」

「まさか……」

「こちらの百人はすでに敵陣営の中だ。まぁそれだけなら向こうからしても脅威はないだろう。もしも帝国軍が人手を求めたら、それに応じてくれとしか指示は出してないからな。できても嫌がらせ程度だ。だけど、その場に俺が行けば？」

「でも、敵がずっと監視を……」

「俺には関係ない。どこに行くにも俺は自由だからな」

「あ……」

「敵からすれば突然現れたように見えるだろう。もちろん魔法を使ったなんて言わないがな。それで敵の兵糧と攻城兵器を奪う。それで終わりだ。敵は退くしかない。ここを突破したところでその先には進めないし、攻城兵器がなければ間に合わないからな」

　これからの予定を説明したあと、俺はアロイスを見つめる。

　まだまだ子供だが、彼は領主だ。説明しておかなきゃいけない。

「俺はその奇襲を終えれば去る。君の害となりそうな奴《やつ》は除いていくから安心しておけ。ただ、君が頑張らなきゃいけないのはその後だ」

「わかっています……帝国軍と戦ったわけですからね」

「今は勅使と共に行動しているだろうが、レオナルト皇子を頼れ。クリューガー公爵が倒れたあと、人質の無事が確認できたらすぐに皇帝に謝罪しにいけ。情状酌量の余地はあるし、帝国軍一万を食い止めた幼き領主を処断するような愚かな皇帝じゃない。大して罰せられることはないだろうさ」

「わかりました……ご指示に従います」

「よろしい。ではそろそろ下りよう。風が冷たくなってきた」

「いつ頃出発するんですか？」

「それは秘密だ」

そう言って俺はアロイスの頭を最後にポンと叩くと、二人で城壁を下りたのだった。

## 11

夜。静かに転移で敵陣営に向かった俺は木の陰に身を潜めながら、ヨルダンを呼ぶ。

『そのまま東へ歩いてきてください。大きな木の近くにいます』

風に乗せて言葉をヨルダンにだけ聞こえるように伝える。

おそらく徴集された村人たちと談笑していたヨルダンは、いきなり声が聞こえてきたことに目を見開くが、すぐに自然な様子でこちらに歩いてくる。

「おいおい、今のはなんだ？　軍師様」

「手品みたいなものです。それより首尾は？」

「攻城兵器はほぼ完成した。こっちは全員バラけて配置されてる。もちろん武器はない」

「武器は持って来ました。まだ村人の多くはここに？」

「ああ、前金が三分の一。残りは明日貰《もら》う予定だからな」

「それは申し訳ないことをしますね」

「いいさ。ここに来た奴らだって横暴な軍は好いちゃいない」

「それは朗報です。あと二時間後に決行します。準備を」

「わかった。だが、見張りは多いぜ？」

「その見張りの目は外に向いています。問題ありません」

「軍師様がそう言うならそうなんだろうな。いっちょ全員に打ち上げだって知らせてくるぜ」

ヨルダンはそう言って離れていく。

見る限り、相当な数の村人を徴集したみたいだな。よほど大掛かりな兵器を作ったんだろう。

まぁ力を注いだ大きな兵器ほど、壊されたときのダメージはデカい。

「さて、盛大な打ち上げにしようか」

そう呟《つぶや》き、俺はその場を転移で離れた。

■■■

多くの者が寝静まった頃。ヨルダンを筆頭とした百人の兵士は静かに木々の間を移動していた。

その先頭に俺はいた。

「カタパルトにバリスタに攻城塔。よくまぁ短期間でこんだけ作ったたな」

すべて二つずつある。しかもかなり複雑だ。設計したのはソニアだろうな。挑発に乗ってガチで作ってくれたらしい。おかげで村人は徴集されたし、敵の目は外に向いたが、ここで失敗するとそれがこちらに向いてくる。危ない賭けだったかもな。

「見張りの数はやっぱり多いな」

「いえ、ちょっと違うようです」

見張りの様子が緊張気味だ。たぶん上司が来たんだろうな。

それはすぐに合っていることが証明された。少し向こうから制服を着た将校がやってきた。

「あいつは……⁉」

「誰です？」

「レッツ大佐だ。臨時指揮官だよ」

「なるほど。自分で出てきたか」

相当追い詰められているらしいな。無事な姿を確かめないと居ても立っても居られなかったんだろう。あいつに残された最後の希望だからな。

だが、姿を見せたのは下策だったな。ただでさえ無理をしている兵士たちが緊張してしまった。

レッツは攻城兵器の無事を確認すると、部下を連れて離れていく。

指揮官がいなくなったことで、張り詰めた空気が緩む。

欠伸《あくび》をしている兵士の姿も見受けられる。そんな彼らに俺はさらに追い打ちをかける。

安眠の結界を張ったのだ。特別強い効果があるわけじゃない。ただ眠りに誘うだけの結界だ。

しかし、すでに眠い奴らにはかなりの効果がある。

彼らは頑張って眠気に耐えているが、それだけだ。立っているだけで精一杯だろうな。

「さて、打ち上げといきましょう」

「だ、大丈夫ですか？　向こうも警戒してるし……こんな装備で……」

一人の兵士が不安そうに呟く。彼らに配った武器は短剣だ。大がかりな武器を人数分持ってくるわけにもいかなかったからだ。しかし、相手を殺すだけならそれで十分だ。

「警戒しているのは外から来る敵です。彼らが待っているのは、外の見張りからの報告。自分たちの場所がいきなり最前線になるとは思っていません。つまり警戒しつつも、彼らは油断しているんです」

「油断……」

「大丈夫です。あなた方はすでに帝国軍を騙《だま》しぬいている。すべてうまく行きます。勝って、ゲルスに凱旋《がいせん》しましょう。あなた方は最大の功労者になる」

そう言うと不安そうだった面々の目に強さが戻ってくる。それを見て俺は手でゆっくり進むことを指示した。

闇に紛れ、中腰のままどんどん接近していく。通常なら気づかれるだろう距離まで来ても、見張りは気づかない。そして彼らは結局、自分の首に短剣が突き立てられるまで気づかなかった。

半分寝ている見張りなんていないも同じということだ。そのままヨルダンを筆頭にどんどん兵士たちは見張りを排除していく。

そんなに時間もかからず、見張りはすべて排除された。生きている見張りがいないか確認しているると、目を見開いたまま死んでいる見張りを見つけてしまった。

そっと近づき、その目を閉じる。彼にだって家族はいただろうに。好きでゴードンの下についたわけでもないだろう。下っ端の兵士に上司を選ぶ権利なんてない。だが犠牲になるのはいつも彼らだ。だからこそ、帝位争いなんてくだらないんだ。どうでもいい兄弟喧嘩《げんか》で守るべき民の命が軽くなる。

「すまないな……いつか俺もそっちに行くからその時に文句を言ってくれ」

そう言葉を残し、俺は持ってきた油を攻城兵器にかけていく。この油を持ってくるために大きな武器は持ってこられなかった。だが、この油が帝国軍をどん底に追い落とす。

すべての攻城兵器に油をかけ終えた俺はヨルダンに最後の指示を出す。

「では離脱を。すぐに火を放つのでその混乱に乗じれば離脱は容易でしょう」

「軍師様はどうするんだ？」

「俺は火を放ったらやることがありますから」

「……必要なのか？」

「ええ、必要です」

「そうか……死ぬなよ？　あんたは俺たちの恩人だ。いつかお礼をさせてくれ」

「わかりました。楽しみにしておきます」

そう言って俺はヨルダンたちを送り出す。彼らが距離を取ったのを確認し、俺は攻城兵器に火を放つ。そして風を巻き起こし、その火を煽《あお》っていく。

「さてと……最後の仕事といくか」

俺は火がどんどん攻城兵器を包んでいくのを見ながらその場から離れた。

■■■

「どういうことだ!?」

「わかりません！　突然、火が！」

「突然、火がつくわけがなかろう！　見張りは何をしていた!?　敵の奇襲をどうして察知できなかった!?」

「敵に動きはありません！」

「なんだと!?」

敵の司令部は大混乱だった。そんな司令部に俺はさきほど使った安眠の結界よりも強力な結界を張る。それによって結界にいる兵士たちはどんどん眠り始めた。

「な、に……？」

「御機嫌よう。レッツ大佐」

ゆっくりと司令部に入りながら俺はレッツに話しかける。

こいつを生かしておけば、無理な突撃をして被害を増やすかもしれない。

そんな奴は生かしてはおけない。

「貴様は……？」

「グラウ……流れの軍師だ」

「貴様が……！　おのれ！　何をした⁉」

「ちょっと飲食物に細工をさせてもらった」

「なに……？」

レッツは司令部にある水を見る。まったくの嘘《うそ》だが、肩を竦《すく》めて正解のような演技をする。

レッツは悔しそうに顔をしかめる。そんなレッツに向かって俺は短剣を引き抜く。

「待て……私を殺せば……ゴードン殿下が黙っていないぞ……？」

「だからどうした？」

「次期皇帝に睨《にら》まれるぞ……？　それよりも殿下に協力しろ……お前の力を有効に使ってくれるぞ……」

「軍師が冷遇されているという噂《うわさ》だが？」

「そ、そんなことはない……」

「嘘が下手だな。他者を騙し、切り捨てる奴の下に人は集まらん」

そう言って俺はレッツの胸に短剣を突き刺した。その言葉は俺にも当てはまる。だから俺は矢面には立てない。嘘つきは良き主君にはなれないからな。

「これで帝国軍は撤退するしかない。そうだな？　ハーフエルフの軍師」

「はぁはぁ……やってくれたね……グラウ！」

「ふっ……灰燼《かいじん》に帰すと言ったはずだろ？」

息を切らしてソニアが司令部に飛び込んでくる。この早さは異常だ。おそらく火が放たれた時点で攻城兵器は諦めたんだろうな。そしてもしも敵が狙うならということでここに来た。

俺の手が常に次への布石になっているから、炎も布石かもと思ったんだろう。

御名答だ。

「監視はずっとしてた。それでも奇襲部隊が来た……それは、君がこちらが監視をする前に……」

ソニアは俺の方向に向かってくるが、よろけて机に手をかける。

結界はいまだ張ったまま。司令部に入ったということは眠気に襲われるということだ。

「そうだ。俺は監視される前に奇襲部隊を発していた。俺が来た方法は秘密だがな」

「っっ……？　これは……結界？」

「さすがにハーフエルフは騙せんか」

エルフは元々魔法に長《た》ける。

その血を引くソニアは魔法に対する耐性はもちろん、感性もすぐれている。できるだけ気づかせないように張った結界も中に入れば気づくか。

俺が魔法を使うと知っていれば迂闊《うかつ》に入ったりはしなかったんだろうけどな。

これも俺の作戦勝ちだ。

「これだけ巧妙な魔法を使うなんて……何者……？」

「何者だろうな？　それが君に何の意味がある？」

そう言って俺はソニアに血で濡《ぬ》れた短剣を向ける。

ソニアは一瞬、抵抗する意思を見せたが、すぐに諦めたように目を伏せた。

「殺すのなら……それはそれでいいよ……」

「やけに早い諦めだな。君なら抵抗できるはずだぞ？　護身術くらいは心得ているだろう？　自慢じゃないが俺は腕っぷしは弱い」

「ははは……面白いな……まるで抵抗してほしいみたいだね……いいんだよ。もう」

「どういう意味だ？」

「指揮官も守れず、都市も攻略できなかった……責任を取らされるだろうさ。君が殺しちゃったからね。責任取る人を」

「生かしておくには危険だったのでな。責任を取る立場に君はいないはずだが？」

「関係ないよ……きっとゴードン殿下はそういう人だから……殺されるならまだいいよ。人質の家族に何かされるなんて耐えられない……」

ソニアの目に覇気はない。活力も。前に会ったときはあった。それが失われている。

それだけ悩み、疲弊していたということだろう。人質を取られ、一人で敵の中にいるというのは、それだけで疲れるだろうからな。

「生きていても……誰かを殺すことになる……家族に迷惑がかかる……それなら殺されたほうがマシだよ……」

「甘えだな」

「……何も知らないで……！」

「知っているさ。人質を取られて、ゴードン皇子に無理やり従っているんだろう？　だからどうした？　その不幸を嘆くだけなら誰でもできる」

「……ボクはできることをした……！　戦争を激化させないように！　それでありながら人質を守れるように！　やったよ……やったけど……」

「一番最初の策が上手《うま》くいくことなんてほとんどない。だから次の手を用意しておく。次に巻き返せるように前を向いて知恵を巡らせる。策を用いる者とは……諦めずに状況を打開しようとする者だ。頭を働かせることをやめない者のことだ。失敗したからと下を向いて、諦める者は軍師とは言わん」

「っっ⁉⁉」

俺の言葉にソニアはショックを受けたようにその場で尻もちをつく。

たしかにソニアは失敗した。これから辛《つら》いことが待ち構えているだろう。だが、一度策が破れて、それで下を向いていちゃ苦難には打ち勝てない。苦難はこちらを待ってはくれない。いつでも突然やってくる。

天才参謀に育てられたソニアは確かに多彩な作戦を思いつく頭を持ち、多くの策が頭に入っているんだろう。だが、現場での経験が足りなかったようだな。

それは軍師にとって一番必要なものだ。

「ハーフエルフの軍師……ソニア・ラスペード。君のことは調べた。天才参謀と言われた養父に育てられたそうだな。そんな養父を人質に取られたんだ。ゴードン皇子に従うのはわかる。だが……救われた命を簡単に諦めるな！　殺してと言わせるために君の養父は君を育てたわけじゃない！　その命は君だけのものだと思うのは恐ろしく傲慢だぞ！」

そう言うと俺はソニアに向かって思いっきり短剣を振り落とす。ソニアは咄嗟《とっさ》に両手で顔を庇《かば》った。

そんなソニアの顔と両手を通り過ぎ、俺の短剣は地面に突き立てられる。

「あ……」

「殺してやってもいいが、殺してしまえば君の養父があまりにも哀れだ。生きたいという思いが少しでもあるなら足掻《あが》いてみせろ」

「っっ……!!　そんな勝手なこと……！　ボクは……！　人に死んでほしくなんてなくて！　自分のせいで誰かが傷つくのも嫌で！　それでも……ボクは……！」

ソニアの目から涙がこぼれる。人質を取られ、その人質のために無理をしていたんだろう。

ソニアは優しすぎるのだ。いっそ、周りを顧みない性格なら苦しまずに済んだろうに。

現場に出たことのない軍師はどれだけ優れていても軍師と呼ぶには未熟だ。

本来は少しずつ経験を積む。だが、その段階をすっ飛ばしてソニアは現場に放り出された。

人の生き死にがかかる局面に。

自分の号令一つ、指先一つで人が大勢死ぬ。盤上に用意した駒が生きた人間に変わる。そういう現実的な恐怖に打ち勝てないと軍師にはなれない。

ソニアはその覚悟を無理やりしなくちゃいけなかった。すべてはゴードンのせいだ。

「ボクは……静かに暮らしたかっただけなのに……！」

「同情はしよう」

「なら……助けてよ……」

その言葉に俺はすぐには答えない。遠くで俺を呼ぶ笛の音が聞こえたからだ。

だから俺はスッとソニアの横を通り過ぎた。

「悪いが先約がある。それと、まずはできることをしろ。簡単に誰かに助けを求めるな。自分にできることを精一杯やってみろ。小さなことでもできることをやれ。そうすればいつかは景色がマシになる」

そう言い残して俺は司令部を出る。中から大きな泣き声が聞こえてきた。

ひどい仕打ちなのかもしれない。手を差し伸べるべきなのかもしれない。

だが、俺が手を差し伸ばしたところで救えるのはソニアだけだ。きっとソニアの人質は救えない。居場所もわからない人は救えない。探している間にゴードンの刃《やいば》が振り下ろされる。

それをソニアも望まないだろう。

最善の未来を得たいなら、ソニア自身が奮起するしかない。ゴードンはきっとソニアを殺さない。辛いかもしれないが、そこでソニアが諦めないならば、助けるチャンスがやがて来る。

そんなことを思いながら俺は転移でその場を後にしたのだった。

# 12

「早く外へ！」

ラースはネルベ・リッターの兵士たちにクリューガーを運ばせると、全員に城からの離脱を命じた。理由は城の地下で怪し気な叫び声がしたためだ。直感的にまずいと判断したラースは、状況確認の前に城を離れる判断をしたのだ。そしてその判断は間違っていなかった。

「おい！　この叫びは一体なんだ⁉」

「こ、これはですね……！」

ラースは両手を縛った老研究者を問い詰める。研究者はなぜか誇らしげに胸を張った。

「我々が作り出した傑作の叫び声なのです！」

「どうでもいい！　説明だけしろ！」

「ひっ⁉　殴らないでください……わ、我々は吸血鬼《ヴァンパイア》化のために様々な薬を作りましたが、どれも吸血鬼の血が強すぎて失敗でした。巨大化し、力は強くなっても言語能力を失ったりしてしまいまして……なんといいますか、成り損ないと我々は呼んでいました」

「あれはそういうことか……」

来る途中、出会った巨大な怪物。それを思い浮かべて、ラースは不快そうに顔を歪《ゆが》める。あの男も被害者だったということだからだ。

「それで？　この叫び声はあれの発展形か？」

「いえいえ！　あれとは比べ物になりませんよ！　我々は実験の段階で吸血鬼の血に打ち勝つために、とある物を使いました。それによって劇的に効果が改善されたんです！」

「だからそれはなんだ⁉」

「悪魔に憑依《ひょうい》された人間の血です。悪魔の血と吸血鬼の血を合わせたのです！」

「っっ⁉⁉」

それを聞いて走っていた全員が言葉をなくす。発想が常軌を逸していたからだ。

その中でレオが静かに問う。

「その悪魔の血は……どこから手に入れた？」

「私にはわかりません。しかし素晴らしい効果がありました！　言語能力は失いましたが、外見の変化は最小で、特殊な能力に恵まれました！　嚙《か》まれた相手を同じような状態にする能力があるのです！」

喜々として語る老研究者からレオは視線を逸《そ》らす。

吸血鬼は名前のとおり血を好む。だが、血を飲まれた相手が吸血鬼になるというのは迷信だ。そんな能力は本来の吸血鬼には存在しない。あくまで子供を怖がらせる作り話のようなものだ。それを本当に実現させるとは。

レオは理解できずに目を瞑《つぶ》る。考えれば考えるほど頭痛がしてきたからだ。

「彼らを我々は〝悪鬼〟と名づけました！　この悪鬼を敵地に送り込めば、感染が爆発して容易に攻め落とせます！」

「……クリューガー公爵。それを誰に使った？」

レオは運ばれているクリューガーに視線を向けていた。最後、クリューガーには謎の余裕があった。

もはやクリューガーの勝ちは消えたというのに。

「察しはついているのでは……？　もちろん南部の貴族たちに使いましたとも！　私の協力者はもちろん、人質になっていた者にもね！」

「……あなたは人の道を外している」

「はっはっは!!　負け惜しみですね！　悪鬼を殺さねば帝国に災禍が広がる！　だが、殺してしまえば南部の貴族には恨みが残る！　それはやがて第二の私となるでしょう！　いずれ帝国はその恨みによって潰される!!」

クリューガーはそう言って高笑いを繰り返す。レオは顔をしかめながら、黙って城の階段を下りていく。そして入り口まで来たとき、そこでは多くの騎士が複数の成り損ないを食い止めていた。

「全員正門まで撤退!!　大佐！　城と街を繋《つな》ぐ経路をすべて閉鎖しろ！」

「殿下がまず脱出を！」

「いや……そんな余裕はなさそうだ……」

地下の奥深くから大量の足音が聞こえてきた。その振動を聞いて、レオはラースを急《せ》かした。

「急ぐんだ！」

「くっ！　わかりました！　城を封鎖しろ！」

ラースは部下たちに指示を出し、城と街を区切る四つの門をすべて封鎖しにかかった。

その間にレオは正門前に拠点を置く。

「無駄だ！　地下はすべて開放した！　多くの怪物が溢《あふ》れてくるぞ！」

「黙れ！　見た限り、動く人間に近づいてくる！　大佐！　誰もはぐれさせずに正門付近に！」

「了解しました！」

ネルベ・リッターとその場にいた騎士たち。総勢でいえば六百人ほどが正門の前に集まった。

「フィーネさんたちは外に出られたか……」

「門から飛び降りれば脱出できますが……全員の脱出を待ってはくれないでしょうな」

「逃げたい者は逃げていい。だが、食い止める者は必要だ。僕らがここにいる間は敵は外には出ない。その間にフィーネさんが民を避難させるはずだ」

レオの言葉を聞いて逃げる者はいなかった。元々、残っていた騎士たちも命を捨てる覚悟でここに留《とど》まっていた。クリューガー公爵家の騎士もいれば、ほかの貴族の家の騎士もいる。彼らは償いの場をここと選んだのだ。もちろん選ばなかった者もいる。だが、その選ばなかった者ですらフィーネと共に行動していた。一方、悪鬼はなかなか城から出てこない。逃げ遅れたクリューガー公爵家の騎士たちを襲っているのだ。

「聞いていたとおりの能力なら、城に残っていた騎士たちはすべて悪鬼となったということですが……」

「クリューガー公爵。城には何人の騎士がいた？」

「ふっ……二千かそのくらいだろうな」

「五百人は斬って、五百人がこっちについたとしても残りの千人が悪鬼となった計算です。戦闘能力は？」

「す、少し上がる程度です。悪魔の血が吸血鬼の血を取り込み、大きく変質したからでしょう……」

「少し向上した程度でも十分に脅威ですね」

悪魔が吸血鬼に憑依したわけではなく、どちらもの血を組み合わせて人間に注入したのだ。注入された人間が死なないだけでも奇跡といえた。強い血同士が反発しあった結果なのかもしれないとレオは考えながら、静かになった城を見つめた。

そこからゆらりと一人の男が出てきた。着ている服は上等なものだ。南部の貴族だろう。しかしその歩き方はまるで病人のようにフラフラしたものだった。

顔をあげるとその異常さがよくわかった。ずっと白目をむいているのだ。それを見てレオの背筋が冷たくなる。だが、悪鬼はすぐにはレオたちには向かってこなかった。

城から大量の成り損ないが出てくるのを待つと、彼らをけしかけたのだ。

「統率してるのか!?」

「そ、そんな報告は聞いてません！」

老研究者が慌てる。厄介なことになったと思いつつ、レオは門を背にして半円陣を組ませた。

そこに成り損ないたちが突っ込んできた。

「食い止めろ！」

「殿下！　やはり殿下だけでも離脱を！」

「ここで退くために来たわけじゃない！」

「しかし！　城の中で待つあの悪鬼をどうにかする方法がありません！　直接ぶつかり合えば、こちらにも被害者が出ます！」

そうなればいつまで経《た》っても悪鬼の数は減らない。三倍、せめて倍の数の戦力をもって殲滅《せんめつ》するしかない。ラースはそう考えていた。しかし、レオは違った。

「僕に一つ策がある……」

騎士たちも奮戦しているが、なかなか苦戦している。このまま悪鬼になだれ込まれたら多くの犠牲者が出かねない。

「あくまで推測だけど……悪魔の血が吸血鬼の血を取り込んだとしたなら……彼らは悪魔に憑依された人間に近いということだ」

「それはそうですが……」

「それなら聖魔法で浄化できるかもしれない」

魔なる者を滅する聖魔法は高度な魔法だ。

しかし、その分、効果もはっきりしている。

「悪魔に深く憑依された者は、その体も魔と判断されるけど……弱まった血ならその血だけを滅して助けることができるかもしれない」

「それはあまりにも無謀です！　できるかもわかりません！　万が一できたとして、悪魔の血だけ取り除いてしまったら？　大量の成り損ないが生まれます！」

「あなたはどう考える？」

レオは近くにいた老研究者に問う。

老研究者は言いづらそうにするが、レオが右手を剣にかけると早口で答えた。

「そ、それはないかと……悪魔の血と吸血鬼の血は配合してますので、悪魔の血がなくなれば元の人間に戻るでしょう……わ、私としてはやってほしくありませんが……」

「だそうだよ」

「簡単そうに言わないでください……城の悪鬼をすべて浄化するには効果範囲の広い聖魔法を使う必要があります。記憶が確かならこの場で高度な聖魔法を使えるのは殿下だけです」

「ああ、元々僕がやるつもりだ」

「無茶《むちゃ》がすぎます！　効果範囲の広い聖魔法なんて、達人級の魔導師でなければできません！　実力以上の魔法を使い、魔力が搾り取られて死んだ魔導師の話を多く聞きます！　そのような無茶は容認できません！　それならば我々に御命令を！　必ず殲滅してみせます！」

「ネルベ・リッターが悪鬼に変わる危険性よりは……この賭けのほうがいいと思う。上手《うま》くいけば多くの人が救える。そうでないにしても、この事態をどうにかできる」

「上手くいかなければあなたが死ぬかもしれません！　たとえ死ななくても危険地帯であなたが動けなくなります！　ご自分の身がどれほど大切なのかご理解ください！　あなたがいれば南部の騎士なり、軍なりを動員できますが、ここで死ねばこの事態を解決できる方はいなくなります！　理解していますか⁉」

「言いたいことはわかるよ……けど僕はすべてを助けられるチャンスを捨てたくない。それにここで一人でも悪鬼を逃せば、その感染はきっと帝国に広がる。僕が生きていたとしてもこの事態は収まらない。今、この時を除いては」

すでにレオは自分の生存を度外視していた。ここでどうやって食い止めるか。レオの意識はそこだけに集中していた。その目に覚悟を見たラースは自分の認識の甘さを悔いる。

いざとなれば逃げてくれると踏んでいた。だが、レオの中にはいざというときはなかった。今するか、否か。それだけがレオの中にはあった。その覚悟を見て、ラースは歯を食いしばって告げる。

「命の危険を感じたらすぐにお止めを。私がすべて斬って解決してみせます」

「ありがとう、大佐」

「……殿下が大魔法の準備に入る！　総員防御に集中しろ！　かすり傷ひとつすら負わせるな‼」

ラースの号令にネルベ・リッターと騎士たちが奮い立つ。

そんな彼らを頼もしそうに見ながらレオは魔法の準備に入る。

ラースは決意を固めて両手に剣を握ったのだった。その時、笛の音が響く。

その場にいる者たちには聞こえない音だ。だが、たしかにその音を聞いた者はいた。

## 13

グラウの姿でヴュンメの上空に現れたアルはヴュンメの状況を見て首を傾《かし》げる。

「ん？　どういう状況だ？」

てっきりフィーネが危険に晒《さら》されたと思っていたアルは急いでフィーネの姿を探す。

すぐにフィーネは見つかった。笛を手に取って、城壁に一人登っていた。

「正直驚いてるよ。君を助ける気満々で来たからな」

「アル様……」

グラウの姿で現れたアルを、フィーネは躊躇《ためら》うことなくアルと呼ぶ。その顔はなぜか泣きそうだった。

「何があった？」

「お願いします……！　レオ様が死んでしまいます……！」

「……セバス」

「はっ。ここに」

懇願するフィーネを見て、アルは状況を訊《き》くのを諦めた。

そして手早く状況を説明できそうな自分の執事を呼んだのだった。

「説明しろ」

「はっ。悪魔の血と吸血鬼の血を配合した薬をクリューガー公爵は開発しており、その薬で人質となっていた南部の貴族の半数が悪鬼と呼ばれる怪物に変えられました。この悪鬼は噛《か》みついた相手を悪鬼に変える能力を持つため、城の中にいた千人の騎士も悪鬼となっております。現在、城を封鎖して都市の民は避難中です」

「なるほど。それでレオはどんな手を選んだ？」

「……大魔法で悪魔の血を浄化し、悪鬼となった方々を救うつもりなのです……しかし……さきほどから大魔法は先に進んでいません……」

フィーネがそう説明する。アルがセバスを見ると静かに頷《うなず》く。レオらしい判断だとアルは思った。

十の内、六を手に取って満足すべき状況でもレオは十を目指す。人の命が関わる状況だとそれは顕著だった。人の命を諦めず、被害をゼロに抑えようとする。まったくもってレオらしい。それがアルの感想だった。だが。

「馬鹿な奴《やつ》だ……都市を閉鎖して南部国境軍に号令をかければいいだろうに。救える命はすべて救いにいったか」

「それはとても尊いことです！　しかし……レオ様だけでは手が足りません！　どうかアル様が……」

「断る」

一言。そうアルが告げるとフィーネの目がショックを受けたように見開かれる。

城壁の上で強い風が吹く。その風が止《や》んだあと、アルはポツリと呟《つぶや》いた。

「家族のルールなんだ……」

「家族のルール……？」

「好きにすればいい。ただし責任は自分にある。それがウチの家族のルールだ。レオにはベターな選択肢があった。完璧じゃないかもしれない。最善じゃないかもしれない。それでも多くを救える選択肢があった。南部の貴族を殺せば、恨みが生まれるかもしれない。都市を犠牲にすれば恨みが生まれるかもしれない。それでも戦争は止められるし、多くの人は守れた。だけど、レオはそれを捨てて……すべてを救いにいった。それはレオの責任だ。これはレオの問題であり、レオがなんとかするべきだ」

「で、ですが！　今までだって！」

「今までシルバーとして助けたのはレオの手に余る相手ばかりだったからだ。吸血鬼、竜、悪魔。どいつもこいつも人外で、単純な力が必要だった。けど、今は違う。レオが多くのことを諦めれば対処できる事態だった。あの悪鬼たちが圧倒的な強さを持っているなら、俺が魔法で滅ぼしてもいい。けど、おそらくあの程度ならレオの手持ちの戦力でどうにか都市には閉じ込められた。それをすれば……ネルベ・リッターの多くを失うかもしれない。それでもそこに目を瞑《つぶ》ればベターな結果があった。レオはそれを捨てて、敵も味方も救うっていうベストな結果を取りに行った。自分の力で取りに行ったんだ」

「それは……間違っていることですか……？　今、レオ様は命を賭けて大勢を救おうとしています……！　いつものアル様のように！」

「それは当たり前のことなんだ……フィーネ。安全圏から手を伸ばして救える命なんてたかが知れている。多くの命を拾いたいなら一歩でも死地に近づく必要がある。レオは、自分についてきた臣下たちまで巻き込んで、大勢の命を救いに行ってる。だからこそ、命を賭けて当たり前なんだ」

　人を助けるという行為は簡単なことではない。ましてや千人を超える人間を救おうとすれば、それだけリスクが大きくなる。

　自分の臣下にまでリスクを負わせている以上、レオが命を賭けるのは当然。それがアルの考えだった。それができないならば人の上に立つ資格はないと思っているからだ。

「……当たり前でも……レオ様は今、必死です！　レオ様がアル様の手助けを必要としています！　どうかお願いします！」

　フィーネは懇願し、頭を下げる。それしか自分にできることがなかったからだ。

　だが、アルの言葉は残酷だった。

「フィーネ……俺には彼らを救えないんだ。古代魔法には悪魔を浄化する魔法はない。そもそも聖魔法は五百年前、魔王が現れた時に作り出された魔法だからな。その前から存在する古代魔法にはなくて当然なんだ。俺にできるのは滅するだけだ。そんな俺に……横から、お前には無理だ、やめておけとレオを制して、レオが命を賭けて助けようとしている人たちを滅しろと言うのか？」

「そんな……アル様なら何か方法が……」

「俺は万能じゃない。現代魔法には欠片《かけら》も才能がないからな。レオが目指す結果はレオにしか導けない。まぁ、たとえ俺に何かができたとしても俺は手を出さない。レオの理想でレオの臣下が巻き込まれるのは理不尽だからその時は手を出すだろうが、レオが足掻《あが》いているうちは俺は手を出さない。これはレオの問題で、レオの責任だからな」

「でも……それでも……」

アルはフィーネを見て苦笑する。フィーネの目からは大粒の涙がこぼれていた。

それを右手で拭いながらアルは笑う。

「心配するな。悲しいことなんて何もない」

「悲しいから……泣いてるんじゃありません……自分が不甲斐《ふがい》なくて……」

「なら泣く必要はない。君は君のできることをやった。俺も俺ができることをやった。そしてレオは今、レオができることをやってる。ちょっと背伸びしてるが……まぁ見てろ。あいつは俺の弟だ。どんな壁だって乗り越える」

そう言ってアルは魔法に集中しているレオを見る。

必要な魔力が得られないせいか、まだ詠唱にすら入れていない。典型的な魔力不足であり、そういう場合、普通なら即中断となる。間違いなく命に関わるからだ。

「信頼は結構ですが、危険であることには変わりません」

「死ぬならそこまでだ。だが……俺の弟は死なん」

「レオナルト様もお辛《つら》いですな。一番近い身内に一番期待されているのですから」

「当たり前だ。俺が一番レオの凄《すご》さをわかってる」

「でも弱さも理解していらっしゃるのでは？」

「ふっ……そうだな。じゃあ兄貴らしくエールを送ってくるか」

そう言ってアルはスッと息を吸う。そしてゆっくりと喋《しゃべ》り始めた。

「レオ……聞こえるか？」

■■■

「ぐっ、くぅっ!!」

レオは体中から力が抜けていくのを感じていた。血液が抜けていくような感覚に苛《さいな》まれ、意識を保つのが難しくなっていく。そして汗をかきながら、荒い息をついてレオは下を見る。

少しだけ、本当に少しだけ気持ちが後ろ向きになる。無理かもしれない。やめておいたほうがよかったかもしれない。意識が朦朧《もうろう》としてきたせいで、弱気が心をよぎる。

そんなとき、レオの耳に声が届いた。

『レオ……聞こえるか？』

「に、い……さん……？」

それはレオには幻聴に思えた。意識が朦朧としてきたから聞こえる幻聴。

そこまで追い込まれたかとレオは自嘲する。威勢よくすべてを救う決断をしながら、その最初の一歩で躓《つまず》いたあげく、幻聴まで聞く羽目になるとは。

だが、その幻聴はそんなレオに発破をかけた。

『どうした？　下なんか向いて。地面に何がある？』

「はぁはぁ……手厳しいなぁ……」

『兄貴だからな、当然だ。どうせ周りから止められても聞かずに決断したんだろう？　どれだけ言葉を並べられても、〝それでも〟と思って決断したんじゃないか？　命を諦めたくなかった。そうだろ？』

「敵《かな》わないなぁ……兄さんには……」

幻聴は兄の声で心を見透かしてくる。レオはその状況に苦笑する。だが、苦笑するくらいの元気は戻っていた。どうしてか？　アルの声が聞けたからだ。

『お前の選択は馬鹿の選択だ。安定を取ったほうが人生は生きやすい。いつだって満点は取れない。どこかで諦めるのは肝心だ』

「そう、だよね……」

『だがな、そんなの承知で決断したんだろ？　なら今は諦めるな。きつかろうが、辛かろうが歯を食いしばって耐えろ。大勢を自分の我儘《わがまま》に巻き込んだんだ。諦める権利なんてお前にはないぞ』

「……そうだ……けど……僕の魔力じゃ……」

気持ちだけは少しだけ前を向いた。だが、問題は何一つ解決していない。

魔力が足りず、魔法が成立しないのだ。しかし、幻聴は容赦しない。

『〝けど〟じゃない。できる、できないじゃないんだ。〝やるんだ〟。魔力が足りない？　体中から全部絞り出したか？　まだ喋る元気があるだろうが。思考する元気があるだろうが。そんなのはまだまだ限界じゃない。自分で引いた限界の一線で立ち止まるな。男が一度、すべて救うと決めたんだ。そんな限界くらい超えて見せろ！』

甘えを許さない声がレオを追い詰める。だが、その声を聞くたびにレオの体に力が戻ってきた。その通りだと心に火が灯《とも》る。まだ吐血もしていない。立ってもいられる。まだまだ自分に余裕がある。

それは甘えなのだとレオは再認識して、体中の魔力をすべて使い果たすつもりで魔力を放出し始める。

『お前の決断を理想に過ぎないと否定する奴がいるだろう。綺麗事《きれいごと》だと笑う奴がいるだろう。たしかに百人いても百人が選ばない選択かもしれない。だが、百一人目がお前だ。奇跡はそういう奴にしか巡ってこない。否定して笑う奴らはすべて結果で黙らせろ！』

「うん……そうするよ……全員救うんだ……救って見せると決断したんだ……!!」

『いいぞ！　さぁ、前を向け。お前が救いたいと願う人もお前の救いを待つ人もお前の足元にはいない』
レオはゆっくりと前を向く。近くには成り損ないと戦うネルベ・リッターと騎士たち。そしてその先には城の中でこちらを狙う悪鬼たち。白目をむき、フラフラと動くのは異常で、もはや救いようがないように思えた。それでもとレオは思った。誰も救えないからと諦め、救う努力をしなければ何も救えない。
無力だから。非力だから。そんなのは理由にならない。挑まなければいけない。ここに来た理由は結局はそこが根本なのだから。
救いたいから救うのだ。救われない者だと誰かが断じても。否と言えるだけの人間になりたかった。それを目指してきた。今、レオの真価が問われていた。

「僕は……ここに人を救いに来た……戦争を止めて……すべてを救いに来たんだ……！」

悪鬼の姿が力をくれた。彼らを助けるのだと自らを奮い立たせる。無理が祟《たた》って、喉まで血がこみ上げてくる。それをレオは飲みこんだ。

情けない姿は見せられない。意地を張って、見栄《みえ》を張って、格好をつけなければいけない。皇帝とはそれの連続だ。今、それができないでこの先、できるわけがない。

「僕は……人を救える皇帝になる……!! 道に倒れている人はすべて助け起こす！ 誰かに無理だと言われても……理想を追わない者は皇帝になれないから！」

『ああ……なれるさ。お前は俺の自慢の弟だ。あとのことは何も心配するな。目の前のことだけに集中しろ。お前が全部を使い果たしたなら俺が全部なんとかしてやる——兄貴だからな』

「うん……!!」

その瞬間、レオは背中を押された気がした。その勢いのまま、レオは両手を合わせる。

歯を食いしばって、最後の魔力をすべて魔法に送り込む。

そしてレオの周りに金色の光が満ち始める。

《救済の光は天より降り注いだ――》

詠唱が開始される。

その姿を見てアルは満足げに微笑《ほほえ》む。

「ほら、心配ないだろ？」

「心配していなかったのはアルノルト様だけですが」

フィーネは安心して両手で顔を覆っている。

そんなフィーネの頭を撫《な》でながら、アルはゆっくりと周りを見渡す。

「何人か鼠《ねずみ》がいるな」

「おそらく人攫《ひとさら》い組織の者でしょうな」

「レオの邪魔をする気だな」

そう言うとアルはニヤリと笑う。何も心配するなと言った。

目の前のことに集中しろと。その言葉を守るためにアルは動く。

「フィーネは任せたぞ、セバス」

「はっ」

「アル様！」

「待ってろ。すぐ終わらせる」

アルはそう言って転移した。弟を守るために。

14

いつからだろう。兄としての自覚を持つようになったのは。母上は俺とレオを平等に扱った。兄なのだからという言葉を言われたことはない。俺は兄として育てられなかった。でもいつからか変わった。俺は兄として振る舞うようになった。いつからだったか。考えている間に俺は転移を終えていた。

都市にいくつか立っている高い塔。その上で魔導師がレオを狙っていた。

だから俺は容赦なくそいつの胸を貫く。技巧はない。ただ魔力に任せた荒い貫手だ。

だが、それでいい。そのほうが俺という存在に気づかれにくい。

「かはっ……？」

突然現れた俺に驚いている間に魔導師は息絶える。

それと同時に俺は再度転移して、別の魔導師の下へ飛ぶ。

「なっ!?」

まさか人が転移してくるとは思っていなかったんだろう。目の前に現れた俺に対して、一つも有効な対策をできないまま魔導師は胸を貫かれた。そこらへんでほかの場所でレオを狙っていた魔導師たちも異変に気づく。だが、彼らが動くよりも俺の転移のほうが早い。

転移して、胸を貫く。それを高速で、そして連続で繰り返す。

塔から塔への転移の中で、俺は一つ思い出した。一度、理想の兄を見たのだ。

牢《ろう》へ入れられた俺にその人は毎日会いに来た。どれだけ忙しくても会いにきて、俺の話し相手になった。やったことはそれだけだ。牢から出してやるとは言わなかった。差し入れも持ってこなかった。それを俺が望まないと知って、ただ寂しくないように話し相手になってくれた。

そして牢から出たとき、そっと頭を撫でてくれた。

〝それでいい〟と一言添えて。そう言えるあの人のようになりたいと思えた。弟の無茶《むちゃ》を肯定できる兄に。それでいて、その無茶のフォローができる兄に。そうだ。レオが憧れたように。俺も憧れを抱いてきた。皇太子だった長兄に。あの人のような兄になりたかった。

「兄弟だからな……目指す人は一緒だった」

呟《つぶや》きながら俺は魔導師の胸を突き刺す。

血が飛び散る。だが、同情はない。こいつらは帝位争いに巻き込まれた兵士ではない。自ら犯罪に手を染め、その上ここでさらに被害を拡大させようとしている奴《やつ》らだ。法の下で裁かれるべきだろうが、どうせ死刑だ。俺がここで始末することに問題はないだろう。

「ひぃぃぃぃぃ!?!?」

残りは二人。一人は悲鳴を上げる。だが、躊躇《ちゅうちょ》はしない。胸を貫き、そのまますぐに転移する。

最後の一人は俺の迎撃を諦め、レオに両手を向ける。最大の集中をしているレオに避ける術《すべ》はないし、ネルベ・リッターも意識が前に向いている。おそらく防げないだろう。

だから俺は魔導師の腕を摑《つか》んで、そのまま折った。

「ぎゃぁぁぁ!?!?」

「弟は今、精一杯背伸び中なんだ――邪魔しないでくれるか？」

「お、弟だと……!?」

「大変だよ、本当に。〝馬鹿だと叱る〟〝失敗しないようにフォローする〟。両方やらなくちゃいけないってのが〝兄貴〟の辛《つら》いところだ」

「ま、まさか……貴様はア、ル……っっっ!?!?」

言葉は続かない。俺が胸を刺し貫いたからだ。そのまま俺は糸の切れた人形のように魔導師が倒れるのを見届け、そこに陣取る。レオの詠唱は順調に進行中だ。

《人々に救済をもたらすために・その輝きは神の慈悲・その金色は天上の奇跡・魔なる者よ懺《ざん》悔《げ》せよ――》

詠唱は続く。現代魔法において最上級と言われる七節におよぶ詠唱。聖魔法の難易度を考えれば、下手な古代魔法よりも高度なその魔法は、当然最上位の聖魔法だ。

対悪魔用に開発された聖魔法。不浄な魔を許さないそれは人類の武器だ。

どうしてそんな魔法をレオが使えるのか。おそらく南部の事件のあとに覚えたんだろう。あのとき、自分がそれを使えればという思いがあったからだ。

結果に何一つレオは満足していなかった。その思いがそれを習得させた。だが、まだ覚えたばかりのそれをすぐに実戦投入するのは無茶が過ぎる。

今も詠唱が途切れかけた。たぶん内臓に負担がかかって、血が喉まで来ている。必死にそれを飲み込み、続きを詠唱しようとレオは努力している。

だから少しだけやりやすい環境を作ってやることにした。

《時の神よ・我はその摂理に逆らう者・汝《なんじ》が決めた流れは不変・時は絶えることなく流れ続ける・止まらず遮られず・大いなる時流は永遠に続く・我はその時流に反逆す・刹那の未来を盗み見る――デジャブ・クロック》

時を操る古代魔法は大抵は使いづらい。そもそも使用者自身に使える魔法がほぼ皆無であるし、他者に使う物も効果はたかが知れている。

そのくせ大量の魔力を持っていくんだから実用的じゃない。そんな中でもこれはそこそこ使える。この魔法は他者に少し先の可能性を見せることで、デジャブを発生させる魔法だ。

他者に確定した未来を見せるわけじゃない。確定していないいくつかの可能性を見せるだけ。

しかも少し先だから本当に限られたところでしか使えない。

それでも戦闘中なら十分に役立つ。この行動をしたら危ないとデジャブが教えてくれる。それだけで救われる命があり、活躍する個人が現れる。巨大な怪物に対して、一人の若い兵士が一気に飛び掛かった。危険な行動だ。しかし、彼にとっては危険じゃないんだろう。どんな可能性を見たかは知らないが、それが最善だと判断し、行動した。

そしてその兵士は剣を巨大な怪物の首に突き立てると、そのまま怪物と一緒に倒れこむ。

砂煙の中から、転がるようにしてその兵士が現れた。

「約束を守ってくれてるみたいだな。レルナー少尉」

若い兵士、レルナー少尉は見事な戦果をあげた。そして新たな剣を取って体を張る。誰もがレオのために戦っている。馬鹿な行為でも彼らは付き従う。それはきっとレオが皇子だからじゃない。

「応援したくなる馬鹿だからだろうな……」

愚直という言葉がある。それはレオにぴったりだ。馬鹿正直で、譲ったほうが利口でも譲れない。それでもレオの周りには人が集まる。その愚直さが自分にはないからだ。

人は自分に無いものに憧れる。人と違うことができるというのも立派な君主の素質だ。

それを止めたり、上手《うま》くフォローするのは臣下の務め。そしてそんな臣下を傍《そば》に置くだけの度量がレオにはある。父上が宰相を傍に置くように。レオもきっとそんな人を見つけるだろう。

「さぁレオ。みんながお前の道を開けたぞ――食らわせてやれ」

《天は善なる者を見捨てない・この金光は破邪の煌《きらめ》きである――ホーリー・グリッター!!!!》

城を包むようにして金色の円が浮かび上がり、その円から金色の光が漏れ始める。それは結界だ。これから来る破邪の光から何人《なんぴと》も逃がさないように。

城の上に複雑な魔法陣が浮かび上がり、そしてそこから巨大な金色の光の柱が落ちてきた。

それは城全体を丸々包み込み、すべてを浄化していく。

やがて光が薄れていく。もしも悪魔の血が体を深く浸食していたならば、誰も助からない。すべてが浄化されてなくなっているだろう。だが、金色の光が薄れたあとには大勢が倒れていた。

大きな歓声が上がる。巨大な怪物もラースたちによって倒され、危機は去った。

大勢がレオの名を呼ぶ。それにレオは答えようとするが、限界だったんだろう。

フラリとレオが倒れた。だが、地面にぶつかる瞬間、レルナー少尉がレオを抱きとめた。

それを見た後、俺は転移でフィーネの下へ戻る。

「なんとかなったな」

「お疲れ様でございます」

「さほど疲れてないさ。今回は完全に裏方だったからな」

「あの……アル様……私……」

「ん？」

フィーネがなにやら言いづらそうに呟く。

そしてフィーネは勢いよく頭を下げた。

「申し訳ありませんでした！　勝手なことばかり言って！」

「君は間違ってない。俺を呼んだ判断も、言ってることも。俺は大局的な判断よりも弟への個人的な信頼を優先させた。もしもこれで大勢が犠牲になっていたら、俺は犯罪者と大差なかっただろうさ。悪いな。兄弟揃《そろ》って馬鹿なんだ」

　そう言って苦笑するとフィーネは慌てた様子で手を振るが、何と言っていいのかわからないようで、口を何度も開けたり閉じたりしている。そんなフィーネがおかしくて噴き出したあと、俺は告げる。

「でも、今回はレオを信じた。色々と考えて、レオなら救えると思った。それはきっと君から見たら危なっかしく、冷や冷やする決断だったはずだ。すまない。迷惑ばかりかけているな」

「そ、そんなことありません！　迷惑だなんて！　迷惑をかけているのは……私のほうです……役立たずで申し訳ありません……」

　しょぼんと肩を落とすフィーネを見て、俺はセバスに視線を移す。フィーネがどういう活躍をしたのか、俺にはわからないからだ。致命的な失敗でもしたのかと思ったが、セバスは首を横に振る。

「フィーネ様はとてもご立派でした。役立たずなど誰も口にはしないでしょう」

「だそうだが？」

「そ、それは……」

「いいじゃないか。人はそれぞれ役割がある。何でもはできない。俺も君も、もちろんレオも。できないから協力して補う。戦闘で役立つ力は君にはないかもしれないが、それ以外の力が君にはある。それは俺にはない力だ。いつも頼りにしているよ」

「アル様……」

「そこで一つ頼みがある。あそこで寝ている馬鹿な弟を頼む。手間のかかる奴だ。君にしか頼めない。帰ってくるまでが遠足だ。ちゃんと帝都まで連れてきてくれ」

「はい！　わかりました！」

元気を取り戻したフィーネを見て、俺は笑みを浮かべて転移門を開く。

そしてチラリとセバスを見る。フィーネを頼むという意味での視線だが、この万能執事はそれだけですべて理解したのか、かしこまりましたとばかりに優雅な礼をして俺を見送った。

隙のない奴だ。

今度、セバスの弱点でも探ってやろうかと思いつつ、俺は転移で帝都に帰ったのだった。

15

「第二皇女、ザンドラ・レークス・アードラー。お前には無期限の謹慎を命じる。ワシが許可するまでは後宮の部屋から出ることは許さんし、誰かと会うことも許さん。もちろん帝位争いに関わることも――許さん」

南部の騒乱は終わった。鎮圧にあたったレオが戻ってきたため、後始末も開始されていた。

もちろん真っ先に処分を受けたのはザンドラだった。

「皇帝陛下……私はたしかにクリューガー公爵の姪《めい》ですが、その前に皇族の一人です。帝国に対して反旗を翻す気などありません。クリューガー公爵の企《たくら》みに気づけなかったのは申し訳ありませんが、協力などしていません」

「その言葉を信じよう。しかし処分は変わらん。クリューガー公爵の血筋であること、クリューガー公爵を後ろ盾としていたこと。それらは何を言おうと変わらん。これは父としての言葉だ。よく聞くがよい……帝位は諦めよ、ザンドラ」

それはザンドラにとっては死刑宣告に近い言葉だろう。

集まった多くの有力者の前で、お前は帝位争いから脱落したのだと伝えられたのだ。

屈辱からザンドラは顔を歪《ゆが》める。そしてキッと父上を睨《にら》んで告げる。

「そこまで……お母さまがお嫌いですか？」

「個人的な感情で下した決定ではない」

「いいえ、お父さま。あなたは今、個人的な感情に流されています。第二妃を暗殺したのはお母さまだという恥知らずな噂《うわさ》を信じているのでしょう!?　あの日からあなたは私を子とは見ていないのはわかっています！」

ザンドラが一歩、前に出る。

周囲にいた近衛《このえ》騎士たちが剣に手を伸ばすが、父上はそれを制す。

「ワシはお前を我が子としっかり思っている。疎ましいと思っているならば、遠ざけている」

「白々しい答えですね！　あなたの目から私とお母さまへの怒りが消えたことはなかった！　あの日から幾度も言っているはずです！　第二妃を殺したのはお母さまではありません！　ど

うしてわかってくれないのですか！」

「ザンドラ。この一件に第二妃のことは関係ない」

「本当に我が子だと思っているのなら、私の言葉を信じてくれるはずです！　伯父の罪が姪に降りかかるなど理不尽ではありませんか！」

「ザンドラ……お前を謹慎処分にすることがワシの優しさなのだ」

「そんなもの優しさではありません！　私は皇太女になるためにすべてを賭けたんです！」

「……やはりお前は皇帝の器ではない。諦めよ」

父上は寂しげに告げる。その言葉はこれまでの言葉とは重さが違った。

父上は真っすぐにザンドラを見ながら語る。

「自分のことしか考えられない者は皇帝にはなれん。皇帝が第一に考えなければいけないのは国のことだ。その次は民のこと。自分のことなどそのさらに後だ。クリューガー公爵の悪行は民にまで知れ渡った。多くの民から子供を攫《さら》った組織を運営していたのだ。当然だな。それに対する理解がお前にはない」

「理解しています！」

「理解しているならば……どうして自分のことばかり語る？　国としての体面、民の心情。どちらから見てもお前が帝位を目指すことなど許されん。反乱を起こした者の血筋、民を苦しめた悪人の関係者。お前が知らなかったとしても、お前が犯罪者と協力していたことは事実。民は怒っているのだ。示しが必要だ。首を斬らぬのは親としての情けだと知れ」

「お、お父さま……わ、私は……」

「下がれ。自分のことしか考えぬ者の言葉は聞きたくない」

父上は手で近衛騎士たちに指示を出す。

二人の近衛騎士がザンドラの腕を摑《つか》む。

それを見て、ザンドラがその近衛騎士たちを睨みつける。

「無礼者！　私を誰だと思っているの⁉　私は皇女よ⁉　放しなさい！」

「お許しを。殿下」

「くっ！　このっ！　許さないわよ！　放しなさい‼　お父さま！　お父さま！　お父さまぁぁぁぁぁ‼‼」

引きずられてザンドラが部屋を去る。思った以上に軽い処罰だったな。処刑もありえると思っていた。だからこの処罰には違和感を覚える。何かザンドラたちが策を講じたか？

しかし、父上の決定を甘くさせる策なんて何がある？

考えても答えは出ない。そして、そうしている間に、父上は次の処罰に移ろうとしていた。

父上は疲れたようにふぅと息を吐《つ》いて背もたれに体重をかける。

その目が向かうのはゴードンだった。

「今のザンドラを見て……何か言うことはあるか？　ゴードン？」

「いえ」

「そうか……部下の手綱も握れず、勅使一行を危険に晒《さら》したうえに南部との全面戦争を起こしかけた。この罪は軽くはないぞ？」

「はい。すべて自分の至らなさゆえ。甘んじて罰を受けます」

殊勝なゴードンというのは珍しい。しかしある意味余裕だからだろうな。前線で小競り合いが起きたのは、将軍が暗殺されたから。ゴードンにとっては対処しようがない事態だったと言い張れる。

殊勝にしておけば大きな罰は受けない。そうゴードンは踏んでいるんだろう。

実際、大事にはならなかった。まぁ大事になっていれば南部との戦争だから結局、ゴードンを罰しているどころではなかったわけだが。

「反省はしているようだな。だが、罰は罰だ。北部国境守備軍へ出向け。二月《ふたつき》は戻ってくるな。前線にて国を守るということを再認識してこい」

「……了解いたしました」

ゴードンは歯を食いしばって告げる。

かつてゴードンには北部国境守備軍の司令官にという話があった。帝位争いがあること、北部という優先度の低い国境であることを理由にゴードンはそれを断った。とはいえ、本当の理由はわかっている。同じ国境守備軍の司令官であるリーゼ姉上と比べられるのは目に見えていたからだ。

ゴードンからすれば屈辱だろう。一度断った場所に飛ばされ、しかも司令官でもない。

南部に飛ばさなかったのは、復興中で、混乱の最中にある南部にゴードンを送り込むことの危険性を考慮したからだろう。

西と東には大国がある。そこに送り込むにはゴードンは使いづらいし、結局は北部がベターで、一番屈辱的だ。

「罰の話はここまでだ。皆、それぞれご苦労だったな。皆の助力で最小限で事は収まった」

父上がそう言って、その場にいる者たちに礼を言う。

今はこの場にいないが、エリクも外務大臣として他国にいる。内乱の気運が高まった帝国に攻め込まないように牽制《けんせい》するためだ。地味だが、確実で有用な働きだ。

レオもポイントを稼いだが、エリクもしっかりとポイントを稼いだ。ザンドラは蹴落とし、ゴードンとも肩を並べ、追い越せるところまで来たがエリクの背中はまだ遠いな。

「特にこの場にいないエリク、そしてレオナルト。よく頑張ってくれた」

「皇子として当然のことをしたまでです」

「謙遜するな。最後には大魔法を使ったそうだな？　体は大丈夫か？」

「はい。問題ありません」

「そうか……アルノルトも頑張ったな。よくやった」

父上が俺に視線を向ける。きっとネルベ・リッターの一件だろうな。

俺は苦笑しながら、頭をかく。そして覚悟を決めてある言葉を告げた。

「いやぁ、そうでもありませんよ。まぁ今回は色々と上手《うま》くいきましたね。結局〝戦争も起きなかった〟わけですし。全部上手くいったと言っていいんじゃないですか？」

あくまで褒められて調子に乗った流れで、俺はその言葉を口にした。

周りに控えていた大臣たちが一斉に顔をしかめる。そんなことを言えば、父上がどんな反応をするかわかっているからだ。

ザンドラに対して民のことを説いた。つまり、父上は民の視線をよくわかっている。

そうなると結果は目に見えている。

「戦争も起きなかっただと……？　この大馬鹿者め！　〝戦争は起きたのだ〟！　我々から見れば小競り合いだったとしても、前線で一つの都市が戦火に晒された！　彼らからすれば大きな戦争だった！　〝戦争は起きたのだ〟!!」

「し、失言でした……お許しください」

「何もわかっておらん！　我々の役目はそのような思いを民にさせぬよう、国を運営することだ！　上からしか物事を見られぬのならばザンドラと変わらんぞ！　お前も謹慎処分を受けたいのか!!　よく考えろ!!」

そう叱責を受けながら俺は顔を伏せる。

そりゃあ怒るよな。しかし、これでネルベ・リッターを引き入れたことで上がった評価は帳消しだ。必要だったとはいえ、ちょっと表で動きすぎた。まだまだ警戒されたくはない。成果はあげたが、迂闊《うかつ》な皇子。それで終わらせるのが一番だろう。

とはいえ対価は大きい。父上の説教はいつまでも続く。なかなかデカい対価だなぁと思いつつ、俺は説教を聞き流しながら早く終われと祈るばかりだった。

# エピローグ

Epilogue

「ご苦労様。疲れてないか？　フィーネ」

「はい。平気です。アル様」

父上が処罰を下したあと、俺は自分の部屋でフィーネと共にいた。この後は父上が盛大なパーティーを開くと言っていた。戻ってきたばかりのレオやフィーネは休む暇もないから心配だ。今回は長旅だったしな。

「帝都から南部への強行軍に加えて、向こうじゃ戦闘と後始末までやってきたんだ。疲れてないはずないだろ。無理しなくてもいい。俺から父上に言っておくから休むか？」

「お気遣い、ありがとうございます。ですが、本当に平気です。それにパーティーは楽しみですから」

そう言ってフィーネは屈託のない笑顔を浮かべた。本当に平気みたいだな。俺なら疲れてパーティーなんか絶対に出たくないと言っている。

「君は意外にタフだな」

「道中、ネルベ・リッターの方々にとても良くしてもらいましたから。移動もまったく苦ではありませんでしたし、リンフィアさんが話し相手になってくれたので、退屈でもありませんでした。だから大丈夫です。むしろ……アル様のほうが心配です」

「俺？　俺なら平気さ。今回は大魔法を使ったりしてないしな」

「確かにそうかもしれませんが、今回は相手が相手でしたから。いつも以上に精神を削っていたのではありませんか？」

「まぁ、たしかにソニアは手強《てごわ》かったけど、そこまでだよ」

「そうではなくて……助けられなかったことを気に病んでいるのではありませんか？」

フィーネはいつも不意に鋭い言葉を投げてくる。人の心を読める魔法でも使っているんじゃないかと疑いたくなる。俺はそこまでわかりやすくはないと思うんだが。

「……気に病むさ。彼女は帝位争いの被害者だ。助けるべき人。手を差し伸べるべき人だった。だが、俺はそれをしなかった。根本的な解決法が俺にはなかったからだ」

人質の居場所がわからない以上、ソニアを助けることはできない。自分だけが助かることをソニアは望まないからだ。シルバーとしての力をすべて使えば、人質だって探せるかもしれない。だが、今の俺にそんな暇はない。

そうだ。暇がないから助けなかった。自分の都合を優先し、帝位争いの被害者を放置した。もちろん、人質を取ったゴードンが悪いに決まっている。けれど、放置した俺も同罪だ。むしろ俺のほうが罪深いかもしれない。

「君に誰もが完璧ではないと言ったけれど……それでもやっぱり完璧でありたいという思いが

ある。救いたいと思ったら、救えるだけの力が欲しいと思うんだ」

「アル様らしいですね。でも、私は力があるよりも、思いがあるほうが大切だと思います。救いたいと思うのは大切です。それがなければ力など意味をなさないのですから。その思いが重なって、物事はいい方向に向かうんだと思います。だから救いたいと思い続けましょう。諦めるのはアル様らしくありませんから」

「……そうだな。君の言う通りだ」

気に病むのは簡単だ。誰にだってできる。けど、救えなかったからといって、いつまでも下は向いていられない。俺が救いたいと思う人は下にはいない。

前を向き、できることをやっていく。その過程でチャンスは必ずある。

「俺はソニアを救うことを諦めない。諦めちゃいけない。帝位のために人質を取って、望まぬ戦いに少女を駆り出す。それを認めて、諦めたら俺たちもゴードンと変わらない」

フィーネと話すと気持ちが楽になる。前を向くことができる。それはきっとフィーネが俺に気を遣ってくれているからだろう。とても居心地がよく、ついつい甘えてしまう。

だが、甘えてばかりもいられない。

「パーティー、俺は途中で抜け出そうと思ってたんだけど……君が下がるまではいるとするよ。役に立たないけど」

「いいえ、助かります。それでですね……その……」

フィーネが少し言いづらそうに口ごもる。何か小さな声で言っているようだが、上手く聞き

取れない

「ん？　何か頼みでもあるのか？」

「はい……その……パーティーにはドレスを着ていくのですが……」

「ああ、そうだな」

「その……皇帝陛下がたくさんドレスを用意してくださいまして……選ぶのが大変で……もし、アル様がよろしかったらなんですが……一緒に選んでくださいませんか……？」

何を言いづらそうにしているかと思ったら、そんなことか。気を遣うフィーネのことだ。どれを着たら父上が喜ぶか悩んでいるんだろう。

「もちろんいいよ。ついでだ。君が俺の服も選んでくれるか？」

「はい！」

そう言って俺たちは席を立つ。その時、唐突にセバスが現れた。

「何かあったか？」

「気になる情報を耳にしましたので」

「なんだ？」

「実は、帝都にペルラン王国の第一王子殿下が滞在しているようです」

「ペルランの第一王子？　そんな話は聞いてないぞ？」

「お忍びだそうで、パーティーの誘いも断ったそうです。その滞在理由ですが……」

セバスが語ろうとするのを俺は手で制す。お忍びで他国の王族が帝都にいるなんて、普通じ

やない。何か特別な事情があるんだろう。

そして普通じゃないことはもう一つあった。ザンドラの不可解な処分だ。もっと厳しい処分を予想していたが、意外にも処分は軽かった。帝位争いからの脱落を宣告されたとはいえ、命があるなら再起はできる。

父上の決定を変えるほどの影響力。帝国の人間でない者が関わっているなら納得できる。しかもペルラン王国の第一王子。父上にとって悪くない取引が発生したんだろう。

「当ててやろう。嫁探しだろ？」

「ご名答です。どうやら内々にザンドラ殿下を妻にと申し出たそうです」

「ふん、見え透いた手だな。ザンドラめ。今まで頑《かたく》なに切ってこなかった切り札を切ったか。それだけ追い詰められたってことだろうが、厄介なことになったな」

「どういうことですか？」

「ザンドラは自分の結婚相手は自分で決めると言ってきた。皇帝を目指している以上、夫となる人間はかなり重要だからな。帝国内の有力者から選ぶべきところだが、ここで王国の第一王子が出てきた。それはつまり、ザンドラが王国の力を借りるということだ。王国としても帝国に介入できるなら願ったり叶《かな》ったりだろうさ。もちろんデメリットもあるけどな」

ノーリスクなら最初から使っている。借りができる以上、ザンドラは王国と第一王子を無視できなくなるし、他国の王族の妻になった者を皇帝と認める者は少ない。

できることは限られてくる。それでも厳しい処罰を受け、そこで未来が断たれるよりはマシと判断したんだろう。

「すぐにザンドラを嫁に出すということはしないだろう。今回の一件で相当評判が悪いからな。それが落ち着いたら、時期を見て発表という流れだろうが……ザンドラならその前に何かを仕掛けてくる。警戒しておけ」

「かしこまりました」

そう言ってセバスはその場を去る。軽くため息を吐きながら、俺は部屋の扉に手をかけた。

「さて、行こうか」

「良いのですか？」

「いいさ。すぐにどうこうという問題じゃない。気は抜けるときに抜いておかないとな」

これからまた激しい争いが始まるのだから。

そう心の中で呟《つぶや》きながら、俺はフィーネと共に部屋を出たのだった。

# 最強《さいきょう》出《で》涸《が》らし皇子《おうじ》の暗躍帝《あんやくてい》位《い》争《あらそ》い4
## 無能《むのう》を演《えん》じるSSランク皇子《おうじ》は皇《こう》位《い》継承戦《けいしょうせん》を影《かげ》から支配《しはい》する


著　タンバ

角川スニーカー文庫　22267

2020年８月１日　初版発行
2020年９月５日　再版発行

発行者　三坂泰二

発　行　株式会社KADOKAWA
〒102-8177 東京都千代田区富士見2-13-3
電話　0570-002-301（ナビダイヤル）

印刷所　株式会社暁印刷
製本所　株式会社ビルディング・ブックセンター





Printed in Japan　ISBN 978-4-04-109170-8　C0193



★ご意見、ご感想をお送りください★
〒102-8177 東京都千代田区富士見 2-13-3
株式会社KADOKAWA　角川スニーカー文庫編集部気付
「タンバ」先生
「夕薙」先生